许地山作品集

XUDISHAN ZUOPINJI

许地山/著

北方联合出版传媒（集团）股份有限公司
万卷出版公司

图书在版编目（CIP）数据

许地山作品集 / 许地山著 .— 沈阳：万卷出版公司，2014.10（2022.1重印）
（典藏 / 吴昊主编）
ISBN 978-7-5470-3224-4

Ⅰ.①许…　Ⅱ.①许…　Ⅲ.①中国文学－现代文学－作品综合集　Ⅳ.① I216.2

中国版本图书馆 CIP 数据核字（2014）第 204031 号

出版发行：北方联合出版传媒（集团）股份有限公司
万卷出版公司
（地址：沈阳市和平区十一纬路25号　邮编：110003）
印 刷 者：北京一鑫印务有限责任公司
经 销 者：全国新华书店
幅面尺寸：178mm×254mm
字　　数：265千字
印　　张：17
出版时间：2014年10月第1版
印刷时间：2022年1月第2次印刷
责任编辑：张洋洋
封面设计：范　娇
版式设计：范　娇
责任校对：高　辉
ISBN 978-7-5470-3224-4
定　　价：65.00元

联系电话：024-23284090
邮购热线：024-23284050
传　　真：024-23284521

经典之藏，心灵之旅

读书是一件辛苦的事，读书又是一件愉悦的事。读书是求知的理性选择，同时，读书又是人们内在自发的精神需求。不同的读书者总会有不同的读书体验，但对经典之藏，对精品之选的渴求却永远存在。

传统上，读书是求学的手段，千百年来，人类知识的传承，最重要的总是通过书籍的记载与传述。因为有了书，人类才可以文脉延续，薪火相传。西哲说：书籍是人类进步的阶梯，因而，先贤们都把读书当作高尚而庄重的事情，赋予读书神圣、光荣的使命感。故此，韦编三绝、悬梁刺股，以及凿壁、囊萤、映雪等等，就成了刻苦求学的典型，千百年来成为人们效法的楷模。于是，寒门学子挑灯夜读，富家子弟潜心求学，或诚心拜师，或自学成才，诸如此类的事例，就成了激励学子上进求学的传说故事而广泛流传。

书籍除了自身寓含的教化功能外，还能让人感到身心的愉悦和快乐。在文化生活极度匮乏的年代，人们极力去寻找各种承载文明的载体，来填塞文化需求的饥渴。一本残破小书，可以在上百人的手中传递和阅读，看完后仍意犹未尽，不忍释卷。彼时，人们读书如饥似渴，却并无黄金屋、颜如玉一类的功利目的，有的只是内心的精神需求，读书的愉悦与快乐正在于此。仲春季节，读书间隙，推窗而立，鸟语花香扑面而来，内心深处则有禾苗拔节的哔剥之声回响；炎炎夏日，一卷在手，品茗读书，摇扇驱蚊，自然能感受到心灵的清凉和愉悦；秋风瑟瑟，听窗外传来淅淅沥沥的雨声，啜一口酽茶，想起“风声雨声读书声”的名联，便会发出会心的微笑；数九严冬，寒意砭骨，围炉夜读或雪夜捧卷，书香入腹，情暖人心，又能体验到视通万里、思接千载的悠悠遐思。

无论是求学求知还是寻求精神上的愉悦，读书都是我们的一种心灵之旅，是接受自我内心的召唤和灵魂的导引上路，让自己再次起飞得到新生的力量。变换的风景，奇异的遭遇，萍逢的客人……这一切旅途中可能发生的事件，都会在我们读过的书籍中出现，它们强烈地超出了我们已知的范畴，以一种陌生和挑战的姿态，敦促我们警醒，唤起我们好奇。在我们被琐碎磨损的生命里，张扬起绿色的旗帜；在我们刻板疲惫的生活中，注入新鲜的活力。

正因为读书之益，读书之趣，我们才对书籍本身挑剔起来。试想，灵魂之伴侣如何可以等闲视之呢？一本书的好坏，总会有无数人来品评，既有芸芸众者即兴点评，又有专家学者细心解析，然而，书籍最终的裁定者是历史而不是某一种潮流。随着时光的淘汰，留下来的经典之作渐渐走进更多人的视野，留在人们的案头，成为经典之藏。

“典藏”之作正如伴随我们的益友，多闻、博大、精彩而有趣，这样的益友，需要人们用心地品读，细心地筛选，最终把最好的“朋友”留在自己的身边。我们的“典藏”正是帮助读者挑“益友”的一种尝试，希望能把经典的、有价值的或者有趣的书籍放在读者的案头，让它们像朋友一样陪伴每一位读者走上自己的心灵之旅。

当我们打开书本，走进属于自己的心灵世界，自然能够体验那种君临一切的奇特感觉。此时心如止水，宁静安然，恰如室外无言的星月，美文佳句不期而至时，或击案称绝，或吟哦出声，甘之如饴。愿这“典藏”之作能给我们的心灵留下一块绿荫，助大家在自己的漫漫行旅中搭起一座可供休憩的风雨亭，对抗庞大、芜杂、纷繁的外界侵扰。

前　言

许地山，名赞堃，号地山，笔名落华生，台湾台南人，1894 年 2 月 4 日出生于台湾台南一个爱国志士的家庭，1941 年 8 月 4 日卒于香港。现代作家、学者。

许地山于 1917 年考入燕京大学，曾积极参加五四运动，合办《新社会》旬刊。1920 年毕业时获文学学士学位。

1921 年，许地山与沈雁冰（茅盾）、叶圣陶、郑振铎等 12 人，发起成立了文学研究会，并创办《小说月报》。1922 年毕业于燕京大学宗教学院。1923—1926 年在美国哥伦比亚大学研究院和英国牛津大学研究宗教史、哲学、民俗学等。回国途中短期逗留印度，研究梵文及佛学。1927 年起任燕京大学教授、《燕京学报》编委，并在北京大学、清华大学兼课。1935 年因与燕京大学校长司徒雷登不合，许地山前往香港大学任教授。

许地山于 1921 年发表第一篇小说《命命鸟》，接着又发表了代表作《缀网劳蛛》。他的早期小说取材独特，情节奇特，想象丰富，充满浪漫气息，呈现出浓郁的南国风情和异域情调。他虽在执着地探

索人生的意义，却又表现出浓厚的玄想成分和宗教色彩。

20 世纪 20 年代末以后所写的小说，保持清新的格调，但已转向对群众切实的描写和对黑暗现实的批判，写得苍劲而坚实，《春桃》便是这一倾向的代表作。他的作品数量并不众多，但在文坛上却能独树一帜。

许地山的散文亦是中国现代文学史上一道独特的风景。其文或禅意浓厚，富于哲理；或浪漫温馨，富有诗意；或充满热忱，激扬文字。其散文集《空山灵雨》便是其早期代表作，充分体现出许地山的写作风格——质朴、清丽，又充满哲学和宗教的气息。散文名篇《落花生》便是出自这一作品集。许地山的散文作品都带着若隐若现、迷离的朦胧，洒脱超逸的语言蕴含着颇费思量的玄理思辨，巧妙的比喻、隐喻，丰富的想象，奇特的构思与带有某种小说化倾向，别有一番艺术魅力。

本书精选了许地山先生一生中所创作的散文、小说、文论与诗歌中的代表作，包括散文《落花生》《春的林野》《先农坛》，小说《春桃》《缀网劳蛛》等，都是其最富有代表性的名篇。这些作品既充分体现出许地山先生的创作特色，又适合当下读者阅读。

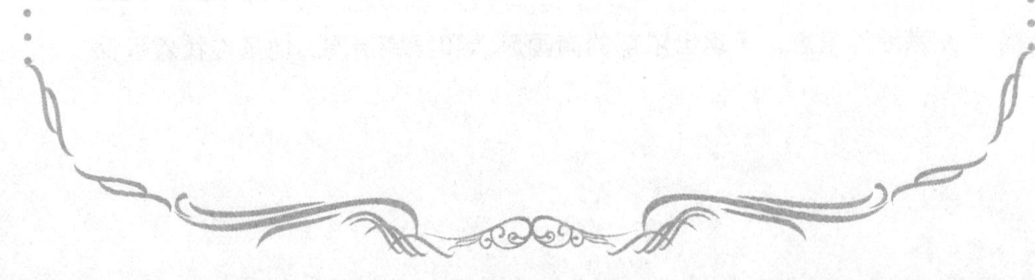

目　录

散　文

小　说

文论与诗歌

许地山作品集

散　文

爹爹说："花生的用处固然很多；但有一样是很可贵的。这小小的豆不像那好看的苹果、桃子、石榴，把它们的果实悬在枝上，鲜红嫩绿的颜色，令人一望而发生羡慕之心。他只把果子埋在地底，等到成熟，才容人把他挖出来。你们偶然看见一棵花生瑟缩地长在地上，不能立刻辨出他有没有果实，非得等到你接触他才能知道。"

——《落花生》

许地山的散文以"质朴淳厚，意境深远"取胜。与同时代的其他散文大家相比，许地山散文中的空灵意味使他显得与众不同。许地山的空灵美包括几个层面的美。首先，这是一种意境美。

艺术品之所以称为艺术品，就是因为它能为人们开拓一个审美想象的空间，开动人的想象去填补这一空间，这样的艺术品才能获得艺术生命。因此，对空灵的直接理解就是在作品中留有"艺术空白"，就是给读者一片可以自由想象的广阔天地！

其次，这种空灵还可以理解为"灵的空间"，它是立体的、无边的，不但有广度而且还有深度，所以能在意境中以壮阔幽深的空间呈现出一种高超莹洁的宇宙意识和生命情调的作品，才能称得上空灵。许地

山的散文作品常常出现心与自然的交流与碰撞，正是因为这样，其作品的艺术张力才得以超越时间与空间，展示其博大的胸襟，莹洁的灵魂，留给读者一个清新的世界。

空灵的第三层含义在于透明澄澈。象外之意、画外之情，都是要通过有限的艺术形象达到无限的艺术意境。因此，我们所说的“空灵”，不是空旷无物，而是有无穷的景、无穷的意闪烁其间，层层辉映，形成一种“透明的含蓄”。

落花生

我们屋后有半亩隙地。母亲说："让它荒芜着怪可惜，既然你们那么爱吃花生，就辟来做花生园罢。"我们几姊弟和几个小丫头都很喜欢——买种的买种，动土的动土，灌园的灌园；过不了几个月，居然收获了！

妈妈说："今晚我们可以做一个收获节，也请你们爹爹来尝尝我们的新花生，如何？"我们都答应了。母亲把花生做成好几样的食品，还吩咐这节期要在园里的茅亭举行。

那晚上的天色不大好，可是爹爹也到来，实在很难得！爹爹说："你们爱吃花生么？"

我们都争着答应："爱！"

"谁能把花生的好处说出来？"

姊姊说："花生的气味很美。"

哥哥说："花生可以制油。"

我说："无论何等人都可以用贱价买他来吃；都喜欢吃他。这就是他的好处。"

爹爹说："花生的用处固然很多；但有一样是很可贵的。这小小的豆不像那好看的苹果、桃子、石榴，把它们的果实悬在枝上，鲜红嫩绿的颜色，令人一望而发生羡慕的心。他只把果子埋在地底，等到成熟，才容人把它挖出来。你们偶然看见一棵花生瑟缩地长在地上，不能立刻辨出他有没有果实，非得等到你接触他才能知道。"

我们都说：“是的。”母亲也点点头。爹爹接下去说：“所以你们要像花生，因为它是有用的，不是伟大、好看的东西。”我说：“那么，人要做有用的人，不要做伟大、体面的人了。”

爹爹说：“这是我对于你们的希望。”

我们谈到夜阑才散，所有花生食品虽然没有了，然而父亲的话现在还印在我心版上。

愿

南普陀寺里的大石，雨后稍微觉得干净，不过绿苔多长一些。天涯的淡霞好像给我们一个天晴的信。树林里的虹气，被阳光分成七色。树上，雄虫求雌的声，凄凉得使人不忍听下去。妻子坐在石上，见我来，就问："你从哪里来？我等你许久了。"

"我领着孩子们到海边捡贝壳咧。阿琼捡着一个破贝，虽不完全，里面却像藏着珠子的样子。等他来到，我教他拿出来给你看一看。"

"在这树荫底下坐着，真舒服呀！我们天天到这里来，多么好呢！"

妻说："你哪里能够？……"

"为什么不能？"

"你应当作荫，不应当受荫。"

"你愿我作这样的荫么？"

"这样的荫算什么！我愿你作无边宝华盖，能普荫一切世间诸有情；愿你为如意净明珠，能普照一切世间诸有情；愿你为降魔金刚杵，能破坏一切世间诸障碍；愿你为多宝盂兰盆，能盛百味，滋养一切世间诸饥渴者；愿你有六手，十二手，百手，千万手，无量数那由他如意手，能成全一切世间等等美善事。"

我说："极善，极妙！但我愿做调味的精盐，渗入等等食品中，把自己的形骸融散，且回复当时在海里的面目，使一切有情得尝咸味，而不见盐体。"

妻子说："只有调味，就能使一切有情都满足吗？"

我说："盐的功用，若只在调味，那就不配称为盐了。"

山响

群峰彼此谈得呼呼地响。它们的话语，给我猜着了。

这一峰说：“我们的衣服旧了，该换一换啦。”

那一峰说：“且慢罢，你看，我这衣服好容易从灰白色变成青绿色，又从青绿色变成珊瑚色和黄金色——质虽是旧的，可是形色还不旧。我们多穿一会罢。”

正在商量的时候，它们身上穿的，都出声哀求说：“饶了我们，让我们歇歇罢。我们的形态都变尽了，再不能为你们争体面了。”

“去罢，去罢，不穿你们也算不得什么。横竖不久我们又有新的穿。”群峰都出着气这样说。说完之后，那红的、黄的彩衣就陆续褪下来。

我们都是天衣，那不可思议的灵，不晓得甚时要把我们穿着得非常破烂，才把我们收入天橱。愿他多用一点气力，及时用我们，使我们得以早早休息。

梨　花

她们还在园里玩，也不理会细雨丝丝穿入她们的罗衣。池边梨花的颜色被雨洗得更白净了，但朵朵都懒懒地垂着。

姊姊说："你看，花儿都倦得要睡了！"

"待我来摇醒他们。"

姊姊不及发言，妹妹的手早已抓住树枝摇了几下。花瓣和水珠纷纷地落下来，铺得银片满地，煞是好玩。

妹妹说："好玩啊，花瓣一离开树枝，就活动起来了！"

"活动什么？你看，花儿的泪都滴在我身上哪。"姊姊说这话时，带着几分怒气，推了妹妹一下。她接着说："我不和你玩了；你自己在这里罢。"

妹妹见姊姊走了，直站在树下出神。停了半晌，老妈子走来，牵着她，一面走着，说："你看，你的衣服都湿了；在阴雨天，每日要换几次衣服，教人到哪里找太阳给你晒去呢？"

落下来的花瓣，有些被她们的鞋印入泥中；有些粘在妹妹身上，被她带走；有些浮在池面，被鱼儿衔入水里。那多情的燕子不歇把鞋印上的残瓣和软泥一同衔在口中，到梁间去，构成他们的香巢。

万物之母

在这经过离乱的村里，荒屋破篱之间，每日只有几缕零零落落的炊烟冒上来，那人口的稀少可想而知。你一进到无论哪个村里，最喜欢遇见的，是不是村童在阡陌间或园圃中跳来跳去；或走在你的前头，或随着你步后模仿你的行动？村里若没有孩子们，就不成村落了。在这经过离乱的村里，不但没有孩子，而且有人向你要求孩子！

这里住着一个不满三十岁的寡妇，一见人来，便要求说："善心善行的人，求你对那位总爷说，把我的儿子给回。那穿虎纹衣服、戴虎儿帽的便是我的儿子。"

她的儿子被乱兵杀死已经多年了。她从不会忘记：总爷把无情的剑拔出来的时候，那穿虎纹衣服的可怜儿还用双手招着，要她搂抱。她要跑去接的时候，她的精神已和黄昏的霞光一同麻痹而熟睡了。唉，最惨的事岂不是人把寡妇怀里的独生子夺过去，且在她面前害死吗？要她在醒后把这事完全藏在她记忆的多宝箱里，可以说，比剖芥子来藏须弥还难。

她的屋里排列了许多零碎的东西，当时她儿子玩过的小团也在其中。在黄昏时候，她每把各样东西抱在怀里说："我的儿，母亲岂有不救你，不保护你的？你现在在我怀里咧。不要作声，看一会人来又把你夺去。"可是一过了黄昏，她就立刻醒悟过来，知道那所抱的不是她的儿子。

那天，她又出来找她的"命"。月的光明蒙着她，使她在不知不觉间进入村后的山里。那座山，就是白天也少有人敢进去，何况在盛夏的夜间，杂草把樵人的小径封得那么严！她一点也不害怕，攀着小树，缘着茑萝，慢慢地上去。

她坐在一块大石上歇息，无意中给她听见了一两声的儿啼。她不及判别，便说：“我的儿，你藏在这里么？我来了，不要哭啦。”

她从大石上下来，随着声音的来处，爬入石下一个洞里。但是里面一点东西也没有。她很疲乏，不能再爬出来，就在洞里睡了一夜。

第二天早晨，她醒时，心神还是非常恍惚。她坐在石上，耳边还留着昨晚上的儿啼声，这当然更要动她的心，所以那方从霭云被里钻出来的朝阳无力把她脸上和鼻端的珠露晒干了。她在瞻顾中，才看出对面山岩上坐着一个穿着虎纹衣服的孩子。可是她看错了！那边坐着的，是一只虎子；它的声音从那边送来很像儿啼。她立即离开所坐的地方，不管当中所隔的谷有多么深，尽管攀援着，向那边去。不幸早露未干，所依附的都很湿滑，一失手，就把她溜到谷底。

她昏了许久才醒回来。小伤总免不了，却还能够走动。她爬着，看见身边暴露了一付小髑髅。

“我的儿，你方才不是还在山上哭着么？怎么你母亲来得迟一点，你就变成这样？”她把髑髅抱住，说，“呀，我的苦命儿，我怎能把你医治呢？”悲苦尽管悲苦，然而，自她丢了孩子以后，不能不算这是她第一次的安慰。

从早晨直到黄昏，她就坐在那里，不但不觉得饿，连水也没喝过。零星几点，已悬在天空，那天就在她的安慰中过去了。

她忽然想起幼年时代，人家告诉她的神话，就立起来说：“我的儿，我抱你上山顶，先为你摘两颗星星下来，嵌入你的眼眶，教你看得见；然后给你找香象的皮肉来补你的身体。可是你不要再哭，恐怕给人听见，又把你夺过去。”

“敬姑，敬姑。”找她的人们在满山中这样叫了好几声，也没有一点回响。

“也许她被那只老虎吃了。”

“不，不对。前晚那只老虎是跑下来捕云哥圈里的牛犊被打死的。如果那东西把敬姑吃了，决不再下山来赴死。我们再进深一点找吧。”

唉，他们的工夫白费了！纵然找着她，若是她还没有把星星抓在手里，她心里怎能平安，怎肯随着他们回来？

疲倦的母亲

那边一个孩子靠近车窗坐着，远山，近水，一幅一幅，次第嵌入窗户，射到他的眼中。他手画着，口中还咿咿呀呀地，唱些没字曲。

在他身边坐着一个中年妇女，支着头瞌睡。孩子转过头来，摇了她几下，说："妈妈，你看看，外面那座山很像我们家门前的呢。"

母亲举起头来，把眼略睁一睁，没有吱声，又支着头瞌睡去了。

过一会，孩子又摇她，说："妈妈，不要睡罢，看睡出病来了。你且睁一睁眼看看外面八哥和牛打架呢。"

母亲把眼略略张开，轻轻打了孩子一下，没有作声，又支着头睡去了。

孩子鼓着腮，很不高兴。但过一会，他又唱起歌来了。

"妈妈，听我唱歌罢。"孩子对着她说了，又摇了她几下。

母亲带着不喜欢的样子说："你闹什么？我都见过，都听过，都知道了。你不知道我很疲乏，不容我歇一下吗？"

孩子说："我们是一起出来的，怎么我还顶精神，你就疲乏起来了呢？难道大人不如孩子么？"

车还在森林平畴间穿行着。车中的人，除那孩子和一二个旅客以外，少有不像他母亲那么酣睡的。

处女的恐怖

深沉院落，静到极地。虽然我的脚步走在细草之上，还能惊动那伏在绿丛里的蜻蜓。我每次来到庭前，不是听见投壶的音响，便是闻得四弦的颤动；今天，连窗上铁马的轻撞声也没有了！

我心里想着这时候小坡必定在里头和人下围棋，于是轻轻走着，也不声张，就进入屋里。出乎主人的意想，跑去站在他后头，等他蓦然发觉，岂不是很有趣？但我轻揭帘子进去时，并不见小坡，只见他的妹子伏在书案上假寐。我更不好声张，还从原处蹑出来。

走不远，方才被惊的蜻蜓就用那碧玉琢成的一千只眼瞧着我。一见我来，他又鼓起云母的翅膀飞得飒飒作响。可是破岑寂的，还是屋里大踏大步的声音。我心知道小坡的妹子醒了，看见院里有客，紧紧要回避，所以不敢回头观望，让她安然走入内衙。

“四爷，四爷，我们太爷请你进来坐。”我听得是玉笙的声音，回头便说：“我已经进去了，太爷不在屋里。”

“太爷随即出来，请到屋里一候。”她揭开帘子让我进去。果然他的妹子不在了！丫头刚走到衙内院子的光景，便有一股柔和而带笑的声音送到我耳边说：“外面伺候的人一个也没有，好在是西衙的四爷，若是生客，教人怎样进退？”

“来的无论生熟，都是朋友，又怕什么？”我认得这是玉笙回答她小姐的话语。

“女子怎能不怕男人，敢独自一人和他们应酬么？”

“我又何尝不是女子？你不怕，也就没有什么。”

我才知道她并不曾睡去，不过回避不及，装成那样的。我走近案边，看见一把画未成的纨扇搁在上头。正要坐下，小坡便进来了。

“老四，失迎了。舍妹跑进去，才知道你来。”

“岂敢，岂敢。请原谅我的莽撞。”我拿起纨扇问道，“这是令妹写的？”

“是。她方才就在这里写画。笔法有什么缺点，还求指教。”

“指教倒不敢，总之，这把扇是我捡得的，是没有主的，我要带它回去。”我摇着扇子这样说。

“这不是我的东西，不干我事。我叫她出来与你当面交涉。”小坡笑着向帘子那边叫：“九妹，老四要把你的扇子拿去了！”

他妹子从里面出来，我忙趋着几步——赔笑，行礼。我说：“请饶恕我方才的唐突。”她没做声，尽管笑着。我接着说：“令兄应许把这扇送给我了。”

小坡抢着说：“不！我只说你们可以直接交涉。”

她还是笑着，没有做声。

我说：“请九姑娘就案一挥，把这画完成了，我好立刻带走。”

但她仍不做声。她哥哥不耐烦，促她说：“到底是允许人家是不允许，尽管说，害什么怕？”妹妹捋了他一眼，说：“人家就是这么害怕嘿。”她对我说：“这是不成东西的，若是要，我改天再奉上。”

我速速说：“够了，我不要更好的了。你既然应许，就将这一把赐给我罢。”于是她仍旧坐在案边，用丹青来染那纨扇。我们都在一边看她运笔。小坡笑着对妹子说：“现在可不怕人了。”

“当然。”她含笑对着哥哥。自这声音发出以后，屋里、庭外都非常沉寂；窗前也没有铁马的轻撞声。所能听见的只有画笔在笔洗里拨水的微声，和颜色在扇上的运行声。

花香雾气中的梦

在覆茅涂泥的山居里，那阻不住的花香和雾气从疏帘窜进来，直扑到一对梦人身上。妻子把丈夫摇醒，说："快起罢，我们的被褥快湿透了。怪不得我总觉得冷，原来太阳被囚在浓雾的监狱里不能出来。"

那梦中的男子，心里自有他的温暖，身外的冷与不冷他毫不介意。他没有睁开眼睛便说："嗳呀，好香！许是你桌上的素馨露洒了罢。"

"哪里？你还在梦中哪。你且睁眼看帘外的光景。"

他果然揉了眼睛，拥着被坐起来，对妻子说："怪不得我净梦见一群女子在微雨中游戏。若是你不叫醒我，我还要往下梦哪。"

妻子也拥着她的绒被坐起来说："我也有梦。"

"快说给我听。"

"我梦见把你丢了。我自己一人在这山中遍处找寻你，怎么也找不着。我越过山后。只见一个美丽的女郎挽着一篮珠子向各树的花叶上头乱撒。我上前去向她问你的下落，她笑着问我：'他是谁，找他干什么？'我当然回答，他是我的丈夫。"

"原来你在梦中也记得他！"他笑着说这话，那双眼睛还显出很滑稽的样子。

妻子不喜欢了。她转过脸背着丈夫说，"你说什么话！你老是要挑剔人家的话语，我不往不说了。"她推开绒被，随即呼唤丫头预备脸水。

丈夫速把她揪往，央求说："好人，我再不敢了，你往下说罢，以后若再饶舌，情愿挨罚。"

“谁希罕罚你！”妻子把这次的和平押画了。她往下说：

“那女人对我说，你在山前柚花林里藏着。我那时又像把你忘了。……”

“哦，你又……不，我应许过不再说什么的；不然，我就要挨罚了。你到底找着我没有。”

“我没有向前走，只站在一边看她撒珠子。说来也很奇怪：那些珠子黏在各花叶上都变成五彩的零露，连我的身体也沾满了。我忍不住，就问那女郎。女郎说：‘东西还是一样，没有变化，因为你的心思前后不同，所以觉得变了。你认为珠子，是在我撒手之前，因为你想我这篮子决不能盛得露水。你认为露珠时，在我撒手之后，因为你想那些花叶不能留住珠子。我告诉你：你所认的不在东西，乃在使用东西的人和时间。你所爱的，不在体质，乃在体质所表的情。你怎样爱月呢？是爱那悬在空中已经老死的暗球么？你怎样爱雪呢？是爱他那种砭人肌骨的凛冽么？’

“她一说到雪，我打了一个寒噤，便醒起来了。”

丈夫说：“到底没有找着我。”

妻子一把抓住他的头发，笑说，“这不是找着了吗……我说，这梦怎样？”

“凡你所梦都是好的。那女郎的话也是不错，我们最愉快的时候岂不是在接吻后，彼此的凝视吗？”他向妻子痴笑，妻子把绒被拿起来，盖在他头上，说：“恶鬼！这会可不让你有第二次的凝视了。”

春的林野

春光在万山环抱里，更是泄漏得迟。那里的桃花还是开着；漫游的薄云从这峰飞过那峰，有时稍停一会，为的是挡住太阳，教地面的花草在它的荫下避避光焰的威吓。

岩下的荫处和山溪的旁边满长了薇蕨和其他凤尾草。红、黄、蓝、紫的小草花点缀在绿茵上头。

天中的云雀，林中的金莺，都鼓起它们的舌簧。轻风把它们的声音挤成一片，分送给山中各样有耳无耳的生物。桃花听得入神，禁不住落了几点粉泪，一片一片凝在地上。小草花听得大醉，也和着声音的节拍一会倒一会起，没有镇定的时候。

林下一班孩子正在那里捡桃花的落瓣哪。他们捡着，清儿忽嚷起来，道：“嘎，邕邕来了！”众孩子住了手，都向桃林的尽头盼望。果然邕邕也在那里摘草花。

清儿道：“我们今天可要试试阿桐的本领了。若是他能办得到，我们都把花瓣穿成一串璎珞围在他身上，封他为大哥如何？”

众人都答应了。

阿桐走到邕邕面前，道：“我们正等着你来呢。”

阿桐的左手盘在邕邕的脖上，一面走一面说：“今天他们要替你办嫁妆，教你做我的妻子。你能做我的妻子么？”

邕邕狠视了阿桐一下，回头用手推开他，不许他的手再搭在自己脖上。孩子们都笑得支持不住了。

众孩子嚷道：“我们见过邕邕用手推人了！阿桐赢了！”

邕邕从来不会拒绝人，阿桐怎能知道一说那话，就能使她动手呢？是春光的荡漾，把他这种心思泛出来呢？或者，天地之心就是这样呢？

你且看：漫游的薄云还是从这峰飞过那峰。

你且听：云雀和金莺的歌声还布满了空中和林中。在这万山环抱的桃林中，除那班爱闹的孩子以外，万物把春光领略得心眼都迷蒙了。

美的牢狱

嬿求正在镜台边理她的晨妆，见她的丈夫从远地回来，就把头拢住，问道："我所需要的你都给带回来了没有?

"对不起！你虽是一个建筑师，或泥水匠，能为你自己建筑一座'美的牢狱'；我却不是一个转运者，不能为你搬运等等材料。"

"你念书不是念得越糊涂，便是越高深了！怎么你的话，我一点也听不懂？"

丈夫含笑说："不懂么？我知道你开口爱美，闭口爱美，多方地要求我给你带等等装饰回来；我想那些东西都围绕在你的体外，合起来，岂不是成为一座监禁你的牢狱吗？"

她静默了许久，也不做声。她的丈夫往下说："妻呀，我想你还不明白我的意思。我想所有美丽的东西，只能让他们散布在各处，我们只能在他们的出处爱他们；若是把他们聚拢起来，搁在一处，或在身上，那就不美了……"

她睁着那双柔媚的眼，摇着头说："你说得不对。你说得不对。若不剖蚌，怎能得着珠玑呢？若不开山，怎能得着金刚、玉石、玛瑙等等宝物呢？而且那些东西，本来不美，必得人把他们琢磨出来，加以装饰，才能显得美丽咧。若说我要装饰，就是建筑一所美的牢狱，且把自己监在里头，且问谁不被监在这种牢狱里头呢？如果世间真有美的牢狱，像你所说，那么，我们不过是造成那牢狱的一沙一石罢了。"

"我的意思就是听其自然，连这一沙一石也毋须留存。孔雀何为自己修饰羽毛呢？茇荷何尝把他的花染红了呢？”

“所以说他们没有美感！我告诉你，你自己也早已把你的牢狱建筑好了。”

“胡说！我何曾？”

“你心中不是有许多好的想象；不是要照你的好理想去行事么？你所有的，是不是从古人曾经建筑过的牢狱里检出其中的残片！或是在自己的世界取出来的材料呢？自然要加上一点人为才能有意思。若是我的形状和荒古时候的人一样，你还爱我吗？我准敢说，你若不好好地住在你的牢狱里头，且不时时把牢狱的墙垣垒得高高的，我也不能爱你。”

刚愎的男子，你何尝佩服女子的话？你不过会说：“就是你会说话！等我思想一会儿，再与你决战。”

上景山

无论那一季，登景山，最合宜的时间是在清早或下午三点以后。晴天，眼界可以望到天涯的朦胧处；雨天，可以欣赏雨脚的长度和电光的迅射；雪天，可以令人咀嚼着无色界的滋味。

在万春亭上坐着，定神看北上门后的马路（从前路在门前，如今路在门后），尽是行人和车马，路边的梓树都已掉了叶子。不错，已经立冬了，今年天气可有点怪，到现在还没冻冰。多谢芰荷的业主把残茎都去掉，教我们能看见紫禁城外护城河的水光还在闪烁着。

神武门上是关闭得严严地。最讨厌是楼前那枝很长的旗杆，侮辱了全个建筑的庄严。门楼两旁树它一对，不成吗？禁城上时时有人在走着，恐怕都是外国的旅人。

皇宫一所一所排列着非常整齐。怎么一个那么不讲纪律的民族，会建筑这么严肃的宫廷？我对着一片黄瓦这样想着。不，说不讲纪律未免有点过火，我们可以说这民族是把旧的纪律忘掉，正在找一个新的咧。新的找不着，终久还要回来的。北京房子，皇宫也算在里头，主要的建筑都是向南的，谁也没有这样强迫过建筑者，说非这样修不可。但纪律因为利益所在，在不言中被遵守了。夏天受着解愠的熏风，冬天接着可爱的暖日，只要守着盖房子的法则，这利益是不用争而自来的。所以我们要问，在我们的政治社会里有这样的熏风和暖日吗？

最初在崖壁上写大字铭功的是强盗的老师，我眼睛看着神武门上的几个大字，心里想着李斯。皇帝也是强盗的一种，是个白痴强盗。他抢了天下，把自己监禁在宫中，把一切宝物聚在身边，以为他是富有天下。这样一代过一代，到头来还是被他的糊涂奴仆，或贪婪臣宰，讨，瞒，偷，换，到连性命也不定保得住。这岂不是个白痴强盗？在白痴强盗底下才会产出大盗和小偷来。一个小偷，多少总要有一点跳女墙钻狗洞的本领，有他的禁忌，有他的信仰和道德。大盗只会利用他的奴性去请托攀缘，自赞赞他，禁忌固然没有，道德更不必提。谁也不能不承认盗贼是寄生人类的一种，但最可杀的是那班为大盗之一的斯文贼。他们不像小偷为延命去营鼠雀的生活；也不像一般的大盗，凭着自己的勇敢去抢天下。所以明火打劫的强盗最恨的是斯文贼。这里我又联想到张献忠。有一次他开科取士，檄诸州举贡生员，后至者妻女充院，本犯剥皮，有司教官斩，连坐十家。诸生到时，他要他们在一丈见方的大黄旗上写个帅字，字画要像斗的粗大，还要一笔写成。一个生员王志道缚草为笔，用大缸贮墨汁将草笔泡在缸里，三天，再取出来写。果然一笔写成了。他以为可以讨献忠的喜欢，谁知献忠说：“他日图我必定是你。”立即把他杀来祭旗。献忠对待念书人是多么痛快。他知道他们是寄生的寄生。他的使命是来杀他们。

东城西城的天空中，时见一群一群旋飞的鸽子。除去打麻雀，逛窑子，上酒楼以外，这也是一种古典的娱乐。这种娱乐也来得群众化一点。它能在空中发出和悦的响声，翩翩地飞绕着，教人觉得在一个灰白色的冷天，满天乱飞乱叫的老鸹的讨厌。然而在刮大风的时候，若是你有勇气上景山的最高处，看看天安门楼屋脊上的鸦群，噪叫的声音是听不见，它们随风飞扬，直像从什么大树飘下来的败叶，凌乱得有意思。万春亭周围被挖得东一沟，西一窟。据说是管宫的当局挖来试看煤山是不是个大煤堆，像历来的传说所传的，我心里暗笑信这说的人们。是不是因为北宋亡国的时候，都人在城被围时，拆毁艮岳的建筑木材去充柴火，所以计划建筑北京的人预先堆起一大堆煤，万一都城被围的时，人民可以不拆宫殿。这是笨想头。若是我来计划，最好来一个米山。米在万急的时候，也可以生吃，煤可无论如何吃不得。又有人说景山是太行的最终一峰。这也是瞎说。从西山往东几十里平原，可怎么不偏不颇，在北京城当中出了一座景山？若说北京的建设就是对着景山的子午，为什么不对北海的琼岛？我想景山明是开紫禁城外的护城河所积的土，琼岛也是垒积从北海挖出来的土而成的。

从亭后的栝树缝里远远看见鼓楼。地安门前后的大街，人马默默地走，城市的喧嚣声，一点也听不见。鼓楼是不让正阳门那样雄壮地挺着。它的名字，改了又改，一会是明耻楼，一会又是齐政楼，现在大概又是明耻楼吧。明耻不难，雪耻得努力。只怕市民能明白那耻的还不多，想来是多么可怜。记得前几年“三民主义”“帝国主义”这套名词随着北伐军到北平的时候，市民看些篆字标语，好像都明白各人蒙着无上的耻辱，而这耻辱是由于帝国主义的压迫。所以大家也随声附和，唱着打倒和推翻。

从山上下来，崇祯殉国的地方依然是那棵半死的槐树。据说树上原有一条链子锁着，庚子联军入京以后就不见了。现在那枯槁的部分，还有一个大洞，当时的链痕还隐约可以看见。义和团运动的结果，从解放这棵树，发展到解放这民族。这是一件多么可以发人深思的对象呢？山后的柏树发出幽恬的香气，好像是对于这地方的永远供物。

寿皇殿锁闭得严严地，因为谁也不愿意努尔哈赤的种类再做白痴的梦。每年的祭祀不举行了，庄严的神乐再也不能听见，只有从乡间进城来唱秧歌的孩子们，在墙外打的锣鼓，有时还可以送到殿前。

到景山门，回头仰望顶上方才所坐的地方，人都下来了。树上几只很面熟却不认得的鸟在叫着。亭里残破的古佛还坐在结那没人能懂的手印。

先农坛

曾经一度繁华过的香厂，现在剩下些破烂不堪的房子，偶尔经过，只见大兵们在广场上练国技。望南再走，排地摊的犹如往日，只是好东西越来越少，到处都看见外国来的空酒瓶，香水樽，胭脂盒，乃至簇新的东洋瓷器，估衣摊上的不入时的衣服，“一块八”“两块四”叫卖的伙计连翻带嚷地兜揽，买主没有，看主却是很多。

在一条凹凸得格别的马路上走，不觉进了先农坛的地界。从前在坛里唯一新建筑，“四面钟”，如今只剩一座空洞的高台，四围的柏树早已变成富人们的棺材或家私了。东边一座礼拜寺是新的。球场上还有人在那里练习。绵羊三五群，遍地披着枯黄的草根。风稍微一动，尘土便随着飞起，可惜颜色太坏，若是雪白或朱红，岂不是很好的国货化妆材料?

到坛北门，照例买票进去。古柏依旧，茶座全空。大兵们住在大殿里，很好看的门窗，都被拆作柴火烧了。希望北平市游览区划定以后，可以有一笔大款来修理。北平的旧建筑，渐次少了，房主不断地卖折货。像最近的定王府，原是明朝胡大海的府邸，论起建筑的年代足有五百多年。假若政府有心保存北平古物，决不至于让市民随意拆毁。拆一间是少一间。现在坛里，大兵拆起公有建筑来了。爱国得先从爱惜公共的产业做起，得先从爱惜历史的陈迹做起。

观耕台上坐着一男二女，正在密谈，心情的热真能抵御环境的冷。桃树柳树都脱掉叶衣，做三冬的长眠，风摇鸟唤，都不听见。雩坛边的鹿，伶俐的眼睛瞭望着过路的人。游客本来有三两个，它们见了格外相亲。在那么空旷的园囿，本不必拦着它们，只要四围开上七八尺深的沟，斜削沟的里壁，使当中成一个圆丘，鹿放在当中，虽没遮栏也跳不上来。这样，园景必定优美得多。星云坛比岳渎坛更破烂不堪。干蒿败艾，满布在砖缝瓦罅之间，拂人衣裾，便发出一种清越的香味。老松在夕阳底下默然站着。人说它像盘旋的虬龙，我说它像开屏的孔雀，一颗一颗的松球，衬着暗绿的针叶，远望着更像得很。松是中国人的理想性格，画家没有不喜欢画它。孔子说它后凋还是屈了它，应当说它不凋才对。英国人对于橡树的情感就和中国对于松树的一样。

中国人爱松并不尽是因为它长寿，乃是因它当飘风飞雪的时节能够站得住，生机不断，可发荣的时间一到，便又青绿起来。人对着松树是不会失望的，它能给人一种兴奋，虽然树上留着许多枯枝桠，看来越发增加它的壮美。就是枯死，也不像别的树木等闲地倒下来。千年百年是那么立着，藤萝缠它，薜荔黏它，都不怕，反而使它更优越更秀丽，古人说松籁好听得像龙吟。

龙吟我们没有听过，可是它所发出的逸韵，真能使人忘掉名利，动出尘的想头。可是要记得这样的声音，决不是一寸一尺的小松所能发出，非要经得百千年的磨炼，受过风霜或者吃过斧斤的亏，能够立得定以后，是做不到的。所以当年壮的时候，应学松柏的抵抗力、忍耐力，和增进力；到年衰的时候，也不妨送出清越的籁。

对着松树坐了半天。金黄色的霞光已经收了，不免离开雩坛直出大门。门外前几年挖的战壕，还没填满。羊群领着我向着归路。道边放着一担菊花，卖花人站在一家门口与那淡妆的女郎讲价，不提防担里的黄花教羊吃了几棵。那人索性将两棵带泥丸的菊花向羊群猛掷过去，口里骂“你等死的羊孙子！”可也没奈何。吃剩的花散布在道上，也教车轮碾碎了。

乡曲的狂言

在城市住久了，每要害起村庄的相思病来。我喜欢到村庄去，不单是贪玩那不染尘垢的山水，并且爱和村里的人攀谈。我常想着到村里听庄稼人说两句愚拙的话语，胜过在郡邑里领受那些智者的高谈大论。

这日，我们又跑到村里拜访耕田的隆哥。他是这小村的长者，自己耕着几亩地，还艺一所菜园。他的生活倒是可以羡慕的。他知道我们不愿意在他矮陋的茅屋里，就让我们到篱外的瓜棚底下坐坐。

横空的长虹从前山的凹处吐出来，七色的影印在清潭的水面。我们正凝神看着，蓦然听得隆哥好像对着别人说："冲那边走吧，这里有人。"

"我也是人，为何这里就走不得？"我们转过脸来，那人已站在我们跟前。那人一见我们，应行的礼，他也懂得。我们问过他的姓名，请他坐。隆哥看见这样，也就不做声了。

我们看他不像平常人，但他有什么毛病，我们也无从说起。他对我们说："自从我回来，村里的人不晓得当我做个什么。我想我并没有坏意思，我也不打人，也不叫人吃亏，也不占人便宜，怎么他们就这般地欺负我——连路也不许我走？"

和我同来的朋友问隆哥，说："他的职业是什么？"隆哥还没作声，他便说："我有事做，我是有职业的人。"说着，便从口袋里掏出一本小折子来，对我的朋友说："我是做买卖的。我做了许久了，这本折子里所记的账不晓得是人该我的，还是我该人的，我也记不清楚，请你给我看看。"他把折子递给我的朋友，我们一同看，原来是同治年间的废折！我们忍不住大笑起来，隆哥也笑了。

隆哥怕他招笑话，想法子把他哄走。我们问起他的来历，隆哥说他从小在天津做买卖，许久没有消息，前几天刚回来的。我们才知道他是村里新回来的一个狂人。

隆哥说："怎么一个好好的人到城市里就变成一个疯子回来？我听见人家说城里有什么疯人院，是造就这种疯子的。你们住在城里，可知道有没有这回事？"

我回答说："笑话！疯人院是人疯了才到里边去；并不是把好好的人送到那里教疯了放出来的。"

"既然如此，为何他不到疯人院里住，反跑回来到处骚扰？"

"那我可不知道了。"我回答时，我的朋友同时对他说："我们也是疯人，为何不到疯人院里住？"

隆哥很诧异地问："什么？"

我的朋友对我说："我这话，你说对不对？认真说起来，我们何尝不狂？要是方才那人才不狂呢。我们心里想什么，口又不敢说，手也不敢动，只会装出一副脸孔；倒不如他想说什么便说什么，想做什么就做什么，那份诚实，是我们做不到的。我们若想起我们那些受拘束而显出来的动作，比起他那真诚的自由行动，岂不是我们倒成了狂人？这样看来，我们才疯，他并不疯。"

隆哥不耐烦地说："今天我们都发狂了，说那个干什么？我们谈别的吧。"

瓜棚底下闲谈，不觉把印在水面的长虹惊跑了。隆哥的儿子赶着一对白鹅向潭边来。我的精神又贯注在那纯净的家禽身上。

鹅见着水也就发狂了。它们互叫了两声，便拍着翅膀趋入水里，把静明的镜面踏破。

爱流汐涨

月儿的步履已踏过嵇家的东墙了。孩子在院里已等了许久，一看见上半弧的光刚射过墙头，便忙忙跑到屋里叫道:“爹爹，月儿上来了，出来给我燃香罢。”

屋里坐着一个中年的男子，他的心负了无量的愁闷。外面的月亮虽然还像去年那么圆满，那么光明，可是他对于月亮的情绪就大不如去年了。当孩子进来叫他的时候，他就起来，勉强回答说:“宝璜，今晚上不必拜月，我们到院里对着月光吃些果品，回头再出去看看别人的热闹。”

孩子一听见要出去看热闹，更喜得了不得。他说:“为什么今晚上不拈香呢?记得从前是妈妈点给我的。”

父亲没有回答他。但孩子的话很多，问得父亲越发伤心了。他对着孩子不甚说话。只有向月不歇地叹息。

“爹爹今晚上不舒服么?为何气喘得那么厉害?”

父亲说:“是，我今晚上病了。你不是要出去看热闹么?可以教素云姐带你去，我不能去了。”

素云是一个年长的丫头。主人的心思、性地，她本十分明白，所以家里无论大小事几乎是她一人主持。她带宝璜出门，到河边看看船上和岸上各样的灯色，便中就告诉孩子说:“你爹爹今晚不舒服了，我们得早一点回去才是。”

孩子说:“爹爹白天还好好地，为何晚上就害起病来?”

“唉，你记不得后天是妈妈的百日吗?”

“什么是妈妈的百日？”

“妈妈死掉，到后天是一百天的工夫。”

孩子实在不能理会那“一百日”的深密意思。素云只得说：“夜深了，咱们回家去罢。”

素云和孩子回来的时候，父亲已经躺在床上，见他们回来，就说：“你们回来了。”她跑到床前回答说：“二爷，我们回来了，晚上大哥儿可以和我同睡，我招呼他，好不好？”

父亲说：“不必。你还是睡你的罢。你把他安置好，就可以去歇息，这里没有什么事。”

这个七岁的孩子就睡在离父亲不远的一张小床上。外头的鼓乐声和树梢的月影，把孩子嬲得不能睡觉。在睡眠的时候，父亲本有命令，不许说话，所以孩子只得默听着，不敢发出什么声音。

乐声远了，在近处的杂响中，最刺激孩子的，就是从父亲那里发出来的啜泣声。在孩子的思想里，大人是不会哭的，所以他很诧异地问：“爹爹，你怕黑么？大猫要来咬你么？你哭什么？”

他说着就要起来，因为他也怕大猫。

父亲阻止他，说：“爹爹今晚上不舒服，没有别的事。不许起来。”

“咦，爹爹明明哭了！我每哭的时候，爹爹说我的声音像河里水声泶瀥泶瀥[①]地响，现在爹爹的声音也和那个一样。呀，爹爹，别哭了，爹爹一哭，教宝璜怎能睡觉呢？”

孩子越说越多，弄得父亲的心绪更乱。他不能用什么话来对付孩子，只说：“璜儿，我不是说过，在睡觉时不许说话么？你再说时，爹爹就不疼你了。好好地睡罢。”

孩子只复说了一句：“爹爹要哭，教人怎样睡得着呢？”以后他就静默了。

这晚上的催眠歌，就是父亲的抽噎声。不久，孩子也因着这声就发出微细的鼾息，屋里只有些杂响伴着父亲发出哀音。

---

① 泶瀥（xué shào）：流水声。

忆卢沟桥

记得离北平以前，最后到卢沟桥，是在二十二年的春天。我与同事刘兆惠先生在一个清早由广安门顺着大道步行，经过大井村，已是十点多钟。参拜了义井庵的千手观音，就在大悲阁外少憩。那菩萨像有三丈多高，是金铜铸成的，体相还好，不过屋宇倾颓，香烟零落，也许是因为求愿的人们发生了求财赔本求子丧妻的事情吧。这次的出游本是为访求另一尊铜佛而来的。我听见从宛平城来的人告诉我那城附近有所古庙塌了，其中许多金铜佛像，年代都是很古的。为知识上的兴趣，不得不去采访一下。

大井村的千手观音是有著录的，所以也顺便去看看。出大井村，在官道上，巍然立着一座牌坊，是乾隆四十年建的。坊东面额书“经环同轨”，西面是“荡平归极”。建坊的原意不得而知，将来能够用来做凯旋门那就最合宜不过了。

春天的燕郊，若没有大风，就很可以使人流连。树干上或土墙边蜗牛在画着银色的涎路。它们慢慢移动，像不知道它们的小介壳以外还有什么宇宙似的。柳塘边的雏鸭披着淡黄色的毻毛，映着嫩绿的新叶；游泳时，微波随蹼翻起，泛成一弯一弯动着的曲纹，这都是生趣的示现。走乏了，且在路边的墓园少住一回。

刘先生站在一座很美丽的窣堵坡上，要我给他拍照。在榆树荫覆之下，我们没感到路上太阳的酷烈。寂静的墓园里，虽没有什么名花，野卉倒也长得顶得意地。忙碌的蜜蜂，两只小腿粘着些少花粉，还在采集着。蚂蚁为争一条烂残的蚱蜢腿，在枯藤的根本上争斗着。落网的小蝶，一片翅膀已失掉效用，还在挣扎着。这也是生趣的示现，不过意味有点不同罢了。

闲谈着，已见日丽中天，前面宛平城也在域之内了。宛平城在卢沟桥北，建于明崇祯十年，名叫“拱北城”，周围不及二里，只有两个城门，北门是顺治门，南门是永昌门。清改拱北为拱极，永昌门为威严门。南门外便是卢沟桥。拱北城本来不是县城，前几年因为北平改市，县衙才移到那里去，所以规模极其简陋。从前它是个卫城，有武官常驻镇守着，一直到现在，还是一个很重要的军事地点。我们随着骆驼队进了顺治门，在前面不远，便见了永昌门。大街一条，两边多是荒地。我们到预定的地点去探访，果见一个庞大的铜佛头和些铜像残体横陈在县立学校里的地上。

拱北城内原有观音庵与兴隆寺，兴隆寺内还有许多已无可考的广慈寺的遗物，那些铜像究竟是属于哪寺的也无从知道。我们摩挲了一回，才到卢沟桥头的一家饭店午膳。

自从宛平县署移到拱北城，卢沟桥便成为县城的繁要街市。桥北的商店民居很多，还保存着从前中原数省入京孔道的规模。桥上的碑亭虽然朽坏，还矗立着。

自从历年的内战，卢沟桥更成为戎马往来的要冲，加上长辛店战役的印象，使附近的居民都知道近代战争的大概情形，连小孩也知道飞机、大炮、机关枪都是做什么用的。到处墙上虽然有标语贴着的痕迹，而在色与量上可不能与卖药的广告相比。推开窗户，看着永定河的浊水穿过疏林，向东南流去，想起陈高的诗：“卢沟桥西车马多，山头白日照清波。毡卢亦有江南妇，愁听金人出塞歌。”清波不见，浑水成潮，是记述与事实的相差，抑昔日与今时的不同，就不得而知了。但想象当日桥下雅集亭的风景，以及金人所掠江南妇女，经过此地的情形，感慨便不能不触发了。

从卢沟桥上经过的可悲可恨可歌可泣的事迹，岂止被金人所掠的江南妇女那一件？可惜桥栏上蹲着的石狮子个个只会张牙裂眦、结舌无言，以致许多可以稍留印迹的史实，若不随蹄尘飞散，也教轮辐压碎了。我又想着天下最有功德的是桥梁。它把天然的阻隔连络起来。它从这岸渡引人们到那岸。在桥上走过的是好是歹，于它本来无关，何况在上面走的不过是长途中的一小段，它哪能知道何者是可悲可恨可泣呢？它不必记历史，反而是历史记着它。卢沟桥本名广利桥，是金大定二十七年始建，至明昌二年（公元一一八九至一一九二）修成的。它拥有世界的声名是因为曾入马哥博罗的记述。马哥博罗记作“普利桑干”，而欧洲人都称它作“马哥博罗桥”，倒失掉记者赞叹桑干河上一道大桥的原意了。中国人是善于修造石桥的，在建筑上只有桥与塔可以保留得较为长久。中国的大石桥每能使人叹为鬼役神工，卢沟桥的伟大与那有名的泉州洛阳桥和漳州虎渡桥有点不同。论工程，它没有这两道桥的宏伟，然而在史迹上，它是多次系着民族安危。纵使你把桥拆掉，卢沟桥的神影是永不会被中国人忘记的，这个在七七事件发生以后，更使人觉得是如此。当时我只想着日军许会从古北口入北平，由北平越过这道名桥侵入中原，决想不到火头就会在我那时所站的地方发出来。

在饭店里，随便吃些烧饼，就出来，在桥上张望。铁路桥在远处平行地架着。驮煤的骆驼队随着铃铛的音节整齐地在桥上迈步。小商人与农民在雕栏下作交易上很有礼貌的计较。妇女们在桥下浣衣，其乐融融地交谈。人们虽不理会国势的严重，可是从军队里宣传员口里也知道强敌已在门口。我们本不是为做间谍去的，因为在桥上向路人多问了些话，便教警官注意起来，我们也自好笑。我是为当事官吏的注意而高兴，觉得他们时刻在提防着，警备着。过了桥，便望见实柘山，苍翠的山色，指示着日斜多了几度，在砾原上流连片时，暂觉晚风拂衣，若不回转，就得住店了。“卢沟晓月”是有名的。为领略这美景，到店里住一宿，本来也值得，不过我对于晓风残月一类的景物素来不大喜爱，我爱月在黑夜里所显的光明。晓月只有垂死的光，想来是很凄凉的，还是回家吧。

我们不从原路去，就在拱北城外分道。刘先生沿着旧河床，向北回海淀去。我捡了几块石头，向着八里庄那条路走。进到阜城门，望见北海的白塔已经成为一个剪影贴在洒银的暗蓝纸上。

无法投递之邮件（节选）

弁　言

有话说不出的苦；说出来没人听，更苦。有信不能投递是不幸；递而递不到，更不幸。这样的苦与不幸，稍有人间经验的人没有一个不尝过。

一个惯在巴黎歌剧场鉴赏歌舞的人到北京的茶园去听昆曲，也许会捧腹大笑，说："这是什么音乐？"这样的人，我们可以说他不懂昆曲。一只百灵在笼里嘤鸣，养它的主人虽然听不懂它的意思，却也能羡赏它的声音，或误会它，以为它向着自己献媚。一只蜩蝉藏在阴森的丛叶底下，不断地长鸣，也是为求它的伴侣，可是有时把声音叫嘶了，还是求不着。在笼里的鸟不能因为自己不自由，或被人误会而不唱。在叶底的蝉不能因求伴不得而不叫唤。说话、写信也是如此。听不懂，看不懂，未必不能再说，再写。至若词不达意，而读者能够理会，就更可以写；词能达意，明知读者要误会，亦不能不写。写在我，读在人，理会和误会，我可以不管。投在我，递在人，有法投递与无法投递，我也可以不管。只要写了，投了，我心就安慰而满足了。只要我的情义表示出来，虽递不到，我也算它递到了。

十六年十一月落华生自叙于面壁斋

给诵幼

不能投递之情形——地址不明，退发信人写明再递。

诵幼，我许久没见你了。我近来患失眠症。梦魂呢，又常困在躯壳里飞不到你身边，心急得很。但世间事本无客人着急的余地，越着急越不能到；我只得听其自然罢了。你总不来我这里，也许你怪我那天藏起来，没有出来帮你忙的缘故。诵幼，若你因那事怪了我，可就冤枉极了！我在那时，全身已泡在烦恼的海中，自救尚且不暇，何能顾你？今天接定慧的信，说你已经被释放了，我实在欢喜得很！呀，诵幼，此后须要小心和男子相往来。你们女子常说“男子坏的很多”，这话诚然不错。但我以为男子的坏，并非他生来就是如此的，是跟女子学来的。诵幼，我说这话，请你不要怪我。你的事且不提，我拿文锦的事来说罢。他对于尚素本来是很诚实的，但尚素要将她和文锦的交情变为更亲密的交情，故不得不胡乱献些殷勤。女人的殷勤，就是使男子变坏的砒石哟！我并不是说女子对于男子要很森严、冷酷，像怀霄待人一样，不过说没有智慧的殷勤是危险的罢了。

我盼望你今后的景况像湖心的白鹄一样。

给贞蕤

不能投递之情形——此人已离广州。

自走马营一别，至今未得你的消息。知道你的生活和行脚僧一样，所以没有破旅愁的书信给你念。昨天从杭处听见你的近况，且知道你现在住在这里，不由得我不写这几句话给你。

我的朋友，你想北极的冰洋上能够长出花菖蒲，或开得像尼罗河边的王莲来么？我劝你就回家去罢。放着你清凉而恬淡的生活不享，飘零着找那不知心的“知心人”，为何自找这等刑罚？纵说是你当时得罪了他，要找着他向他谢罪，可是罪过你已认了，那温润不挠、如玉一般的情好岂能弥补得毫无瑕疵？

我的朋友，我常想着我曾用过一管笔，有一天无意中把笔尖误烧了（因为我要学篆书，听人说烧了尖好写），就不能再用它。但我很爱那笔，用尽许多法子，也补救不来；就是拿去找笔匠，也不能出什么主意，只是教我再换过一管罢了。我对于那天天接触的小宝贝，虽舍不得扔掉，也不能不把它藏在笔囊里。人情虽不能像这样换法，然而，我们若在不能换之中，姑且当做能换，也就安慰多了。你有心牺牲你的命运，他却无意成就你的愿望，你又何必？我劝你早一点回去罢，看你年少的容貌快要从镜中逃走，在你背后的黑影快要闯入你的身里，把你青春一切活泼的风度赶走，把你光艳的躯壳夺去了。

我再三叮咛你，不知心的“知心人”，纵然找着了，只是加增懊恼，毫无用处的。

答劳云

不能投递的情形——劳云已投金光明寺，在岭上，不能递。

中夜起来，月还在座，渴鼠蹑上桌子偷我笔洗里的墨水喝，我一下床它就吓跑了。它惊醒我，我吓跑它，也是公道的事情。到窗边坐下，且不点灯，回想去年此夜，我们正在了因的园里共谈，你说我们在万本芭蕉底下直像草根底下斗鸣的小虫。唉，今夜那园里的小虫必还在草根底下叫着，然而我们呢？本要独自出去一走，怎奈院里鬼影历乱，又没有侣伴，只得作罢了。睡不着，偏想茶喝，到后房去，见我的小丫头被慵睡锁得很牢固，不好解放她，喝茶的念头，也得作罢了。回到窗边坐下，摩摩窗棂，无意摩着你前月的信，就仗着月灯再念了一遍，可幸你的字比我写得还要粗大，念时，尚不费劲。在这时候，只好给你写这封回信。

劳云，我对了因所说，那得天下荒山，重叠围合，做个大监牢——野兽当逻卒，烟云拟桎梏，古树作栅栏，茑萝为羂索禁，——闲散地囚禁你这流动人愁怀的诗犯？不想你真要自首去了！去也好，但我只怕你一去到那里便成诗境，不是诗牢了。

你问我为什么叫你做诗犯，我自己也不知其所以然。我觉得你的诗虽然很好，可是你心里所有的和手里写出来的总不能适合，不如把笔摔掉，到那只许你心儿领会的诗牢去更妙。遍世间尽是诗境，所以诗人易做。诗人无论遇着什么，总不肯诤默着，非发出些愁苦的诗不可，真是难解。譬如今夜夜色，若你在时，必要把院里所有的调戏一番，非叫它们都哭了，你不甘心。这便是你的过犯。所以我要叫你做诗犯，很盼望你做个诗犯。

一手按着手电灯，一手写字，很容易乏，不写了。今夜起来，本不是为给你写回信，然而在不知不觉中，就误了我半小时，不能和我那个“月”默谈。这又是你的罪过！

院里的虫声直如鬼哭，听得我毛发尽竦。还是埋头枕底，让那只小鼠畅饮一场罢。

给小峦

不能投递之情形——此人已入疯人院。

绿绮湖边的夜谈，是我们所不能忘掉的。但是，小峦，我要告诉你，迷生决不能和我一样，常常惦念着你，因为他的心多用在那恋爱的遗骸上头。你不是教我探究他的意思吗？我昨天一早到他那里去，在一件事情上，使我理会他还是一个爱的坟墓的守护者。若是你愿意听这段故事，我就可以告诉你。

我一进门时，他垂着头好像很悲伤的样子，便问：“迷生，你又想什么来？”他叹了一声才说：“她织给我的领带已经坏了。我身边再也没有她的遗物了！人丢了，她的东西也要陆续地跟着她走，真是难解！”我说：“是的，太阳也有破坏的日子，何况一件小小东西，你不许他坏，成么？”

“为什么不成。若是我不用它，就可以保全它，然而我怎能不用？我一用她给我留下的器物，就藉那些东西要和她交通，且要得着无量安慰。”他低垂的视线牵着手里的旧领带，接着说：“唉，现在她的手泽都完了！”

小峦，你想他这样还能把你惦记在心里么？你太轻于自信了。我不是使你失望，我很了解他，也了解你，你们固然是亲戚，但我要提醒你，除疏淡的友谊外，不要多走一步。因为，凡最终的地方，都是在对岸那很高、很远、很暗，且不能用平常的舟车达到的。你和迷生的事，据我现在的观察，纵使蜘蛛的丝能够织成帆，蜣螂的甲能够装成船，也不能渡你过第一步要过的心意的海洋。你不要再发痴了，还是回向莲台，拜你那低头不语的偶像好。你常说我给麻醉剂你服，不错的！若是我给一毫一厘的兴奋剂你服，恐怕你要起不来了。

给爽君夫妇

不能投递之情形——爽君逃了！不知去向。

你的问题，实在是时代问题，我不是先知，也不能决定说出其中的奥秘。但我可以把几位朋友所说的话介绍给你知道，你定然要很乐意地念一念。

我有一位朋友说："要双方发生误解，才有爱情。"他的意思以为相互的误解是爱情的基础。若有一方面了解,一方面误解,爱也无从悬挂的。若两方面都互相了解,只能发生更好的友谊罢了。爱情的发生，因为我不知道你是怎么一回事，你也不知道我是怎么一回事才有的。若彼此都知道很透澈，那时便是爱情的老死期了。

又有一位朋友说："爱情是彼此的帮助：凡事不顾自己，只顾人。"这句话，据我看来，未免广泛一点。我想你也知道其中不尽然的地方。

又有一位朋友说："能够把自己的人格忘了，去求两方更高的共同人格，便是爱情。"他以为爱情是无我相的,有"我"的执着便不能爱,所以要把人格丢掉。然而人格在人间生活的期间内是不能抛弃的，为这缘故，就不能不再找一个比自己人格更高尚的东西。他说这要找的便是共同人格。两方因为再找一个共同人格，在某一点上相遇了，便连合起来，成为爱情。

此外有许多陈腐而很新鲜的论调我也不多说了。总之，爱情是非常神秘，而且是一个人一样的。近时的作家每要夸炫说："我是不写爱情小说,不做爱情诗的。"介绍一个作家，也要说："他是不写爱情的文艺的。"我想这就是我们不能了解爱情本体的原因。爱情就是生活，若是一个作家不会描写，或不敢描写，他便不配写其余的文艺。

我自信我是有情人，虽不能知道爱情的神秘，却愿多多地描写爱情生活。我立愿尽此生，能写一篇爱情生活，便写一篇；能写十篇，便写十篇；能写百、千、亿、万篇，便写百、千、亿、万篇。立这志愿，为的是安慰一般互相误解、不明白的人。你能不骂我是爱情牢狱的广告人么？

这信写来答覆爽君。亦雄也可同念。

复诵幼

不能投递之情形——该处并无此人。

“是神造宇宙、造人间、造人、造爱；还是爱造人、造人间、造宇宙、造神？”这实与“是男生女，是女生男”的旧谜一般难决。我总想着人能造的少，而能破的多。同时，这一方面是造，那一方面便是破。世间本没有“无限”。你破璞来造你的玉簪，破贝来造你的珠珥，破木为梁，破石为墙，破蚕、棉、麻、麦、牛、羊、鱼、鳖的生命来造你的日用饮食，乃至破五金来造货币、枪弹，以残害同类、异种的生命。这都是破造双成的。要生活就得破。就是你现在的“室家之乐”也从破得来。你破人家亲子之爱来造成的配偶，又何尝不是破？破是不坏的，不过现代的人还找不出破坏量少而建造量多的一个好方法罢了。

你问我和她的情谊破了不，我要诚实地回答你说：诚然，我们的情谊已经碎为流尘，再也不能复原了；但在清夜中，旧谊的鬼灵曾一度蹑到我记忆的仓库里，悄悄把我伐情的斧——怨恨——拿走。我揭开被褥起来，待要追它，它已乘着我眼中的毛轮飞去了。这不易寻觅的鬼灵只留它的踪迹在我的书架上。原来那是伊人的文件！我伸伸腰，揉着眼，取下来念了又念，伊人的冷面复次显现了。旧的情谊又从字里行间复活起来。相怨后的复和，总解不通从前是怎么一回事，也诉不出其中的甘苦。心面上的青紫惟有用泪洗濯而已。有涩泪可流的人还算不得是悲哀者。所以我还能把壁上的琵琶抱下来弹弹，一破清夜的岑寂。你想我对着这归来的旧好必要弹些高兴的调子。可是我那夜弹来弹去只是一阕《长相忆》，总弹不出《好事》！奈何，奈何？我理会从记忆的坟里复现的旧谊，多年总有些分别。但玉在她的信里附着几句短词嘲我说：

嘻，说到相怨总是表面事，
心里的好人仍是旧相识。
是爱是憎本不容得你做主，
你到底是个爱恋的奴隶！

她嘲我的未免太过。然而那夜的境遇实是我破从前一切情愫所建造的。此后，纵然表面上极淡的交谊也没有，而我们心心的理会仍可以来去自如。

你说爱是神所造，劝我不要拒绝，我本没有拒绝，然而憎也是神所造，我又怎能不承纳呢？我心本如香水海，只任轻浮的慈惠船载着喜爱的花果在上面游荡。至于满载痴石、嗔火的簰筏，终要因她的危险和沉重而消没净尽，焚毁净尽。爱憎既不由我自主，那破造更无消说了。因破而造，因造而破，缘因更迭，你哪能说这是好，那是坏？至于我的心迹连我自己也不知道，你又怎能名其奥妙？人到无求，心自清宁，那时既无所造作，亦无所破坏。我只觉我心还有多少欲念除不掉，自当勇敢地破灭它至于无余。

你，女人，不要和我讲哲学。我不讲哲学。我劝你也不要希望你脑中有百“论”、千“说”、亿万“主义”，那由他“派别”，辩来论去，逃不出鸡子方圆的争执。纵使你能证出鸡子是方的，又将如何？你还是给我讲讲音乐好。近来造了一阕《暖云烘寒月》琵琶谱，顺抄一份寄给你。这也是破了许多工夫造得来的。

复真龄

不能投递之情形——真龄去国，未留住址。

自与那人相怨后，更觉此生不乐。不过旧时的爱好如洁白的寒鹭，三两时间飞来歇在我心中泥泞的枯塘之岸，有时漫涉到将干未干的水中央，还能使那寂静的平面随着她的步履起些微波。

唉，爱姊姊和病弟弟总是孪生的呵！我已经百夜没睡了。我常说，我的爱如香洌的酒，已经被人喝尽了，我哀伤的金罍里只剩些残冰的融液，既不能醉人，又足以冻我齿牙。你试想，一个百夜不眠的人，若渴到极地，就禁得冷饮么？

“为爱恋而去的人终要循着心境的爱迹归来。”我老是这样地颠倒梦想。但两人之中，谁是为爱恋先走开的？我说那人，那人说我。谁也不肯循着谁的爱迹归来。这委是一件胡卢事！玉为这事也和你一样写信来呵责我，她真和她眼中的瞳子一样，不用镜子就照不着自己。所以我给她寄一面小镜去。她说“女人总是要人爱的”，难道男子就不是要人爱的？她当初和球一自相怨后，也是一样蒙起各人的面具，相逢直如不相识。他们两个复和，还是我的工夫，我且写给你看。

那天，我知道球要到帝室之林去赏秋叶，就怂恿她与我同去。我远地看见球从溪边走来，借故撇开她，留她在一棵枫树下坐着，自己藏在一边静观。人在落叶上走是秘不得的。球的足音，谅她听得着。球走近树边二丈相离的地方也就不往前进了。他也在一根横卧的树根上坐下，拾起枯枝只顾挥拨地上的败叶。她偷偷地看球，不做声，也不到那边去。球的双眼有时也从假意低着的头斜斜地望她。他一望,玉又假做看别的了。谁也不愿意表明谁看着谁来。你知道这是很平常的事。由爱至怨,由怨至于假不相识,由假不相识也许能回到原来的有情境地。我见如此,故意走回来,向她说:“球在那边哪!”她回答:“看见了。”你想这话若多两个字“钦此”,岂不成这娘娘的懿旨？我又大声嚷球。他的回答也是一样地庄严,几乎带上“钦此”二字。我跑去把球揪来。对他们说:“你们彼此相对道道歉，如何？”到底是男子容易劝。球到她跟前说:“我也不知道怎样得罪你。他迫着我向你道歉，我就向你道歉罢。”她望着球，心里愉悦之情早破了她的双颊冲出来。她说:“人为什么不能自主到这步田地？连道个歉也要朋友迫着来。”好了,他们重新说起话来了!

她是要男子爱的,所以我能给她办这事。我是要女人爱的,故毋需去瞅睬那人,我在情谊的道上非常诚实，也没有变动，是人先离开的。谁离开，谁得循着自己心境的爱迹归来。我哪能长出千万翅膀飞入苍茫里去找她？再者，他们是醉于爱的人，故能一说再合。我又无爱可醉，犯不着去讨当头一棒的冷话。您想是不是？

给怀霄

不能投递之情形——此信遗在道旁，由陈斋夫拾回。

好几次写信给你都从火炉里捎去。我希望当你看见从我信笺上出来那几缕烟在空中飘扬的时候，我的意见也能同时印入你的网膜。

怀霄，我不愿意写信给你的缘故，因为你只当我是有情的人，不当我是有趣的人。我尝对人说，你是可爱，不过你游戏天地的心比什么都强，人还够不上爱你。朋友们都说我爱你,连你也是这样想,真是怪事！你想男女得先定其必能相爱,然后互相往来么？好人甚多，怎能对于每个人都爱恋？不过这样的成见不止你有，我很可以原谅你。我的朋友，在爱的田园中，当然免不了三风四雨。从来没有不变化的天气能教一切花果开得斑斓，结得磊砢的。你连种子还没下，就想得着果实，更是办不到的。我告诉你，真能下雨的云是一声也不响的。不掉点儿的密云，雷电反发射得弥满天地。所以人家的话，不一定就是事实，请你放心。

男子愿意做女人的好伴侣或好朋友，可不愿意当她们的奴才，供她们使令。他愿意帮助她们，可不喜欢奉承谄媚她们，男子就是男子，媚是女人的事。你若把“女王”“女神”的尊号暂时收在镜囊里，一定要得着许多能帮助你的朋友。我知道你的性地很冷酷，你不但不愿意得几位新的好友，或极疏淡的学问之交，连旧的你也要一个一个弃绝掉。嫁了的女朋友，和做了官的男相识，都是不念旧好的。与他们见面时，常竟如路人。你还未嫁，还未做官，不该施行那样的事情。我不是呵责你，也不是生气。就使你侮辱我到极点，我也不生气。我不过尽我的情劝告你罢了。说到劝告，也是不得已的。这封信也是在万不得已的境遇底下写的，写完了，我还是盼望你收不到。

复少觉

不能投递之情形——受信人地址为墨所污，无法投递。

同年的老弟：我知道怀霄多病，故月来未尝发信问候，恐惹起她的悲怨。她自说：“我有心事万缕，总不愿写出、说出。到无可奈何时节，只得由它化作血丝飘出来。”所以她也不写信告诉我她到底是害什么病。我想她现时正躺在病榻上呢。

唉，怀霄的病是难以治好的。一个人最怕有“理想”。理想不但能使人病，且能使人放弃他的性命。她甚至抱着理想的理想，怎能不每日病透二十四小时？她常对我说：“有而不完全，宁可不有。”你想“完全”真能在人间找得出来的么？就是遍游亿万尘沙世界，经过庄严劫、星宿劫，也找不着呀！不完全的世界怎能有完全的男子？纵使世间真有一个完全的男子，与她理想的理想一样，那男子对她未必就能起敬起爱。罢了！这又是一种渴鹿趋阳焰的事，即令他有千万蹄，每蹄各具千万翅膀，飞跑到旷野尽处，也不能得点滴的水，何况它还盼望得到绿洲来做它的憩息饮食处？朋友们说她是“愚拙的聪明人”，诚然！她真是一个万事伶俐，一时懵懂的女人。她总没想到“完全”是由妖魔画空而成，本来无东西，何能捉得住？多才、多艺、多色、多意想的人最容易犯理想病。因为有了这些，魔便乘隙于她心中画等等极乐；饰等等庄严；造等等偶像；使她这本来辛苦的身心更受造作安乐的刑罚。这刑罚，除了世人以为愚拙的人以外，谁也不能免掉。如果她知道这是魔的诡计，她就泅近解脱的岸边了。

“理想”和毒花一样，眼看是美，却摸不得。三家村女也知道开美丽的花的多是毒草，总不敢取来做肴馔，可见真正聪明人还数不到她。自求辛螫的人除用自己的泪来调反省的药饵以外，再没有别样灵方。医生说她外表似冷，内里却中了很深的繁花毒。由毒生热恼，恼极成劳，故呕心有血。我早知她的病原在此，只恨没有神变威力，幻作大白香象，到阿耨达池去，吸取些清凉水来与她灌顶，使她表里俱冷。虽然如此，我还尽力向她劝说，希望她自己能调伏她理想的热毒。我写到这里，接朋友的信说她病得很凶，我得赶紧去看看她。

给琰光

不能投递之情形——琰光南归就婚，嘱所有男友来书均退回。

你在我心中始终是一个生面人，彼此间再也不能有什么微妙深沉的认识了，这也是难怪的。白孔雀和白熊虽是一样清白，而性情的冷暖各不相同，故所住的地方也不相同。我看出来了！你是白熊，只宜徘徊于古冰峥嵘的岩壑间，当然不能与我这白孔雀一同飞翔于缨藤缕缕、繁花树树的森林里。可惜我从前对你所有意绪，到今日落得寸断毫分，流离到踪迹都无。我终恨我不是创作者呀！怎么连这刹那等速的情爱时间也做不来？

我热极了，躺在病床上，只是同冰做伴。你的情愫也和冰一样，我愈热，你愈融，结果只使我戴着一头冷水。就是在手中的，也消融尽了。人间第一痛苦就是无情的人偏会装出多情的模样，有情的倒是缄口束手，无所表示！启芳说我是泛爱者，劳生说我是兼爱者，但我自己却以为我是困爱者。我实对你说，我自己实不敢作，也不能作爱恋业，为困于爱，故镇日颠倒于这甜苦的重围中，不能自行救度。爱的沉沦是一切救主所不能救的。爱的迷蒙是一切天人师所不能训诲开示的。爱的刚愎是一切调御丈夫所不能降伏的。

病中总希望你来看看我，不想你影儿不露，连信也不来！似游丝的情绪只得因着记忆的风挂搭在西园西篱，晚霞现处。那里站着我儿时曾爱，现在犹爱的邕。她是我这一生第一个女伴，二十四年的别离，我已成年，而心象中的邕还是两股小辫垂在绿衫儿上。毕章是别离好呵！别离的人总不会老的，你不来也就罢了，因为我更喜欢在旧梦中寻找你。

你去年对我说那句话，这四百日中，我未尝忘掉要给你一个解答。你说爱是你的，你要予便予，要夺便夺。又说要得你的爱须付代价。咦，你老脱不掉女人的骄傲！无论是谁，都不能有自己的爱，你未生以前，爱恋早已存在，不过你偷了些少来眩惑人罢了。你到底是个爱的小窃，同时是个爱的典质者。你何尝花了一丝一忽的财宝，或费了一言一动的劳力去索取爱恋，你就想便宜得来，高贵地售出？人间第二痛苦就是出无等对的代价去买不用劳力得来的爱恋。我实在告诉你，要代价的爱情，我买不起。

焦把纸笔拿到床边，迫着我写你，不得已才写了一套话。我心里告诉我说，从诚实心表见出来的言语，永不至于得罪人，所以我想上头所说的不致于动你的怒。

给憬然三姑

不能投递之情形——本宅并无“憬然三姑”称谓，恐怕是投错了。

我来找你，并不是不知道你已嫁了，怎么你总不敢出来和我叙叙旧话？我一定要认识你的“天”以后才可以见你么？三千里的海山，十二年的隔绝，此间：每年、每月、每个时辰、每一念中都盼着要再会你。一踏入你家的大门，我心便摆得如秋千一般，几乎把心房上的大脉震断了。谁知坐了半天，你总不出来！好容易见你出来，客气话说了，又跑去坐在我背后。那时许多人要与我谈话，我怎好意思回过脸去向着你?

合卺酒是女人的孟婆汤，一喝便把儿女旧事都忘了，所以你一见了我，只似曾相识，似不相识，似怕人知道我们曾相识，两意三心，把旧时的好话都撇在一边。

那一年的深秋，我们同在昌华小榭赏残荷。我的手误触在竹栏边的仙人掌上，竟至流血不止。你从你的镜囊取出些粉纸，又拔两根你香柔而黑甜的头发，为我裹缠伤处。你记得那时所说的话么？你说："这头发虽然不如弦的韧，用来缠伤，足能使得，就是用来系爱人的爱也未必不能胜任。"你含羞说出的话真的把我的心系住，可是你的记忆早与我的伤痕一同丧失了。

又是一年的秋天，我们同在屋顶放一只心形纸鸢。你扶着我的肩膀看我把线放尽了。纸鸢腾得很高，因为风力过大，扯得线儿欲断不断。你记得你那时所说的话么？你说："这也不是'红线'，容它断了罢。"我说："你想我舍得把我偷闲做成的'心'放弃掉么？纵然没有红线，也不能容它流落。"你说："放掉假心，还有真心呢。"你从我手里把白线夺过去，一撒手，纸鸢便翻了无数的筋斗，带着堕线飞去，挂在皇觉寺塔顶。那破心的纤维也许还存在塔上，可是你的记忆早与当时的风一样地不能追寻了。

有一次，我们在流花桥上听鹧鸪，你的白袜子给道旁的曼陀罗花汁染污了。我要你脱下来，让我替你洗净。你记得当时你说什么来？你说："你不怕人笑话么？岂有男子给女人洗袜子的道理？你忘了我方才用栀子花蒂在你掌上写了我的名字么？一到水里，可不把我的名字从你手心洗掉，你怎舍得？"唉，现在你的记忆也和写在我掌上的名字一同消灭了！

真是！合卺酒是女人孟婆汤，一喝便把儿女旧事都忘了。但一切往事在我心中都如残机的线，线线都相连着，一时还不能断尽。我知道你现在很快活，因为有了许多子女在你膝下。我一想起你，也是和你对着儿女时一样地喜欢。

无法投递之邮件（续）

一、给怜生

偶出郊外，小憩野店，见绿榕叶上糁满了黄尘。树根上坐着一个人，在那里呻吟着。衮说大概又是常见的那叫化子在那里演着动人同情或惹人憎恶的营生法术罢。我喝过一两杯茶，那凄楚的声音也和点心一齐送到我面前，不由得走到树下，想送给那人一些吃的用的。我到他跟前，一看见他的脸，却使我失惊。怜生，你说他是谁？我认得他，你也认得他。他就是汕市那个顶会弹三弦的殷师。你记得他一家七八口就靠着他那十个指头按弹出的声音来养活的。现在他对我说他的一只手已留在那被贼略杀的城市里。他的家也教毒火与恶意毁灭了。他见人只会嚷："手——手——手！"再也唱不出什么好听的歌曲来。他说："求乞也求不出一只能弹的手，白活着是无意味的。"我安慰他说："这是贼人行凶的一个实据，残废也有残废生活的办法，乐观些罢。"他说："假使贼人切掉他一双脚，也比去掉他一个指头强。有完全的手，还可以营谋没惭愧的生活。"我用了许多话来鼓励他。最后对他说："一息尚存，机会未失。独臂擎天，事在人为。把你的遭遇唱出来，没有一只手，更能感动人，使人人的手举起来，为你驱逐丑贼。"他沉吟了许久，才点了头。我随即扶他起来。他的脸黄瘦得可怕，除掉心情的愤怒和哀伤以外，肉体上的饥饿、疲乏和感冒，都聚在他身上。

我们同坐着小车，轮转得虽然不快，尘土却随着车后卷起一阵阵的黑旋风。

头上一架银色飞机掠过去。殷师对于飞机已养成一种自然的反射作用，一听见声音就蜷伏着。袅说那是自己的，他才安心。回到城里，看见报上说，方才那机是专载烤火鸡到首都去给夫人、小姐们送新年礼的。好贵重的礼物！它们是越过满布残肢尸体的战场，败瓦颓垣的村镇，才能安然地放置在粉香脂腻的贵女和她们的客人面前。希望那些烤红的火鸡，会将所经历的光景告诉她们。希望它们说：我们的人民，也一样地给贼人烤着吃咧！

二、答寒光

你说你佩服近来流行的口号：革命是不择手段的，我可不敢赞同。革命是为民族谋现在与将来的福利的伟大事业，不像泼一盆脏水那么简单。我们要顾到民族生存的根本条件，除掉经济生活以外，还要顾到文化生活。纵然你说在革命的过程中文化生活是不重要的，因为革命便是要为民族制造一个新而前进的文化，你也得做得合理一点，经济一点。

革命本来就是达到革新目的的手段。要达到目的地，本来没限定一条路给我们走。但是有些是崎岖路，有些是平坦途，有些是捷径，有些是远道。你在这些路程上，当要有所选择。如你不择道路，你就是一个最笨的革命家。因为你为选择了那条崎岖又复辽远的道路，你岂不是白糟蹋了许多精力、时间与物力？领导革命从事革命的人，应当择定手段。他要执持信义、廉耻、振奋、公正等等精神的武器，踏在共利互益的道路上，才能有光明的前途。要知道不问手段去革命，只那手段有时便可成为前途最大的障碍。何况反革命者也可以不问手段地摧残你的工作？所以革命要择优越的、坚强的与合理的手段，不择手段的革命是作乱，不是造福。你赞同我的意思罢！写到此处，忽觉冷气袭人，于是急闭窗户，移座近火，也算卫生上所择的手段罢，一笑。

雝来信说她面貌丑陋,不敢登场。我已回信给她说,戏台上的人物不见得都美,也许都比她丑。只要下场时留得本来面目。上场显得自己性格，涂朱画墨，有何妨碍？

三、给华妙

瑰容她的儿子加入某种秘密工作。孩子也干得很有劲。他看不起那些不与他一同工作的人们，说他们是活着等死。不到几个月，秘密机关被日人发现，因而打死了几个小同志。他幸而没被逮去，可是工作是不能再进行了，不得已逃到别处去。他已不再干那事，论理就该好好地求些有用的知识，可是他野惯了，一点也感觉不到知识的需要。他不理会他们的秘密的失败是由组织与联络不严密和缺乏知识，他常常举出他的母亲为例，说受了教育只会教人越发颓废，越发不振作，你说可怜不可怜！

瑰呢？整天要钱。不要钱，就是跳舞；不跳舞，就是……总而言之，据她的行为看来，也真不像是鼓励儿子去做救国工作的母亲。她的动机是什么，可很难捉摸。不过我知道她的儿子当对她的行为表示不满意。她也不喜欢他在家里，尤其是有客人来找她的时候。

前天我去找她，客厅里已有几个欧洲朋友在畅谈着。这样的盛会，在她家里是天天有的。她在群客当中，打扮得像那样的女人。在谈笑间，常理会她那抽烟、耸肩、瞟眼的姿态，没一样不是表现她的可鄙。她偶然离开屋里，我就听见一位外宾低声对着他的同伴说：“她很美，并且充满了性的引诱。”另一位说：“她对外宾老是这样的美利坚化。……受欧美教育的中国妇女，多是善于表欧美的情的，甚至身居重要地位的贵妇也是如此。”我是装着看杂志，没听见他们的对话，但心里已为中国文化掉了许多泪。华妙，我不是反对女子受西洋教育。我反对一切受西洋教育的男女忘记了自己是什么样人，自己有什么文化。大人先生们整天在讲什么“勤俭”、“朴素”、“新生活”、“旧道德”，但是节节失败在自己的家庭里头，一想起来，除掉血，还有什么可呕的？

补破衣的老妇人

她坐在檐前，微微的雨丝飘摇下来，多半聚在她脸庞的皱纹上头。她一点也不理会，尽管收拾她的筐子。

在她的筐子里有很美丽的零剪绸缎；也有很粗陋的麻头、布尾。她从没有理会雨丝在她头、面、身体之上乱扑，只提防着筐里那些好看的材料沾湿了。

那边来了两个小弟兄，也许他们是从学校回来。小弟弟管叫她作“衣服的外科医生”，现在见她坐在檐前，就叫了一声。

她抬起头来，望着这两个孩子笑了一笑。那脸上的皱纹虽皱得更厉害，然而生的痛苦可以从那里挤出许多，更能表明她是一个享乐天年的老婆子。

小弟弟说：“医生，你只用筐里的材料在别人的衣服上，怎么自己的衣服却不管了？你看你肩膀补的那一块又该掉下来了。”

老婆子摩一摩自己的肩膀，果然随手取下一块小方布来。她笑着对小弟弟说：“你的眼睛实在精明！我这块原没有用线缝住，因为早晨忙着要出来，只用浆子暂时糊着，盼望晚上回去弥补，不提防雨丝替我揭起来了！……这揭得也不错。我，既如你所说，是一个衣服的外科医生，那么，我是不怕自己的衣服害病的。”

她仍整理筐里的零剪绸缎，没理会雨丝零落在她身上。

哥哥说：“我看爸爸的手册里夹着许多的零剪文件，他也是像你一样：不时地翻来翻去。他……”

弟弟插嘴说：“他也是另一样的外科医生。”

老婆子把眼光射在他们身上，说：“哥儿们，你们说得对了。你们的爸爸爱惜小册里的零碎文件，也和我爱惜筐里的零剪绸缎一般。他凑合多少地方的好意思，等用得着时，就把他们编连起来，成为一种新的理解。所不同的，就是他用的头脑；我用的只是指头便了。你们叫他做……”

说到这里，父亲从里面出来，问起事由，便点头说：“老婆子，你的话很中肯。我们所为，原就和你一样，东搜西罗，无非是些绸头、布尾，只配用来补补破衲袄罢了。”

父亲说完，就下了石阶，要在微雨中到葡萄园里，看看他的葡萄长芽了没有。这里孩子们还和老婆子争论着要号他们的爸爸做什么样医生。

读《芝兰与茉莉》因而想及我的祖母

正要到哥伦比亚的检讨室里校阅梵籍，和过去的和尚争虚实，经过我的邮筒，明知每次都是空开的，还要带着希望姑且开来看看。这次可得着一卷东西，知道不是一分钟可以念完的。遂插在口袋里，带到检讨室去。

我正研究唐代佛教在西域衰灭的原因，翻起史太因在和阗所得的唐代文契，一读马令痣同母党二娘向护国寺僧虎英借钱的私契，妇人许十四典首饰契，失名人的典婢契等等，虽很有趣，但掩卷一想，恨当时的和尚只会营利，不顾转法轮，无怪回纥一入，便尔扫灭无余。

为释迦文担忧，本是大愚：曾不知成、住、坏、空，是一切法性？不看了，掏出口袋里的邮件，看看是什么罢。

《芝兰与茉莉》

这名字很香呀！我把纸笔都放在一边，一气地读了半天工夫——从头至尾，一句一字细细地读。这自然比看唐代和尚的文契有趣。读后的余韵，常绕缭于我心中，像这样的文艺很合我情绪的胃口似的。

读中国的文艺和读中国的绘画一样。试拿山水——西洋画家叫做“风景画”——来做个例：我们打稿（Composition）是鸟瞰的、纵的，所以从近处的溪桥，而山前的村落，而山后的帆影，而远地的云山；西洋风景画是水平的、横的，除水平线上下左右之外，理会不出幽深的、绵远的兴致。所以中国画宜于纵的长方，西洋画宜于横的长方。文艺也是如此：西洋人的取材多以“我”和“我的女人或男子”为主，故属于横的，夫妇的；中华人的取材多以“我”和“我的父母或子女”为主，故属于纵的、亲子的。描写亲子之爱应当是中华人的特长，看近来的作品，究其文心，都函这唯一义谛。

爱亲的特性是中国文化的细胞核，除了它，我们早就要断发短服了！我们将这种特性来和西洋的对比起来，可以说中华民族是爱父母的民族，那边欧西是爱夫妇的民族。因为是“爱父母的”，故叙事直贯，有始有终，源源本本，自自然然地说下来。这“说来话长”的特性——很和拔丝山药一样地甜热而黏——可以在一切作品里找出来。无论写什么，总有从盘古以来说到而今的倾向。写孙悟空总得从猴子成精说起；写贾宝玉总得从顽石变灵说起；这写生生因果的好尚是中华文学的文心，是纵的，是亲子的，所以最易抽出我们的情绪。

八岁时，读《诗经·凯风》和《陟岵》，不晓得怎样，眼泪没得我的同意就流下来？九岁读《檀弓》到“今丘也，东西南北之人也”一段，伏案大哭。先生问我：“今天的书并没给你多上，也没生字，为何委曲？”我说：“我并不是委曲，我只伤心这‘东西南北’四字。”第二天，接着念“晋献公将杀其世子申生”一段，到“天下岂有无父之国哉？”又哭。直到于今，这“东西南北”四个字还能使我一念便伤怀。我尝反省这事，要求其使我哭泣的缘故。不错，爱父母的民族的理想生活便是在这里生、在这里长、在这里聚族、在这里埋葬，东西南北地跑当然是一种可悲的事了。因为离家、离父母、离国是可悲的，所以能和父母、乡党过活的人是可羡的。无论什么也都以这事为准绳：做文章为这一件大事做，讲爱情为这一件大事讲，我才理会我的“上坟瘾”不是我自己所特有，是我所属的民族自盘古以来遗传给我的。你如自己念一念“可爱的家乡啊！我睡眼蒙眬里，不由得不乐意接受你欢迎的诚意。”“明儿……你真要离开我了么？”应作如何感想？

爱夫妇的民族正和我们相反。夫妇本是人为，不是一生下来就铸定了彼此的关系。相逢尽可以不相识，只要各人带着，或有了各人的男女欲，就可以。你到什么地方，这欲跟到什么地方，他可以在一切空间显其功用，所以在文心上无需溯其本源，究其终局，干干脆脆，Just a word，也可以自成段落。爱夫妇的心境本含有一种舒展性和侵略性，所以乐得东西南北，到处地跑。夫妇关系可以随地随时发生，又可以强侵软夺，在文心上当有一种“霸道”“喜新”“乐得”“为我自己享受”的倾向。

总而言之，爱父母的民族的心地是“生”；爱夫妇的民族的心地是“取”。生是相续的；取是广延的。我们不是爱夫妇的民族，故描写夫妇，并不为夫妇而描写夫妇，是为父母而描写夫妇。我很少见——当然是我少见——中国文人描写夫妇时不带着“父母的”的色彩；很少见单独描写夫妇而描写得很自然的。这并不是我们不愿描写，是我们不惯描写广延性的文字的缘故。从对面看，纵然我们描写了，人也理会不出来。

《芝兰与茉莉》开宗第一句便是“祖母真爱我！”这已把我的心牵引住了，“祖母爱我”，当然不是爱夫妇的民族所能深味，但它能感我和《檀弓》差不了多少。“垂老的祖母，等得小孩子奉甘旨么？”子女生活是为父母的将来，父母的生活也是为着子女，这永远解不开的结，结在我们各人心中。触机便发表于文字上。谁没有祖父母、父母呢？他们的折磨、担心，都是像夫妇一样有个我性的么？丈夫可以对妻子说：“我爱你，故我要和你同住”；或“我不爱你，你离开我罢”。妻子也可以说：“人尽可夫，何必你？”但子女对于父母总不能有这样的天性。所以做父母的自自然然要为子女担忧受苦，做子女的也为父母之所爱而爱，为父母而爱为第一件事。爱既不为我专有，“事之不能尽如人意”便为此说出来了。从爱父母的民族眼中看夫妇的爱是为三件事而起，一是继续这生生的线，二是往溯先人的旧典，三是承纳长幼的情谊。

说起书中人的祖母，又想起我的祖母来了。“事之不能尽如人意者，夫复何言！”我的祖母也有这相同的境遇呀！我的祖母，不说我没见过，连我父亲也不曾见过，因为她在我父亲未生以前就去世了。这岂不是很奇怪的么？不如意的事多着呢！爱祖母的明官，你也愿意听听我说我祖母的失意事么？

八十年前，台湾府——现在的台南——城里武馆街有一家，八个兄弟同一个老父亲同住着，除了第六、七、八的弟弟还没娶以外，前头五个都成家了。兄弟们有做武官的，有做小乡绅的，有做买卖的。那位老四，又不做武官又不做绅士，更不曾做买卖。他只喜欢念书，自己在城南立了一所小书塾名叫窥园，在那里一面读，一面教几个小学生。他的清闲，是他兄弟们所羡慕，所嫉妒的。

这八兄弟早就没有母亲了。老父亲很老，管家的女人虽然是妯娌们轮流着当，可是实在的权柄是在一位大姑手里。这位大姑早年守寡，家里没有什么人，所以常住在外家。因为许多弟弟是她帮忙抱大的，所以她对于弟弟们很具足母亲的威仪。

那年夏天，老父亲去世了。大姑当然是“阃内之长”，要督责一切应办事宜的。早晚供灵的事体，照规矩是媳妇们轮着办的。那天早晨该轮到四弟妇上供了。四弟妇和四弟是不上三年的夫妇，同是二十多岁，情爱之浓是不消说的。

大姑在厅上嚷：“素官，今早该你上供了。怎么这时候还不出来？”

居丧不用粉饰面，把头发理好，也毋需盘得整齐，所以晨妆很省事。她坐在妆台前，嚼槟榔，还吸一管旱烟。这是台湾女人们最普遍的嗜好。有些女人喜欢学士人把牙齿染黑了，她们以为牙齿白得像狗的一样不好看，将槟榔和着荖叶、熟灰嚼，日子一久，就可以使很白的牙齿变为漆黑。但有些女人是喜欢白牙的，她们也嚼槟榔，不过把灰减去就可以。她起床，漱口后第一件事是嚼槟榔，为的是使牙齿白而坚固。外面大姑的叫唤，她都听不见，只是嚼着，还吸着烟在那里出神。

四弟也在房里，听见姊姊叫着妻子，便对她说：“快出去罢。姊姊要生气了。”

“等我嚼完这口槟榔，吸完这口烟才出去。时候还早咧。”

“怎么你不听姊姊的话？”

“为什么要听你姊姊的话？你为什么不听我的话？”

“姊姊就像母亲一样。丈夫为什么要听妻子的话？”

“‘人未娶妻是母亲养的，娶了妻就是妻子养的。’你不听妻子的话，妻子可要打你好像打小孩子一样。”

“不要脸，哪里来得这么人的孩子！我试先打你一下，看你打得过我不。”老四带着嬉笑的样子，拿着拓扇向妻子的头上要打下去。妻子放下烟管，一手抢了扇子，向着丈夫的额头轻打了一下，“这是谁打谁了！”

夫妇们在殡前是要在孝堂前后的地上睡的，好容易到早晨同进屋里略略梳洗一下，藉这时间谈谈。他对于享尽天年的老父亲的悲哀，自然盖不过对于婚媾不久的夫妇的欢愉。所以，外头虽然尽其孝思；里面的“琴瑟”还是一样地和鸣。中国的天地好像不许夫妇们在丧期里有谈笑的权利似的。他们在闹玩时，门帘被风一吹，可巧被姊姊看见了。姊姊见她还没出来，正要来叫她，从布帘飞处看见四弟妇拿着拓扇打四弟，那无明火早就高起了一万八千丈。

“哪里来的泼妇，敢打她的丈夫！”姊姊生气嚷着。

老四慌起来了。他挨着门框向姊姊说：“我们闹玩，没有什么事。”

“这是闹玩的时候么？怎么这样懦弱，教女人打了你，还替她说话？我非问她外家，看看这是什么家教不可。”

他退回屋里，向妻子伸伸舌头，妻子也伸着舌头回答他。但外面越呵责越厉害了。越呵责，四弟妇越不好意思出去上供，越不敢出去越要挨骂，妻子哭了。他在旁边站着，劝也不是，慰也不是。

她有一个随嫁的丫头，听得姑太越骂越有劲，心里非常害怕。十三四岁的女孩，哪里会想事情的关系如何？她私自开了后门，一直跑回外家，气喘喘地说：“不好了！我们姑娘被他家姑太骂得很厉害，说要赶她回来咧！”

亲家爷是个商人，头脑也很率直，一听就有了气，说：“怎样说得这样容易——要就取去，不要就扛回来？谁家养女儿是要受别人的女儿欺负的？”他是个杂货行主，手下有许多工人，一号召，都来聚在他面前。他又不打听到底是怎么一回事，对着工人们一气地说：“我家姑娘受人欺负了。你们替我到许家去出出气。”工人一轰，就到了那有丧事的亲家门前，大兴问罪之师。

里面的人个个面对面呈出惊惶的状态。老四和妻子也相对无言，不晓得要怎办才好。外面的人们来得非常横逆，经兄弟们许多解释然后回去。姊姊更气得凶，跑到屋里，指着四弟妇大骂特骂起来。

“你这泼妇，怎么这一点点事情，也值得教外家的人来干涉？你敢是依仗你家里多养了几个粗人，就来欺负我们不成？难道你不晓得我们诗礼之家在丧期里要守制的么？你不孝的贱人，难道丈夫叫你出来上供是不对的，你就敢用扇头打他？你已犯七出之条了，还敢起外家来闹？好，要吃官司，你们可以一同上堂去，请官评评。弟弟是我抱大的，我总可以做抱告。”

妻子才理会丫头不在身边。但事情已是闹大了，自己不好再辩，因为她知道大姑的脾气，越辩越惹气。

第二天早晨，姊姊召集弟弟们在灵前，对他们说：“像这样的媳妇还要得么？我想待一会，就扛她回去。”这大题目一出来，几个弟弟都没有话说，最苦的就是四弟了。他知道“扛回去”就是犯“七出之条”时“先斩后奏”的办法，就颤声地向姊姊求情，姊姊鄙夷他说：“没志气的懦夫，还敢要这样的妇人么？她昨日所说的话我都听见了。女子多着呢，日后我再给你挑个好的。我们已预备和她家打官司，看看是礼教有势，还是她家工人的力量大。”

当事的四弟那时实在是成了懦夫了！他一点勇气也没有，因为这“不守制”、“不敬夫”的罪名太大了，他自己一时也找不出什么话来证明妻子的无罪，有赦免的余地。他跑进房里，妻子哭得眼都肿了。他也哭着向妻子说：“都是你不好！”

“是，……是……我我……我不好，我对对……不起你！”妻子抽噎着说。丈夫也没有什么话可安慰她，只挨着她坐下，用手抚着她的脖项。

果然姊姊命人雇了一顶轿子，跑进房里，硬把她扶出来，把她头上的白麻硬换上一缕红丝，送她上轿去了。这意思就是说她此后就不是许家的人，可以不必穿孝。

“我有什么感想呢？我该有怎样的感想呢？懦夫呵！你不配靦颜在人世，就这样算了么？自私的我，却因为不贯彻无勇气而陷到这种地步，夫复何言！”当时他心里也未必没有这样的语言。他为什么懦弱到这步田地？要知道他原不是生在为夫妇的爱而生活的地方呀！

王亲家看见平地里把女儿扛回来，气得在堂上发抖。女儿也不能说什么，只跪在父亲面前大哭。老亲家口口声声说要打官司，女儿直劝无需如此，是她的命该受这样折磨的，若动官司只能使她和丈夫吃亏，而且把两家的仇恨结得越深。

老四在守制期内是不能出来的。他整天守着灵想妻子。姊姊知道他的心事，多方地劝慰他。姊姊并不是深恨四弟妇，不过她很固执，以为一事不对就事事不对，一时不对就永远不对。她看“礼”比夫妇的爱要紧。礼是古圣人定下来，历代的圣贤亲自奉行的。妇人呢？这个不好，可以挑那个。所以夫妇的配合只要有德有貌，像那不德、无礼的妇人，尽可以不要。

出殡后，四弟仍到他的书塾去。从前，他每夜都要回武馆街去的。自妻去后，就常住在窥园。他觉得一到妻子房里冷清清地，一点意思也没有，不如在书房伴着书眠还可以忘其愁苦。唉，情爱被压的人都是要伴书眠的呀！

天色晚，学也散了。他独在园里一棵芒果树下坐着发闷。妻子的随嫁丫头蓝从园门直走进来，他虽熟视着，可像不理会一样。等到丫头叫了他一声：“姑爷”，他才把着她的手臂，如见了妻子一般。他说：“你怎么敢来？……姑娘好么？”

“姑娘命我来请你去一趟。她这两天不舒服，躺在床上那，她吩咐掌灯后才去，恐怕人家看见你，要笑话你。”

她说完，东张西望，也像怕人看见她来，不一会就走了。那几点钟的黄昏偏又延长了，他好容易等到掌灯时分！他到妻子家里，丫头一直就把他带到楼上，也不敢教老亲家知道。妻子的面比前几个月消疲了，他说：“我的……”，他说不下去了，只改过来说：“你怎么瘦得这个样子！”

妻子躺在床上也没起来，看见他还站着出神，就说：“为什么不坐，难道你立刻要走么？”她把丈夫揪近床沿坐下，眼对眼地看着。丈夫也想不出什么话来说，想分离后第一次相见的话是很难起首的。

“你是什么病？”

“前两天小产了一个男孩子！”

丈夫听这话，直像喝了麻醉药一般。

“反正是我的罪过大，不配有福分，连从你得来的孩子也不许我有了。”

“不要紧的，日后我们还可以有五六个。你要保养保养才是。”

妻子笑中带着很悲哀的神采，说：“痴男子，既休的妻还能有生子女的荣耀么？”说时，丫头递了一盏龙眼干甜茶来。这是台湾人待生客和新年用的礼茶。

“怎么给我这茶喝，我们还讲礼么？”

“你以后再娶，总要和我生疏的。”

“我并没休你。我们的婚书，我还留着呢。我，无论如何，总要想法子请你回去的；除了你，我还有谁？”

丫头在旁边插嘴说：“等姑娘好了，立刻就请她回去罢。”

他对着丫头说：“说得很快，你总不晓得姑太和你家主人都是非常固执，非常喜欢赌气，很难使人进退的。这都是你弄出来的。事已如此，夫复何言！”

小丫头原是不懂事，事后才理会她跑回来报信的关系重大。她一听“这都是你弄出来的”，不由得站在一边哭起来。妻子哭，丈夫也哭。

一个男子的心志必得听那寡后回家当姑太的姊姊使令么？当时他若硬把妻子留住，姊姊也没奈他何，最多不过用“礼教的棒”来打他而已。但“礼教之棒”又真可以打破人的命运么？那时候，他并不是没有反抗礼教的勇气，是他还没得着反抗礼教的启示。他心的深密处也会像吴明远那样说，“该死该死！我既爱妹妹，而不知护妹妹；我既爱我自己，而不知为我自己着想。我负了妹妹，我误了自己！事原来可以如人意，而我使之不能，我之罪恶岂能磨灭于万一，然而赴汤蹈火，又何足偿过失于万一呢？你还敢说：‘事已如此，夫复何言’么？”

四弟私会出妻的事，教姊姊知道，大加申斥，说他没志气。不过这样的言语和爱情没有关系。男女相待遇本如大人和小孩一样。若是男子爱他的女人，他对于她的态度、语言、动作，都有父亲对女儿的倾向；反过来说，女人对于她所爱的男子也具足母亲对儿子的倾向。若两方都是爱者，他们同时就是被爱者，那是说他们都自视为小孩子，故彼此间能吐露出真性情来。小孩们很愿替他们的好朋友担忧、受苦、用力；有情的男女也是如此。所以姊姊的申斥不能隔断他们的私会。

妻子自回外家后，很悔她不该贪嚼一口槟榔，贪吸一管旱烟，致误了灵前的大事。此后，槟榔不再入她的口，烟也不吸了。她要为自己的罪过忏悔，就吃起长斋来。就是她亲爱的丈夫有时来到，很难得的相见时，也不使他挨近一步，恐怕玷了她的清心。她只以念经绣佛为她此生唯一的本分，夫妇的爱不由得不压在心意的崖石的下。

十几年中，他只是希望他岳丈和他姊姊的意思可以挽回于万一。自己的事要仰望人家，本是很可怜的。亲家们一个是执拗，一个是赌气，因之光天化日的时候难以再得。

那晚上，他正陪姊姊在厅上坐着，王家的人来叫他。姊姊不许，说："四弟，不许你去。"

"姊姊，容我去看她一下罢。听说她这两天病得很厉害，人来叫我，当然是很要紧的，我得去看看。"

"反正你一天不另娶，是一天忘不了那泼妇的。城外那门亲给你讲了好几年，你总是不介意。她比那不知礼的妇人好得多——又美、又有德。"

这一次，他觉得姊姊的命令也可以反抗了。他不听这一套，径自跑进屋里，把长褂子一披，匆匆地出门。姊姊虽然不高兴，也没法揪他回来。

到妻子家，上楼去。她躺在床上，眼睛半闭着，病状已很凶恶。他哭不出来，走近前，摇了她一下。

"我的夫婿，你来了！好容易盼得你来！我是不久的人了，你总要为你自己的事情打算，不要像这十几年，空守着我，于你也没有益处。我不孝已够了，还能使你再犯不孝之条么？——'不孝有三，无后为大'。"

"孝不孝是我的事，娶不娶也是我的事。除了你，我还有谁？"

这时丫头也站在床沿。她已二十多岁，长得越妩媚、越懂事了。她的反省，常使她起一种不可言喻的伤心，使她觉得她永远对不起面前这位垂死的姑娘和旁边那位姑爷。

垂死的妻子说："好罢，我们的恩义是生生世世的。你看她，"她撮嘴指着丫头，用力往下说："她长大了。事情既是她弄出来的，她得替我偿还。"她对着丫头说：

“你愿意么？”丫头红了脸，不晓要怎样回答。她又对丈夫说：“我死后，她就是我了。你如记念我们旧时的恩义，就请带她回去，将来好替我……”

她把丈夫的手拉去，使他揸住丫头的手，随后说：“唉，子女是要紧的，她将来若能替我为你养几个子女，我就把她从前的过失都宽恕了。”

妻子死后好几个月，他总不敢向姊姊提起要那丫头回来。他实在是很懦弱的，不晓怎样怕姊姊会怕到这地步！

离王亲家不远住着一位老妗婆。她虽没为这事担心，但她对于事情的原委是很明了的。正要出门，在路上遇见丫头，穿起一身素服，手挽着一竹篮东西，她问：“蓝，你要到哪里去？”

“我正要上我们姑娘的坟去。今天是她的百日。”

老妗婆一手扶着杖，一手捏着丫头的嘴巴，说：“你长得这么大了，还不回武馆街去么？”丫头低下头，没回答她。她又问：“许家没意思要你回去么？”

从前的风俗对于随嫁的丫头多是预备给姑爷收起来做二房的，所以妗婆问得很自然。丫头听见“回去”两字，本就不好意思，她双眼望着地上，摇摇头，静默地走了。

妗婆本不是要到武馆街去的，自遇见丫头以后，就想她是个长辈之一，总得赞成这事。她一直来投她的甥女，也叫四外甥来告诉他应当办的事体。姊姊被妗母一说，觉得再没有可固执的了，说：“好罢，明后天预备一顶轿子去扛她回来就是。”

四弟说：“说得那么容易？要总得照着娶继室的礼节办，她的神主还得请回来。”

姊姊说：“笑话，她已经和她的姑娘一同行过礼了，还行什么礼？神主也不能同日请回来的。”

老妗母说：“扛回来时，请请客，当做一桩正事办也是应该的。”

他们商量好了，兄弟也都赞成这样办。“这种事情，老人家最喜欢不过。”老妗母在办事的时候当然是一早就过来了。

这位再回来的丫头就是我的祖母了。所以我有两个祖母，一个是生身祖母，一个是常住在外家的“吃斋祖母”——这名字是母亲给我们讲祖母的故事时所用的题目。又“丫头”这两个字是我家的“圣讳”，平常是不许说的。

我又讲回来了。这种父母的爱的经验，是我们最能理会的。人人经验中都有多少“祖母的心”“母亲”“祖父”“爱儿”等等事迹，偶一感触便如悬崖泻水，从盘古以来直说到于今。我们的头脑是历史的，所以善用这种才能来描写一切的故事。又因这爱父母的特性，故在作品中，任你说到什么程度，这一点总抹杀不掉。我爱读《芝兰与茉莉》，因为它是源源本本地说，用我们经验中极普遍的事实触动我。我想凡是有祖母的人，一读这书，至少也会起一种回想的。

书看完了，回想也写完了，上课的钟直催着。现在的事好像比往事要紧，故要用工夫来想一想祖母的经历也不能了！大概她以后的境遇也和书里的祖母有一两点相同罢。

写于哥伦比亚图书馆四一三号，检讨室，十三年，二月，十日

银翎的使命

黄先生约我到狮子山麓阴湿的地方去找捕蝇草。那时刚过梅雨之期，远地青山还被烟霞蒸着，唯有几朵山花在我们眼前澹定地看那在溪涧里逆行的鱼儿喋着它们的残瓣。

我们沿着溪涧走。正在找寻的时候，就看见一朵大白花从上游顺流而下。我说："这时候，哪有偌大的白荷花流着呢？"

我的朋友说："你这近视鬼！你准看出那是白荷花么？我看那是……"

说时迟，来时快，那白的东西已经流到我们跟前。黄先生急把采集网拦住水面。那时，我才看出是一只鸽子。他从网里把那死的飞禽取出来，诧异说："是谁那么不仔细，把人家的传书鸽打死了！"他说时，从鸽翼下取出一封长的小信来。那信已被水浸透了，我们慢慢把它展开，披在一块石上。

"我们先看看这是从哪里来的，要寄到哪里去的，然后给他寄去，如何？"我一面说，一面看着，但那上头不但地址没有，甚至上下的款识也没有。

黄先生说："我们先看看里头写的是什么，不必讲私德了。"

我笑着说："是，没有名字的信就是公的，所以我们也可以披阅一遍。"

于是我们一同念着：

你教昆儿带银翎、翠翼来，吩咐我，若是它们空着回去，就是我还平安的意思。我恐怕他知道，把这两只小宝贝寄在霞妹那里。谁知道前天她开笼搁饲料的时候，不提防把翠翼放走了！

嗳，爱者，你看翠翼没有带信回去，定然很安心，以为还平安无事。我也很盼望你常想着我的精神和去年一样。不过，现在不能不对你说的，就是过几天人就要把我接去了！我不得不叫你速速来和他计较。你一来，什么事都好办了。因为他怕的是你和他讲理。

嗳，爱者，你见信以后，必得前来，不然，就见我不着，以后只能在累累荒冢中读我的名字了，这不是我不等你，时间不让我等你哟！

我盼望银翎平平安安地带着它的使命回去。

我们念完，黄先生说："这是怎么一回事？"

"谁能猜呢？反正是不幸的事罢了。现在要紧的，就是怎样处置这封信。我想把它贴在树上，也许有知道这事的人经过这里，可以把它带去。"我摇着头，且轻轻地把信揭起。

黄先生说："不如拿到村里去打听一下，或者容易找到一点线索。"

我们商量之下，就另抄一张起来，仍把原信系在鸽翼底下。黄先生用采掘锹子在溪边挖了一个小坑，把鸽子葬在里头，回头为它立了一座小碑，且从水中淘出几块美丽的小石压在墓上。那墓就在山花盛开的地方，我一翻身，就把些花瓣摇下来，也落在这使者的墓上。

你为什么不来

在夭桃开透，浓荫欲成的时候，谁不想伴着他心爱的人出去游逛游逛呢？在密云不飞，急雨如注的时候，谁不愿在深闺中等她心爱的人前来细谈呢？

她闷坐在一张睡椅上，紊乱的心思像窗外的雨点——东抛，西织，来回无定。在有意无意之间，又顺手拿起一把九连环慵懒懒地解着。

丫头进来说："小姐，茶点都预备好了。"

她手里还是慵懒懒地解着，口里却发出似答非答的声："——他为什么还不来？"

除窗外的雨声，和她手中轻微的银环声以外，屋里可算静极了！在这幽静的屋里，忽然从窗外伴着雨声送来几句优美的歌曲：

你放声哭，
因为我把林中善鸣的鸟笼住么？
你飞不动，
因为我把空中的雁射杀么？
你不敢进我的门，
因为我家养狗提防客人么？
因为我家养猫捕鼠，
你就不来么？

因为我的灯火没有笼罩，

烧死许多美丽的昆虫

你就不来么？

你不肯来，

因为我有……？

“有什么呢？”她听到末了这句，那紊乱的心就发出这样的问。她心中接着想：因为我约你，所以你不肯来；还是因为大雨，使你不能来呢？

债

他一向就住在妻子家里，因为他除妻子以外，没有别的亲戚。妻家的人爱他的聪明，也怜他的伶仃，所以万事都尊重他。

他的妻子早已去世，膝下又没有子女。他的生活就是念书、写字，有时还弹弹七弦。他绝不是一个书呆子，因为他常要在书内求理解，不像书呆子只求多念。

妻子的家里有很大的花园供他游玩；有许多奴仆听他使令。但他从没有特意到园里游玩，也没有呼唤过一个仆人。

在一个阴郁的天气里，人无论在什么地方都不舒服的。岳母叫他到屋里闲谈，不晓得为什么缘故就劝起他来，岳母说："我觉得自从俪儿去世以后，你就比前格外客气。我劝你毋须如此，因为外人不知道都要怪我。看你穿成这样，还不如家里的仆人，若有生人来到，叫我怎样过得去？倘或有人欺负你，说你这长那短，尽可以告诉我，我责罚他给你看。"

"我哪里懂得客气！不过我觉得我欠的债太多，不好意思多要什么。"

"什么债？有人问你算账么？唉，你太过见外了！我看你和自己的子侄一样。你短了什么，尽管问管家的要去，若有人敢说闲话，我定不饶他。"

"我所欠的是一切的债，我看见许多贫乏人、愁苦人，就如该了他们无数量的债一般。我有好的衣食，总想先偿还他们。世间若有一个人吃不饱足，穿不暖和，住不舒服，我也不敢公然独享这具足的生活。"

"你说得太玄了！"她说过这话，停了半响才接着点头说，"很好，这才是读书人‘先天下之忧而忧’的精神。……然而你要什么时候才还得清呢？你有清还的计划没有？”

“唔……唔……”他心里从来没有想到这个，所以不能回答。

“好孩子，这样的债，自来就没有人能还得清，你何必自寻苦恼？我想，你还是做一个小小的债主罢。说到具足生活，也是没有涯岸的。我们今日所谓具足，焉知不是明日的缺陷？你多念一点书就知道生命即是缺陷的苗圃，是烦恼的秧田。若要补修缺陷，拔除烦恼，除弃绝生命外，没有别条道路。然而，我们哪能办得到？个个人都那么怕死！你不要作这种非非想，还是顺着境遇做人去罢。”

“时间，……计划，……做人……”这几个字从岳母口里发出，他的耳鼓就如受了极猛烈的椎击。他想来想去，已想昏了。他为解决这事，好几天没有出来。

那天早晨，女佣端粥到他房里，没见他，心中非常疑惑。因为早晨，他没有什么地方可去：海边呢？他是不轻易到的。花园呢？他更不愿意在早晨去。因为丫头们都在那个时候到园里争摘好花去献给她们几位姑娘。他最怕见的是人家毁坏现成的东西。

女佣四围一望，蓦地看见一封信被留针刺在门上。她忙取下来。给别人一看，原来是交给老夫人的。

她把信拆开，递给老夫人。上面写着：

亲爱的岳母：

你问我的话，教我实在想不出好回答。而且，因你这一问，使我越发觉得我所负的债更重。我想做人若不能还债，就得避债，决不能教债主把他揪住，使他受苦。若论还债，依我的力量、才能，是不济事的。我得出去找几个帮忙的人，如果不能找着，再想法子。现在我去了，多谢你栽培我这么些年。我的前途，望你记念；我的往事，愿你忘却。我也要时时祝你平安。

婿容融留字

老夫人念完这信，就非常愁闷。以后，每想起她的女婿，便好几天不高兴。但不高兴尽管不高兴，女婿至终没有回来。

小说

我像蜘蛛，命运就是我的网。蜘蛛把一切有毒无毒的昆虫吃入肚里，回头把网组织起来。它第一次放出来的游丝，不晓得要被风吹到多么远，可是等到黏着别的东西的时候，它的网便成了。

——《缀网劳蛛》

许地山的小说创作，数量虽然不多，却也不乏精品。其作品风格独特，具有深刻的文化内涵，因此而拥有大量的读者。

许地山的创作分为两个时期。早期作品具有浪漫主义倾向，晚期作品则走上了现实主义的道路。

许地山早期小说有着浪漫主义倾向，表现为三个方面：异域色彩。故事背景多为缅甸、印度等南亚、东南亚国家，南国的自然、人文、风俗等使作品具有浓郁的异域色彩。宗教氛围。既描写了许多宗教习俗和活动，更着重描写了具有宗教信仰的主人公的出世精神。爱情线索。情节上，几乎都贯穿着一条爱情、婚姻的线索。

许地山后期小说改变了早期小说的浪漫倾向，走上了现实主义道路，代表作为《春桃》等。《春桃》刻画了一位下层劳动妇女春桃，在命运恶浪的捉弄前稳健地驾驶着人生之舟。战乱使春桃的生活中同

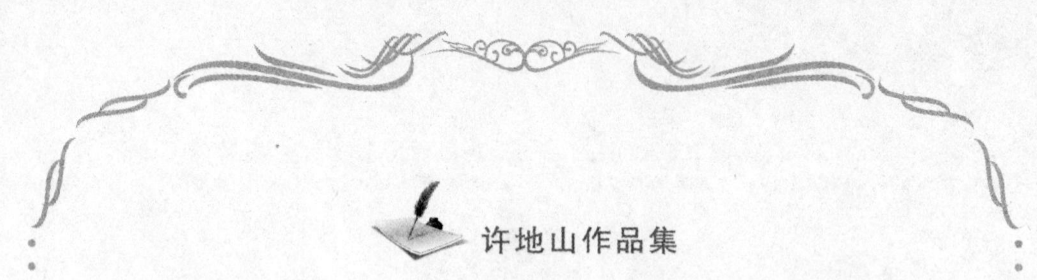

时出现两个男人，这位朴实坚强的劳动妇女作出了自己勇敢的选择，在“我是我自己的”信念下，她和两个男人开起了三人公司，以自己的意志支配自己的命运，表现了劳动者在生活的重压下“相濡以沫”的高尚情操和道德准则。下层劳动者的真实描写，自尊自强的劳动女性的塑造，显示了作品的现实主义特色。

缀网劳蛛

“我像蜘蛛，

命运就是我的网。”

我把网结好，

还住在中央。

呀，我的网甚时节受了损伤！

这一坏，教我怎地生长?

生的巨灵说：“补缀补缀罢。”

世间没有一个不破的网。

我再结网时，

要结在玳瑁梁栋

珠玑帘拢；

或结在断井颓垣

荒烟蔓草中呢?

生的巨灵按手在我头上说：

“自己选择去罢，

你所在的地方无不兴隆、亨通。”

虽然，我再结的网还是像从前那么脆弱，

敌不过外力冲撞；

我网的形式还要像从前那么整齐——

平行的丝连成八角、十二角的形状吗？

他把“生的万花筒”交给我，说：

“望里看罢，

你爱怎样，就结成怎样。”

呀，万花筒里等等的形状和颜色

仍与从前没有什么差别！

求你再把第二个给我，

我好谨慎地选择。

“咄咄！贪得而无智的小虫！

自而今回溯到蒙鸿，

从没有人说过里面有个形式与前相同。

去罢，生的结构都由这几十颗‘彩琉璃屑’幻成种种，

不必再看第二个生的万花筒。”

那晚上的月色格外明朗，只是不时来些微风把满园的花影移动得不歇地作响。素光从椰叶下来，正射在尚洁和她的客人史夫人身上。她们二人的容貌，在这时候自然不能认得十分清楚，但是二人对谈的声音却像幽谷的回响，没有一点模糊。

周围的东西都沉默着，像要让她们密谈一般，树上的鸟儿把喙插在翅膀底下；草里的虫儿也不敢做声；就是尚洁身边那只玉狸，也当主人所发的声音为催眠歌，只管齁齁地沉睡着。她用纤手抚着玉狸，目光注在她的客人身上，懒懒地说：“夺

魁嫂子，外间的闲话是听不得的。这事我全不计较——我虽不信定命的说法，然而事情怎样来，我就怎样对付，毋庸在事前预先谋定什么方法。”

她的客人听了这场冷静的话，心里很是着急，说：“你对于自己的前程太不注意了！若是一个人没有长久的顾虑，就免不了遇着危险，外人的话虽不足信，可是你得把你的态度显示得明了一点，教人不疑惑你才是。”

尚洁索性把玉狸抱在怀里，低着头，只管摩弄。一会儿，她才冷笑了一声，说：“吓吓，夺魁嫂子，你的话差了，危险不是顾虑所能闪避的。后一小时的事情，我们也不敢说准知道，哪里能顾到三四个月、三两年那么长久呢？你能保我待一会不遇着危险，能保我今夜里睡得平安么？纵使我准知道今晚上会遇着危险，现在的谋虑也未必来得及。我们都在云雾里走，离身二三尺以外，谁还能知道前途的光景呢？《经》里说：‘不要为明日自夸，因为一日要生何事，你尚且不能知道。’这句话，你忘了么？……唉，我们都是从渺茫中来，在渺茫中住，望渺茫中去。若是怕在这条云封雾锁的生命路程里走动，莫如止住你的脚步；若是你有漫游的兴趣，纵然前途和四围的光景暧昧，不能使你赏心快意，你也是要走的。横竖是往前走，顾虑什么？

“我们从前的事，也许你和一般侨寓此地的人都不十分知道。我不愿意破坏自己的名誉，也不忍教他出丑。你既是要我把态度显示出来，我就得略把前事说一点给你听，可是要求你暂时守这个秘密。

“论理，我也不是他的……”

史夫人没等她说完，早把身子挺起来，作很惊讶的样子，回头用焦急的声音说：“什么？这又奇怪了！”

“这倒不是怪事，且听我说下去。你听这一点，就知道我的全意思了。我本是人家的童养媳，一向就不曾和人行过婚礼——那就是说，夫妇的名分，在我身上用不着。当时，我并不是爱他，不过要仗着他的帮助，救我脱出残暴的婆家。走到这个地方，依着时势的境遇，使我不能不认他为夫……”

“原来你们的家有这样特别的历史。……那么，你对于长孙先生可以说没有精神的关系，不过是不自然的结合罢了。”

尚洁庄重地回答说："你的意思是说我们没有爱情么？诚然，我从不曾在别人身上用过一点男女的爱情，别人给我的，我也不曾辨别过那是真的，这是假的。夫妇，不过是名义上的事，爱与不爱，只能稍微影响一点精神的生活，和家庭的组织是毫无关系的。

"他怎样想法子要奉承我，凡认识我的人都觉得出来。然而我却没有领他的情，因为他从没有把自己的行为检点一下。他的嗜好多，脾气坏，是你所知道的。我一到会堂去，每听到人家说我是长孙可望的妻子，就非常的惭愧。我常想着从不自爱的人所给的爱情都是假的。

"我虽然不爱他，然而家里的事，我认为应当替他做的，我也乐意去做。因为家庭是公的，爱情是私的。我们两人的关系，实在就是这样。外人说我和谭先生的事，全是不对的。我的家庭已经成为这样，我又怎能把它破坏呢？"

史夫人说："我现在才看出你们的真相，我也回去告诉史先生，教他不要多信闲话。我知道你是好人，是一个纯良的女子，神必保佑你。"说着，用手轻轻地拍一拍尚洁的肩膀，就站立起来告辞。

尚洁陪她在花荫底下走着，一面说："我很愿意你把这事的原委单说给史先生知道。至于外间传说我和谭先生有秘密的关系，说我是淫妇，我都不介意。连他也好几天不回来啦。我估量他是为这事生气，可是我并不辩白。世上没有一个人能够把真心拿出来给人家看；纵然能够拿出来，人家也看不明白，那么，我又何必多费唇舌呢？人对于一件事情一存了成见，就不容易把真相观察出来。凡是人都有成见，同一件事，必会生出歧异的评判，这也是难怪的。我不管人家怎样批评我，也不管他怎样疑惑我，我只求自己无愧，对得住天上的星辰和地下的蝼蚁便了。你放心罢，等到事情临到我身上，我自有方法对付。我的意思就是这样，若是有工夫，改天再谈罢。"

她送客人出门，就把玉狸抱到自己房里。那时已经不早，月光从窗户进来，歇在椅桌、枕席之上，把房里的东西染得和铅制的一般。她伸手向床边按了一按铃子，须臾，女佣妥娘就上来。

她问："佩荷姑娘睡了么？"妥娘在门边回答说："早就睡了。消夜已预备好了，端上来不？"她说着，顺手把电灯拧着，一时满屋里都着上颜色了。

在灯光之下，才看见尚洁斜倚在床上。流动的眼睛，软润的颔颊，玉葱似的鼻，柳叶似的眉，桃绽似的唇，衬着蓬乱的头发……凡形体上各样的美都凑合在她头上。她的身体，修短也很合度。

从她口里发出来的声音，都合音节，就是不懂音乐的人，一听了她的话语，也能得着许多默感。她见妥娘把灯拧亮了，就说："把它拧灭了吧。光太强了，更不舒服。方才我也忘了留史夫人在这里消夜。我不觉得十分饥饿，不必端上来，你们可以自己方便去。把东西收拾清楚，随着给我点一枝洋烛上来。"

妥娘遵从她的命令，立刻把灯灭了，接着说："相公今晚上也许又不回来，可以把大门扣上吗？"

"是，我想他永远不回来了。你们吃完，就把门关好，各自歇息去罢，夜很深了。"

尚洁独坐在那间充满月亮的房里，桌上一枝洋烛已燃过三分之二，轻风频拂火焰，眼看那枝发光的小东西要泪尽了。她于是起来，把烛火移到屋角一个窗户前头的小几上。那里有一个软垫，几上搁几本经典和祈祷文。她每夜睡前的功课就是跪在那垫上默记三两节经句，或是诵几句祷词。别的事情，也许她会忘记，唯独这圣事是她所不敢忽略的。她跪在那里冥想了许多，睁眼一看，火光已不知道在什么时候从烛台上逃走了。

她立起来，把卧具整理妥当，就躺下睡觉，可是她怎能睡着呢？

呀，月亮也循着宾客的礼，不敢相扰，慢慢地辞了她，走到园里和它的花草朋友、木石知交周旋去了！月亮虽然辞去，她还不转眼地望着窗外的天空，像要诉她心中的秘密一般。她正在床上辗来转去，忽听园里"嚯啤"一声，响得很厉害，她起来，走到窗边，往外一望，但见一重一重的树影和夜雾把园里盖得非常严密，教她看不见什么。于是，她蹑步下楼，唤醒妥娘，命她到园里去察看那怪声的出处。妥娘自己一个人哪里敢出去，她走到门房把团哥叫醒，央他一同到围墙边察一察。团哥也就起来了。

妥娘去不多会，便进来回话。她笑着说：“你猜是什么呢？原来是一个蹇运的窃贼摔倒在我们的墙根。他的腿已摔坏了，脑袋也撞伤了，流得满地都是血，动也动不得了。团哥拿着一枝荆条正在抽他哪。”

尚洁听了，一霎时前所有的恐怖情绪一时尽变为慈祥的心意。她等不得回答妥娘，便跑到墙根。团哥还在那里，“你这该死的东西……不知厉害的坏种！……”一句一鞭，打骂得很高兴。尚洁一到，就止住他，还命他和妥娘把受伤的贼扛到屋里来。她吩咐让他躺在贵妃榻上。仆人们都显出不愿意的样子，因为他们想着一个贼人不应该受这么好的待遇。

尚洁看出他们的意思，便说：“一个人走到做贼的地步是最可怜悯的。若是你们不得着好机会，也许……”她说到这里，觉得有点失言，教她的佣人听了不舒服，就改过一句说话，“若是你们明白他的境遇，也许会体贴他。我见了一个受伤的人，无论如何，总得救护的。你们常常听见‘救苦救难’的话，遇着忧患的时候，有时也会脱口地说出来，为何不从‘他是苦难人’那方面体贴他呢？你们不要怕他的血沾脏了那垫子，尽管扶他躺下。”团哥只得扶他躺下，口里沉吟地说：“我们还得为他请医生去吗？”

“且慢，你把灯移近一点，待我来看一看。救伤的事，我还在行。妥娘，你上楼去把我们那个常备药箱，捧下来。”又对团哥说：“你去倒一盆清水来罢。”

仆人都遵命各自干事去了。那贼虽闭着眼，方才尚洁所说的话，却能听得分明。他心里的感激可使他自忘是个罪人，反觉他是世界里一个最能得人爱惜的青年。这样的待遇，也许就是他生平第一次得着的。他呻吟了一下，用低沉的声音说：“慈悲的太太，菩萨保佑慈悲的太太！”

那人的太阳穴边受了一伤很重，腿部倒不十分厉害。她用药棉蘸水轻轻地把伤处周围的血迹涤净，再用绷带裹好。等到事情做得清楚，天早已亮了。

她正转身要上楼去换衣服，蓦听得外面敲门的声很急，就止步问说：“谁这么早就来敲门呢？”

“是警察罢。”

妥娘提起这四个字，叫她很着急。她说："谁去告诉警察呢？"

那贼躺在贵妃榻上，一听见警察要来，恨不能立刻起来跪在地上求恩。但这样的行动已从他那双劳倦的眼睛表白出来了。尚洁跑到他跟前，安慰他说："我没有叫人去报警察……"正说到这里，那从门外来的脚步已经踏进来。

来的并不是警察，却是这家的主人长孙可望。他见尚洁穿着一件睡衣站在那里和一个躺着的男子说话，心里的无名火已从身上八万四千个毛孔里发射出来。他第一句就问："那人是谁？"

这个问实在叫尚洁不容易回答，因为她从不曾问过那受伤者的名字，也不便说他是贼。

"他……他是受伤的人……"

可望不等说完，便拉住她的手，说："你办的事，我早已知道。

我这几天不回来，正要侦察你的动静，今天可给我撞见了。我何尝辜负你呢？……一同上去罢，我们可以慢慢地谈。"不由分说，拉着她就往上跑。

妥娘在旁边，看得情急，就大声嚷着："他是贼！"

"我是贼，我是贼！"那可怜的人也嚷了两声。可望只对着他冷笑，说："我明知道你是贼。不必报名，你且歇一歇罢。"

一到卧房里，可望就说："我且问你，我有什么对你不起的地方？你要入学堂，我便立刻送你去；要到礼拜堂听道，我便特地为你预备车马。现在你有学问了，也入教了，我且问你，学堂教你这样做，教堂教你这样做么？"

他的话意是要诘问她为什么变心，因为他许久就听见人说尚洁嫌他鄙陋不文，要离弃他去嫁给一个姓谭的。夜间的事，他一概不知，他进门一看尚洁的神色，老以为她所做的是一段爱情把戏。在尚洁方面，以为他是不喜欢她这样待遇窃贼。她的慈悲性情是上天所赋的，她也觉得这样办，于自己的信仰和所受的教育没有冲突，就回答说："是的，学堂教我这样做，教会也教我这样做。你敢是……"

"是吗？"可望喝了一声，猛将怀中小刀取出来向尚洁的肩膀上一击。这不幸的妇人立时倒在地上，那玉白的面庞已像渍在胭脂膏里一样。

她不说什么，但用一种沉静的和无抵抗的态度，就足以感动那愚顽的凶手。可望见此情景，心中恐怖的情绪已把凶猛的怒气克服了。他不再有什么动作，只站在一边出神。他看尚洁动也不动一下，估量她是死了。那时，他觉得自己的罪恶压住他，不许再逗留在那里，便溜烟似地往外跑。

妥娘见他跑了，知道楼上必有事故，就赶紧上来，她看尚洁那样子，不由得“啊，天公！”喊了一声，一面上去，要把她搀扶起来。尚洁这时，眼睛略略睁开，像要对她说什么，只是说不出。

她指着肩膀示意，妥娘才看见一把小刀插在她肩上。妥娘的手便即酥软，周身发抖，待要扶她，也没有气力了。她含泪对着主妇说：

“容我去请医生罢。”

“史……史……”妥娘知道她是要请史夫人来，便回答说：“好，我也去请史夫人来。”她教团哥看门，自己雇一辆车找救星去了。

医生把尚洁扶到床上，慢慢施行手术，赶到史夫人来时，所有的事情都弄清楚啦。医生对史夫人说：“长孙夫人的伤不甚要紧，保养一两个星期便可复元。幸而那刀从肩胛骨外面脱出来，没有伤到肺叶——那两个创口是不要紧的。”

医生辞去以后，史夫人便坐在床沿用法子安慰她。这时，尚洁的精神稍微恢复，就对她的知交说：“我不能多说话，只求你把底下那个受伤的人先送到公医院去，其余的，待我好了再给你说。……唉，我的嫂子，我现在不能离开你，你这几天得和我同在一块儿住。”

史夫人一进门就不明白底下为什么躺着一个受伤的男子。妥娘去时，也没有对她详细地说。她看见尚洁这个样子，又不便往下问。但尚洁的颖悟性从不会被刀所伤，她早明白史夫人猜不透这个闷葫芦，就说：“我现在没有气力给你细说，你可以向妥娘打听去。就要速速去办，若是他回来，便要害了他的性命。”史夫人照她所吩咐的去做，回来，就陪着她在房里，没有回家。

那四岁的女孩佩荷更不知道这是怎么一回事，还是啼啼笑笑，过她的平安日子。

一个星期，两个星期，在她病中默默地过去。她也渐次复元了。她想许久没有到园里去，就央求史夫人扶着她慢慢走出来。她们穿过那晚上谈话的柳荫，来到园边一个小亭下，就歇在那里。她们坐的地方满开了玫瑰，那清静温香的景色委实可以消灭一切忧闷和病害。

“我已忘了我们这里有这么些好花，待一会，可以折几枝带回屋里。”

“你且歇歇，我为你选择几枝罢。”史夫人说时，便起来折花。

尚洁见她脚下有一朵很大的花，就指着说：“你看，你脚下有一朵很大、很好看的，为什么不把它摘下？”

史夫人低头一看，用手把花提起来，便叹了一口气。

“怎么啦？”

史夫人说：“这花不好。”因为那花只剩地上那一半，还有一边是被虫伤了。她怕说出伤字，要伤尚洁的心，所以这样回答。但尚洁看的明明是一朵好花，直叫递过来给她看。

“夺魁嫂，你说它不好么？我在此中找出道理咧！这花虽然被虫伤了一半，还开得这么好看，可见人的命运也是如此——若不把他的生命完全夺去，虽然不完全，也可以得着生活上一部分的美满，你以为如何呢？”

史夫人知道她联想到自己的事情上头，只回答说：“那是当然的，命运的偃蹇和亨通，于我们的生活没有多大关系。”

谈话之间，妥娘领着史夺魁先生进来。他向尚洁和他的妻子问过好，便坐在她们对面一张凳上。史夫人不管她丈夫要说什么，头一句就问：“事情怎样解决呢？”

史先生说：“我正是为这事情来给长孙夫人一个信。昨天在会堂里有一个很激烈的纷争，因为有些人说可望的举动是长孙夫人迫他做成的，应当剥夺她赴圣筵的权利。我和我奉真牧师在席间极力申辩，终归无效。”他望着尚洁说：“圣筵赴与不赴也不要紧。因为我们的信仰决不能为仪式所束缚，我们的行为，只求对得起良心就算了。”

“因为我没有把那可怜的人交给警察，便责罚我么？”

史先生摇头说：“不，不，现在的问题不在那事上头。前天可望寄一封长信到会里，说到你怎样对他不住，怎样想弃绝他去嫁给别人。他对于你和某人、某人往来的地点、时间都说出来。且说，他不愿意再见你的面，若不与你离婚，他永不回家。信他所说的人很多，我们怎样申辩也挽不过来。我们虽然知道事实不是如此，可是不能找出什么凭据来证明，我现在正要告诉你，若是要到法庭去的话，我可以帮你的忙。这里不像我们祖国，公庭上没有女人说话的地位。况且他的买卖起先都是你拿资本出来，要离异时，照法律，最少总得把财产分一半给你。……像这样的男子，不要他也罢了。"

尚洁说："那事实现在不必分辩，我早已对嫂子说明了。会里因为信条的缘故，说我的行为不合道理，便禁止我赴圣筵——这是他们所信的，我有什么可说的呢！"她说到末一句，声音便低下了。她的颜色很像为同会的人误解她和误解道理惋惜。

"唉，同一样道理，为何信仰的人会不一样？"

她听了史先生这话，便兴奋起来，说："这何必问？你不常听见人说：'水是一样，牛喝了便成乳汁，蛇喝了便成毒液'吗？我管保我所得能化为乳汁，哪能干涉人家所得的变成毒液呢？若是到法庭去的话，倒也不必。我本没有正式和他行过婚礼，自毋须乎在法庭上公布离婚。若说他不愿意再见我的面，我尽可以搬出去。财产是生活的赘瘤，不要也罢，和他争什么？……他赐给我的恩惠已是不少，留着给他……"

"可是你一把财产全部让给他，你立刻就不能生活。还有佩荷呢？"

尚洁沉吟半晌便说："不妨，我私下也曾积聚些少，只不能支持到一年罢了。但不论如何，我总得自己挣扎。至于佩荷……"她又沉思了一会，才续下去说："好罢，看他的意思怎样，若是他愿意把那孩子留住，我也不和他争。我自己一个人离开这里就是。"

他们夫妇二人深知道尚洁的性情，知道她很有主意，用不着别人指导。并且她在无论什么事情上头都用一种宗教的精神去安排。她的态度常显出十分冷静和沉毅，做出来的事，有时超乎常人意料之外。

史先生深信她能够解决自己将来的生活，一听了她的话，便不再说什么，只略略把眉头皱了一下而已。史夫人在这两三个星期间，也很为她费了些筹划。他们有一所别业在土华地方，早就想教尚洁到那里去养病，到现在她才开口说："尚洁妹子，我知道你一定有更好的主意，不过你的身体还不甚复元，不能立刻出去做什么事情，何不到我们的别庄里静养一下，过几个月再行打算？"史先生接着对他妻子说："这也好。只怕路途远一点，由海船去，最快也得两天才可以到。但我们都是惯于出门的人，海涛的颠簸当然不能制服我们，若是要去的话，你可以陪着去，省得寂寞了长孙夫人。"

尚洁也想找一个静养的地方，不意他们夫妇那么仗义，所以不待踌躇便应许了。她不愿意为自己的缘故教别人麻烦，因此不让史夫人跟着前去。她说："寂寞的生活是我尝惯的。史嫂子在家里也有许多当办的事情，哪里能够和我同行？还是我自己去好一点。我很感谢你们二位的高谊，要怎样表示我的谢忱，我却不懂得；就是懂，也不能表示得万分之一。我只说一声'感激莫名'便了。史先生，烦你再去问他要怎样处置佩荷，等这事弄清楚，我便要动身。"她说着，就从方才摘下的玫瑰中间选出一朵好看的递给史先生，教他插在胸前的钮门上。不久，史先生也就起立告辞，替她办交涉去了。

土华在马来半岛的西岸，地方虽然不大，风景倒还幽致。那海里出的珠宝不少，所以住在那里的多半是搜宝之客。尚洁住的地方就在海边一丛棕林里。在她的门外，不时看见采珠的船往来于金的塔尖和银的浪头之间。这采珠的工夫赐给她许多教训。因为她这几个月来常想着人生就同入海采珠一样，整天冒险入海里去，要得着多少，得着什么，采珠者一点把握也没有。但是这个感想决不会妨害她的生命。她见那些人每天迷蒙蒙地搜求，不久就理会她在世间的历程也和采珠的工作一样。要得着多少，得着什么，虽然不在她的权能之下，可是她每天总得入海一遭，因为她的本分就是如此。

她对于前途不但没有一点灰心，且要更加奋勉。可望虽是剥夺她们母女的关系，不许佩荷跟着她，然而她仍不忍弃掉她的责任，每月要托人暗地里把吃的用的送到故家去给她女儿。

她现在已变主妇的地位为一个珠宝商的记室了。住在那里的人，都说她是人家的弃妇，就看轻她，所以她所交游的都是珠船里的工人。那班没有思想的男子在休息的时候，便因着她的姿色争来找她开心。但她的威仪常是调伏这班人的邪念，教他们转过心来承认她是他们的师保。

她一连三年，除干她的正事以外，就是教她那班朋友说几句英吉利语，念些少经文，知道些少常识。在她的团体里，使令，供养，无不如意。若说过快活日子，能像她这样，也就不劣了。

虽然如此，她还是有缺陷的。社会地位，没有她的分；家庭生活，也没有她的分；我们想想，她心里到底有什么感觉？前一项，于她是不甚重要的；后一项，可就缭乱她的衷肠了！史夫人虽常寄信给她，然而她不见信则已，一见了信，那种说不出来的伤感就加增千百倍。

她一想起她的家庭，每要在树林里徘徊，树上的蛁蟧[①]常要幻成她女儿的声音对她说："母思儿耶？母思儿耶？"这本不是奇迹，因为发声者无情，听音者有意；她不但对于那些小虫的声音是这样，即如一切的声音和颜色，偶一触着她的感官，便幻成她的家庭了。

她坐在林下，遥望着无涯的波浪，一度一度地掀到岸边，常觉得她的女儿踏着浪花踊跃而来，这也不止一次了。那天，她又坐在那里，手拿着一张佩荷的小照，那是史夫人最近给她寄来的。

她翻来翻去地看，看得眼昏了。她猛一抬头，又得着当时所现的异象。她看见一个人携着她的女儿从海边上来，穿过林樾，一直走到跟前。那人说："长孙夫人，许久不见，贵体康健啊！我领你的女儿来找你哪。"

尚洁此时，展一展眼睛，才理会果然是史先生携着佩荷找她来。她不等回答史先生的话，便上前用力搂住佩荷，她的哭声从她爱心的深密处殷雷似的震发出

① 蛁蟧（diāo láo）：蝉。

来。佩荷因为不认得她，害怕起来，也放声哭了一场。史先生不知道感触了什么，也在旁边只尽管擦眼泪。

这三种不同情绪的哭泣止了以后，尚洁就呜咽地问史先生说："我实在喜欢。想不到你会来探望我，更想不到佩荷也能来！……"她要问的话很多，一时摸不着头绪。只搂定佩荷，眼看着史先生出神。

史先生很庄重地说："夫人，我给你报好消息来了。"

"好消息！"

"你且镇定一下，等我细细地告诉你。我们一得着这消息，我的妻子就教我和佩荷一同来找你。这奇事，我们以前都不知道，到前十几天才听见我奉真牧师说的。我牧师自那年为你的事卸职后，他的生活，你已经知道了。"

"是，我知道。他不是白天做裁缝匠，晚间还做制饼师吗？我信得过，神必要帮助他，因为神的儿子说：'为义受逼迫的人是有福的。'他的事业还顺利吗？"

"倒没有什么过不去的地方。他不但日夜劳动，在合宜的时候，还到处去传福音哪。他现在不用这样地吃苦，因为他的老教会看他的行为，请他回国仍旧当牧师去，在前一个星期已经动身了。"

"是吗！谢谢神！他必不能长久地受苦。"

"就是因为我牧师回国的事，我才能到这里来。你知道长孙先生也受了他的感化么？这事详细地说起来，倒是一种神迹。我现在来，也是为告诉你这件事。

"前几天，长孙先生忽然到我家里找我。他一向就和我们很生疏，好几年也不过访一次，所以这次的来，教我们很诧异。他第一句就问你的近况如何，且诉说他的懊悔。他说这反悔是忽然的，是我牧师警醒他的。现在我就将他的话，照样说一遍给你听——

"'在这两三年间，我牧师常来找我谈话，有时也请我到他的面包房里去听他讲道。我和他来往那么些次，就觉得他是我的好师傅。我每有难决的事情或疑虑的问题，都去请教他。

"'我自前年生事，二人分离以后，每疑惑尚洁的操守，又常听见家里佣人思念她的话，心里就十分懊悔。但我总想着，男人说话将军箭，事已做出，哪里还有脸皮收回来？本是打算给它一个错到底的。然而日子越久，我就越觉得不对。到我牧师要走，最末次命我去领教训的时候，讲了一个章经，教我很受感动。散会后，他对我说，他盼望我做的是请尚洁回来。他又念《马可福音》十章给我听，我自得着那教训以后，越觉得我很卑鄙、凶残、淫秽，很对不住她。现在要求你先把佩荷带去见她，盼望她为女儿的缘故赦免我。你们可以先走，我随后也要亲自前往。'

"他说懊悔的话很多，我也不能细说了。等他来时，容他自己对你细说罢。我很奇怪我牧师对于这事，以前一点也没有对我说过，到要走时，才略提一提；反教他来到我那里去，这不是神迹吗？"

尚洁听了这一席话，却没有显出特别愉悦的神色，只说："我的行为本不求人知道，也不是为要得人家的怜恤和赞美；人家怎样待我，我就怎样受，从来是不计较的。别人伤害我，我还饶恕，何况是他呢？他知道自己的鲁莽，是一件极可喜的事。——你愿意到我屋里去看一看吗？我们一同走走罢。"

他们一面走，一面谈。史先生问起她在这里的事业如何，她不愿意把所经历的种种苦处尽说出来，只说："我来这里，几年的工夫也不算浪费，因为我已找着了许多失掉的珠子了！那些灵性的珠子，自然不如入海去探求那么容易，然而我竟能得着二三十颗。此外，没有什么可以告诉你。"

尚洁把她事情结束停当，等可望不来，打算要和史先生一同回去。正要到珠船里和她的朋友们告辞，在路上就遇见可望跟着一个本地人从对面来。她认得是可望，就堆着笑容，抢前几步去迎他，说："可望君，平安哪！"可望一见她，也就深深地行了一个敬礼，说："可敬的妇人，我所做的一切事都是伤害我的身体，和你我二人的感情，此后我再不敢了。我知道我多多地得罪你，实在不配再见你的面，盼望你不要把我的过失记在心中。今天来到这里，为的是要表明我悔改的行为，还要请你回去管理一切所有的。你现在要到哪里去呢？我想你可以和史先生先行动身，我随后回来。"

尚洁见他那番诚恳的态度，比起从前，简直是两个人，心里自然满是愉快，且暗自谢她的神在他身上所显的奇迹。她说：“呀！往事如梦中之烟，早已在虚幻里消散了，何必重新提起呢？凡人都不可积聚日间的怨恨、怒气和一切伤心的事到夜里，何况是隔了好几年的事？请你把那些事情搁在脑后罢。我本想到船里去，向我那班同工的人辞行。你怎样不和我们一起回去，还有别的事情要办么？史先生现时在他的别业——就是我住的地方——我们一同到那里去罢，待一会，再出来辞行。”

“不必，不必。你可以去你的，我自己去找他就可以。因为我还有些正当的事情要办。恐怕不能和你们一同回去，什么事，以后我才叫你知道。”

“那么，你教这土人领你去罢，从这里走不远就是。我先到船里，回头再和你细谈。再见哪！”

她从土华回来，先住在史先生家里，意思是要等可望来到，一同搬回她的旧房子去。谁知等了好几天，也不见他的影。她才知道可望在土华所说的话意有所含蓄。可是他到哪里去呢？去干什么呢？她正想着，史先生拿了一封信进来对她说：“夫人，你不必等可望了，明后天就搬回去罢。他寄给我这一封信说，他有许多对不起你的地方，都是出于激烈的爱情所致，因他爱你的缘故，所以伤了你。现在他要把从前邪恶的行为和暴躁的脾气改过来，且要偿还你这几年来所受的苦楚，故不得不暂时离开你。他已经到槟榔屿了。他不直接写信给你的缘故，是怕你伤心，故此写给我，教我好安慰你；他还说从前一切的产业都是你的，他不应独自霸占了许多，要求你尽量地享用，直等到他回来。

“这样看来，不如你先搬回去，我这里派人去找他回来如何？唉，想不到他一会儿就能悔改到这步田地！”

她遇事本来很沉静，史先生说时，她的颜色从不曾显出什么变态，只说：“为爱情么？为爱而离开我么？这是当然的，爱情本如极利的斧子，用来剥削命运常比用来整理命运的时候多一些。

他既然规定他自己的行程，又何必费工夫去寻找他呢？我是没有成见的，事情怎样来，我怎样对付就是。”

尚洁搬回来那天，可巧下了一点雨，好像上天使园里的花木特地沐浴得很妍净来迎接它们的旧主人一样。她进门时，妥娘正在整理厅堂，一见她来，便嚷着："奶奶，你回来了！我们很想念你哪！你的房间乱得很，等我把各样东西安排好再上去。先到花园去看看罢，你手植各样的花木都长大了。后面那棵释迦头长得像罗伞一样，结果也不少，去看看罢。史夫人早和佩荷姑娘来了，她们现时也在园里。"

她和妥娘说了几句话，便到园里。一拐弯，就看见史夫人和佩荷坐在树荫底下一张凳上——那就是几年前，她要被刺那夜，和史夫人坐着谈话的地方。她走来，又和史夫人并肩坐在那里。

史夫人说来说去，无非是安慰她的话。她像不信自己这样的命运不甚好，也不信史夫人用定命论的解释来安慰她，就可以使她满足。然而她一时不能说出合宜的话，教史夫人明白她心中毫无忧郁在内。她无意中一抬头，看见佩荷拿着树枝把结在玫瑰花上一个蜘蛛网撩破了一大部分。她注神许久，就想出一个意思来。

她说："呀，我给这个比喻，你就明白我的意思。

"我像蜘蛛，命运就是我的网。蜘蛛把一切有毒无毒的昆虫吃入肚里，回头把网组织起来。他第一次放出来的游丝，不晓得要被风吹到多么远，可是等到黏着别的东西的时候，它的网便成了。

"他不晓得那网什么时候会破，和怎样破法。一旦破了，他还暂时安安然然地藏起来，等有机会再结一个好的。

"他的破网留在树梢上，还不失为一个网。太阳从上头照下来，把各条细丝映成七色；有时黏上些少水珠，更显得灿烂可爱。

"人和他的命运，又何尝不是这样？所有的网都是自己组织得来，或完或缺，只能听其自然罢了。"

史夫人还要说时，妥娘来说屋子已收拾好了，请她们进去看看。于是，她们一面谈，一面离开那里。园里没人，寂静了许久。方才那只蜘蛛悄悄地从叶底出来，向着网的破裂处，一步一步，慢慢补缀。他补这个干什么？因为他是蜘蛛，不得不如此！

在费总理的客厅里

费总理的会客厅里面的陈设都能表示他是一个办慈善事业具有热心和经验的人。梁上悬着两块“急公好义”和“善与人同”的匾额，自然是第一和第二任大总统颁赐的，我们看当中盖着一方“荣典之玺”的印文便可以知道。在两块匾当中悬着一块“敦诗说礼之堂”的题额，听说是花了几百圆的润笔费请求康老先生写的。因为总理要康老先生多写几个字，所以他的堂名会那么长。四围墙上的装饰品无非是褒奖状、格言联对、天官赐福图、大镜之类。厅里的镜框很多，最大的是对着当街的窗户那面西洋大镜。厅里的家私都是用上等楠木制成。几桌之上杂陈些新旧真假的古董和东西洋大小自鸣钟。厅角的书架上除了几本《孝经》《治家格言注》《理学大全》和些日报以外，其余的都是募捐册和几册名人的介绍字迹。

当差的引了一位穿洋服、留着胡子的客人进来，说：“请坐一会儿，总理就出来。”客人坐下了。当差的进里面去，好像对着一个丫头说：“去请大爷，外头有位黄先生要见他。”里面隐约听见一个女人的声音说：“翠花，爷在五太太房间哪。”我们从这句话可以断定费总理的家庭是公鸡式的，他至少有五位太太，丫头还不算在内。其实这也算不了怎么一回事，在这个礼教之邦，又值一般大人物及当代政府提倡“旧道德”的时候，多纳几位“小星”，既足以增门第的光荣，又可以为敦伦之一助，有些少身家的人不娶姨太都要被人笑话，何况时时垫款出来办慈善事业的费总理呢！

已经过一刻钟了，客人正在左观右望的时候，主人费总理一面整理他的长褂，一面踏进客厅，连连作揖，说："失迎了，对不住，对不住！"黄先生自然要赶快答礼说："岂敢，岂敢。"宾主叙过寒暄，客人便言归正传，向总理说："鄙人在本乡也办了一个妇女慈善工厂，每听见人家称赞您老先生所办的民生妇女慈善习艺工厂成绩很好，所以今早特意来到，请老先生给介绍到贵工厂参观参观，其中一定有许多可以为敝厂模范的地方。"

总理的身材长短正合乎"读书人"的度数，体质的柔弱也很相称。他那副玄黄相杂的牙齿，很能表现他是个阔人。若不是一天抽了不少的鸦片，决不能使他的牙齿染出天地的正色来！他显出很谦虚的态度，对客人详述他创办民生女工厂的宗旨和最近发展的情形。从他的话里我们知道工厂的经费是向各地捐来的。女工们尽是乡间妇女。她们学的手艺都很平常，多半是织袜、花边、裁缝，那等轻巧的工艺。工厂的出品虽然很多，销路也很好，依理说应当赚钱，可是从总理的叙述上，他每年总要赔垫一万几千块钱！

总理命人打电话到工厂去通知说黄先生要去参观，又亲自写了几个字在他自己的名片上作为介绍他的证据。黄先生显出感谢的神气，站起来向主人鞠躬告辞，主人约他晚间回来吃便饭。

主人送客出门时，顺手把电扇的制钮转了，微细的风还可以使书架上那几本《孝经》之类一页一页地被吹起来，还落下去。

主人大概又回到第几姨太房里抽鸦片去。客厅里顿然寂静了。不过上房里好像有女人哭骂的声音，隐约听见"我是有夫之妇……你有钱也不成……"，其余的就听不清了。午饭刚完，当差的又引导了一位客人进来，递过茶，又到上房去回报说："二爷来了。"

二爷与费总理是交换兰谱的兄弟。实际上他比总理大三四岁，可是他自己一定要说少三两岁，情愿列在老弟的地位。这也许是因为他本来排行第二的缘故。他的脸上现出很焦急的样子，恨不能立时就见着总理。

这次总理却不教客人等那么久。他也没穿长褂，手捧着水烟筒，一面吹着纸捻，进到客厅里来。他说："二弟吃过饭没有？怎么这样着急？"

“大哥，咱们的工厂这一次恐怕免不了又有麻烦。不晓得谁到南方去报告说咱们都是土豪劣绅，听说他们来到就要查办咧。我早晨为这事奔走了大半天，到现在还没吃中饭哪。假使他们发现了咱们用民生工厂的捐款去办兴华公司，大哥，你有什么方法对付？若是教他们查出来，咱们不挨枪毙也得担个无期徒刑！”

总理像很有把握的神气，从容地说：“二弟，别着急，先叫人开饭给你吃，咱们再商量。”他按电铃，叫人预备饭菜，接着对二爷说：“你到底是胆量不大，些小事情还值得这么惊惶！‘土豪劣绅’的名词难道还会加在慈善家的头上不成？假使人来查办，一领他们到这敦诗说礼之堂来看看，捐册、账本、褒奖状，件件都是来路分明，去路清楚，他们还能指摘什么，咱们当然不要承认兴华公司的资本就是民生工厂的捐款。世间没有不许办慈善事业的人兼为公司的道理，法律上也没有讲不过去的地方。”

“怕的是人家一查，查出咱们的款项来路分明，去路不清。我跟着你大哥办慈善事业，倒办出一身罪过来了，怎办，怎办？”二爷说得非常焦急。

“你别慌张，我对于这事早已有了对付的方法。咱们并没有直接地提民生工厂的款项到兴华公司去用。民生的款项本来是慈善性质，消耗了是当然的事体，只要咱们多划几笔账便可以敷衍过去。其实捐钱的人，谁来考察咱们的账目？捐一千几百块的，本来就冲着咱们的面子，不好意思不捐，实在他们也不是为要办慈善事业而捐钱，他们的钱一拿出来，早就存着输了几台麻雀的心思，捐出去就算了。只要他们来到厂里看见他们的名牌高高地悬挂在会堂上头，他们就心满意足了。还有捐一百几十的‘无名氏’，我们也可以从中想法子。在四五十个捐一百元的‘无名氏’当中，我们可以只报出三四个，那捐款的人个个便会想着报告书上所记的便是他。这里岂不又可以挖出好些钱来？至于那班捐一块几毛钱的，他们要查账，咱们也得问问他们配不配。”

“然则工厂基金捐款的问题呢？”二爷又问。

“工厂的基金捐款也可以归在去年证券交易失败的账里。若是查到那一笔，至多是派咱们‘付托失当，经营不善’这几个字，也担不上什么处分，更挂不上何等罪名。再进一步说，咱们的兴华公司，表面上岂不能说是为工厂销货和其他利益而设的？又公司的股东，自来就没有咱姓费的名字，也没你二爷的名字，咱的姨太开公司难道是犯罪行为？总而言之，咱们是名正言顺，请你不要慌张害怕。”他一面说，一面把水烟筒吸得哗罗哗罗地响。

二爷听他所说，也连连点头说：“有理有理！工厂的事，咱们可以说对得起人家，就是查办，也管教他查出功劳来。……然而，大哥，咱们还有一桩案未了。你记得去年学生们到咱们公司去检货，被咱们的伙计打死了他们两个人，这桩案件，他们来到，一定要办的。昨天我就听见人家说，学生会已宣布了你、我的罪状，又要把什么标语、口号贴在街上。不但如此，他们又要把咱们伙计冒充日籍的事实揭露出来。我想这事比工厂的问题还要重大。这真是要咱们的身家、性命、道德、名誉咧。”

总理虽然心里不安，但仍镇静地说：“那件事情，我已经拜托国仁向那边接洽去了，结果如何，虽不敢说定，但据我看来，也不至于有什么危险。国仁在南方很有点势力，只要他向那边的当局为咱们说一句好话，咱们再用些钱，那就没有事了。”

“这一次恐怕钱有点使不上罢，他们以廉洁相号召，难道还能受贿赂？”

“咳！二弟你真是个老实人！世间事都是说的容易做的难。何况他们只是提倡廉洁政府，并没明说廉洁个人。政府当然是不会受贿赂的，历来的政府哪一个受过贿呢？反正都是和咱们一类的人，谁不爱钱？只要咱们送得有名目，人家就可以要。你如心里不安，就可以立刻到国仁那里去打听一下，看看事情进行到什么程度。”

“那么，我就去罢。我想这一次用钱有点靠不住。”

总理自然愿意他立刻到国仁那里去打听。他不但可以省一顿客饭，并且可以得着那桩案件的最近消息。他说：“要去还得快些去，饭后他是常出门的。你就在外头随便吃些东西罢。可恶的厨子，教他做一顿饭到大半天还没做出来！”他故意叫人来骂了几句，又吩咐给二爷雇车。不一会，车雇得了，二爷站起来顺便问总理说："芙蓉的事情和谐罢？恭喜你又添了一位小星。"总理听见他这话，脸上便现出不安的状态。他回答说："现在没有工夫和你细谈那事，回头再给你说罢。"他又对二爷说，"你快去快回来，今晚上在我这里吃晚饭罢。我请了一位黄先生，正要你来陪。国仁有工夫，也请他来。"

二爷坐上车，匆匆地到国仁那里去了。总理没有送客出门，自己吸着水烟，回到上房。当差的进客厅里来，把桌上茶杯里的剩茶倒了，然后把它们搁在架上。客厅里现在又寂静了。我们只能从壁上的镜子里看见街上行人的反影，其中看见时髦的女人开着汽车从窗外经过，车上只坐着她的爱犬。很可怪的就是坐在汽车上那只畜生不时伸出头来向路人狂吠，表示它是阔人的狗！它的吠声在费总理的客厅里也可以听见。

时辰钟刚敲过三下，客厅里又热闹起来了。民生工厂的庶务长魏先生领着一对乡下夫妇进来，指示他们总理客厅里的陈设。

乡下人看见当中二块匾就联想到他们的大宗祠里也悬着像旁边两块一样的东西，听说是皇帝赐给他们第几代的祖先的。总理客厅里的大小自鸣钟、新旧古董和一切的陈设，教他们心里想着就是皇帝的金銮殿也不过是这般布置而已。他们都坐下，老婆子不歇地摩挲放在身边的东西，心里有的是赞羡。

魏先生对他们说："我对你们说，你们不信，现在理会了。我们的总理是个有身家有名誉的财主，他看中了芙蓉就算你们两人的造化。她若嫁给总理做姨太，你们不但不愁没得吃的、穿的、住的，就是将来你们那个小狗儿要做一任县知事也不难。"

老头子说："好倒很好，不过芙蓉是从小养来给小狗儿做媳妇，若是把她嫁了，我们不免要吃她外家的官司。"

老婆子说："我们送她到工厂去也是为要使她学些手艺，好教我们多收些钱财，现在既然是总理财主要她，我们只得怨小狗儿没福气。

总理财主如能吃得起官司，又保得我们的小狗儿做个营长、旅长，那我们就可以要一点财礼为他另娶一个回来。我说魏老爷呀，营长是不是管得着县知事？

您方才说总理财主可以给小狗儿一个县知事做，我想还不如做个营长、旅长更好。现在做县知事的都要受气，听说营长还可以升到督办哪。”

魏先生说：“只要你们答应，天大的官司，咱们总理都吃得起。你看咱们总理几位姨太的亲戚没有一个不是当阔差事的。小狗儿如肯把芙蓉让给总理，哪愁他不得着好差事！不说是营长、旅长，他要什么就得什么。”

老头子是个明理知礼的人，他虽然不大愿意，却也不敢违忤魏先生的意思。他说：“无论如何，咱们两个老伙计是不能完全做主的。这个还得问问芙蓉，看她自己愿意不愿意。”

魏先生立时回答他说：“芙蓉一定愿意。只要你们两个人答应，一切的都好办了。她昨晚已在这里上房住一宿，若不愿意，她肯么？”

老头子听见芙蓉在上房住一宿就很不高兴。魏先生知道他的神气不对，赶快对他说明工厂里的习惯，女工可以被雇到厂外做活去。总理也有权柄调女工到家里当差，譬如翠花、菱花们，都是常在家里做工的。昨晚上刚巧总理太太有点活要芙蓉来做，所以住了一宿，并没有别的缘故。

芙蓉的公姑请求叫她出来把事由说个明白，问她到底愿意不愿意。不一会，翠花领着芙蓉进到客厅里。她一见着两位老人家，便长跪在地上哭个不休。她嚷着说：“我的爹妈，快带我回家去罢，我不能在这里受人家欺侮。……我是有夫之妇。我决不能依从他。他有钱也不能买我的志向。……”

她的声音可以从窗户传达到街上，所以魏先生一直劝她不要放声哭，有话好好地说。老婆子把她扶起来，她咒骂了一场，气泄过了，声音也渐渐低下去。

老婆子到底是个贪求富贵的人，她把芙蓉拉到身边，细声对她劝说，说她若是嫁给总理财主，家里就有这样好处，那样好处。但她至终抱定不肯改嫁，更不肯嫁给人做姨太的主意。她宁愿回家跟着小狗儿过日子。

魏先生虽然把她劝不过来，心里却很佩服她。老少喧嚷过一会，芙蓉便随着她的公姑回到乡间去。魏先生把总理请出来，对他说那孩子很刁，不要也罢，反正厂里短不了比她好看的女人。

总理也骂她是个不识抬举的贱人，说她昨夜和早晨怎样在上房吵闹。早晨他送完客，回到上房的时候，从她面前经过，又被她侮辱了一顿。若不是他一意要她做姨太，早就把她一脚踢死。他教魏先生回到工厂去，把芙蓉的名字开除，还教他从工厂的临时费支出几十块钱送给她家人，教他们不要播扬这事。

五点钟过了。几个警察来到费总理家的门房，费家的人个个都捏着一把汗，心里以为是芙蓉同着她的公姑到警察厅去上诉，现在来传人了。警察们倒不像来传人的样子。他们只报告说："上头有话，明天欢迎总司令、总指挥，各家各户都得挂旗。"费家的大小这才放了心。

当差的说："前几天欢送大帅，你们要人挂旗，明天欢迎总司令，又要挂旗，整天挂旗，有什么意思？"

"这是上头的命令，我们只得照传。不过明天千万别挂五色国旗，现在改用海军旗做国旗。"

"哪里找海军旗去？这都是你们警厅的主意，一会要人挂这样的旗，一会又要人挂那样的旗。"

"我们也管不了。上头说挂龙旗，我们便教挂龙旗；上头说挂红旗，我们也得照传，教挂红旗。"

警察叮咛了一会，又往别家通告去了。客厅的大镜里已经映着街上一家新开张的男女理发所门口挂着两面二丈四长、垂到地上的党国大旗。那旗比新华门平时所用的还要大，从远地看来，几乎令人以为是一所很重要的行政机关。

掌灯的时候到了。费总理的客厅里安排着一席酒，是为日间参观工厂的黄先生预备的。还是庶务长魏先生先到。

他把方才总理吩咐他去办的事情都办妥了。他又对总理说他已买了两面新的国旗。总理说他不该买新的，费那么些钱，他说应当到估衣铺去搜罗。原来总理以为新的国旗可以到估衣铺去买。

二爷也到了。从他眉目的舒展可以知道他所得的消息是不坏的。他从袖里掏出几本书本，对费总理说："国仁今晚要搭专车到保定去接司令，不能来了。他教我把这几本书带来给你看。他说此后要在社会上做事，非能背诵这里头的字句不成。这是新颁的《圣经》，一点一画也不许人改易的。”

他虽然说得如此郑重，总理却慢慢地取过来翻了几遍。他在无意中翻出“民生主义”几个字，不觉狂喜起来，对二爷说：“咱们的民生工厂不就是民生主义么？”

“有理有理。咱们的见解原先就和中山先生一致呵！”二爷又对总理说国仁已把事情办妥，前途大概没有什么危险。总理把几本书也放在《孝经》《治家格言》等书上头。也许客厅的那一个犄角就是他的图书馆！他没有别的地方藏书。

黄先生也到了，他对于总理所办的工厂十分赞美，总理也谦让了几句，还对他说他的工厂与民生主义的关系，黄先生越发佩服他是个当代的社会改良家兼大慈善家，更是总理的同志。他想他能与总理同席，是一桩非常荣幸可以记在参观日记上头、将来出版公布的事体。他自然也很羡慕总理的阔绰。心里想着，若不是财主，也做不了像他那样的慈善家。他心中最后的结论以为若不是财主，就没有做慈善家的资格。可不是！

宾主入席，畅快地吃喝了一顿，到十点左右，各自散去。客厅里现在只剩下几个当差的在那里收拾杯盘。器具摩荡的声音与从窗外送来那家新开张的男女理发所的留声机唱片的声音混在一起。

无忧花

加多怜新近从南方回来，因为她父亲刚去世，遗下很多财产给她几位兄妹，她分得几万元现款和一所房子。那房子很宽，是她小时跟着父亲居住过的，很多可纪念的交际会，都在那里举行过，所以她宁愿少得五万元，也要向她哥哥换那房子。她的丈夫朴君，在南方一个县里的教育机关当一份小差事，所得薪俸虽不很够用，幸赖祖宗给他留下一点产业，还可以勉强度过日子。

自从加多怜沾着新法律的利益，得了父亲这笔遗产，她便嫌朴君所住的地方闭塞简陋，没有公园、戏院，没有舞场，也没有够得上与她交游的人物。在穷乡僻壤里，她在外洋十年间所学的种种自然没有施展的地方。她所受的教育使她要求都市的物质生活,喜欢外国器用,羡慕西洋人的性情。她的名字原来叫做黄家兰，但是偏要译成英国音义，叫加多怜伊罗。由此可知她的崇拜西方的程度。这次决心离开她丈夫，为的要恢复她的都市生活。她把那旧房子修改成中西混合的形式，想等到布置停当才为朴君在本城运动一官半职，希望能够在这里长住下去。

她住的正房已经布置好了，现在正计划着一个游泳池，要将西花园那五间祖祠来改造，两间暗间改做更衣室，把神龛挪进来，改做放首饰、衣服和其他细软的柜子，三间明间改做池子，瓦匠已经把所有的神主都取出来放在一边。还有许多人在那里，搬神龛的搬神龛，起砖的起砖，掘土的掘土，已经工作了好些时，她才来看看。她走到房门口，便大声嚷："李妈，来把这些神主拿走。"

李妈是个三十岁左右的少妇，长得还不丑，是她父亲用过的人。她问加多怜要把那些神主搬到哪里去。加多怜说："爱搬哪儿搬哪儿。现在不兴拜祖先了，那是迷信。你拿到厨房当劈柴烧了罢。"她说："这可造孽,从来就没有人烧过神主，您还是挑一间空屋子把它们搁起来罢。或者送到大少爷那里也比烧了强。"加多怜说："大少爷也不一定要它们。他若是要，早就该搬走。反正我是不要它们了，你要送到大少爷那里就送去。若是他也不要，就随你怎样处置，烧了也成，埋了也成，卖了也成。那上头的金，还可以值几十块，你要是把它们卖了，换几件好衣服穿穿，不更好吗？"她答应着，便把十几座神主放在篮里端出去了。

加多怜把话吩咐明白，随即回到自己的正房，房间也是中西混合型。正中一间陈设的东西更是复杂，简直和博物院一样。在这边安排着几件魏、齐造像，那边又是意、法的裸体雕刻。壁上挂的，一方面是香光、石庵的字画，一方面又是什么表现派后期印象派的油彩。一边挂着先人留下来的铁笛玉笙，一边却放着皮安奥与梵欧林，这就是她的客厅。客厅的东西厢房，一边是她的卧房和装饰室，一边是客房，所有的设备都是现代化的。她从客厅到装饰室，便躺在一张软床上，看看手表已过五点，就按按电铃，顺手点着一支纸烟，一会，陈妈进来。她说："今晚有舞局，你把我那新做的舞衣拿出来，再打电话叫裁缝立刻把那套蝉纱衣服给送来，回头来伺候洗澡。"陈妈一一答应着，便即出去。

她洗完澡出来，坐在装台前，涂脂抹粉，足够半点钟工夫。陈妈等她装饰好了，便把衣服披在她身上。她问："我这套衣服漂亮不漂亮？"陈妈说："这花了多少钱做的？"她说："这双鞋合中国钱六百块，这套衣服是一千。"

陈妈才显出很赞羡的样子说："那么贵，敢情漂亮啦！"加多怜笑她不会鉴赏，对她解释那双鞋和那套衣服会这么贵和怎样好看的缘故，但她都不懂得。她反而说："这件衣服就够我们穷人置一两顷地。"加多怜说："地有什么用呢？反正有人管你吃的穿的用的就得啦。"陈妈说："这两三年来，太太小姐们穿得越发讲究了，连那位黄老太太也穿得花花绿绿的。"加多怜说："你们看得不顺眼吗？这也不希奇。你晓得现在娘们都可以跟爷们一样，在外头做买卖、做事和做官，如果打扮得不好，人家一看就讨嫌，什么事都做不成了。"她又笑着说："从前的女人，未嫁以前是一朵花，做了妈妈就成了一个大倭瓜。现在可不然，就是八十岁的老太太，也得打扮得像小姑娘一样才好。”陈妈知道她心里很高兴，不再说什么，给她披上一件外衣，便出去叫车夫伺候着。

加多怜在软床上坐着等候陈妈的回报，一面从小桌上取了一本洋文的美容杂志，有意无意地翻着。一会儿李妈进来说：“真不凑巧，您刚要出门，邸先生又来了。他现时在门口等着，请进来不请呢？”加多怜说：“请他这儿来罢。”李妈答应了一声，随即领着邸力里亚进来。邸力里亚是加多怜在纽约留学时所认识的西班牙朋友，现时在领事馆当差。自从加多怜回到这城以来，他几乎每个星期都要来好几次。他是一个很美丽的少年，两撇小胡映着那对像电光闪烁的眼睛。说话时那种浓烈的表情，乍一看见，几乎令人想着他是印度欲天或希拉伊罗斯的化身，他一进门，便直趋到加多怜面前，抚着她的肩膀说：“达灵，你正要出门吗？我要同你出去吃晚饭，成不成？”加多怜说：“对不住，今晚我得去赴林市长的宴舞会，谢谢你的好意。”她拉着邸先生的手，教他也在软椅上坐。又说：“无论如何，你既然来了，谈一会再走罢。”他坐下，看见加多怜身边那本美容杂志，便说：

“你喜欢美国装还是法国装呢？看你的身材，若扮起西班牙装，一定很好看。不信，明天我带些我们国里的装饰月刊来给你看。”

加多怜说：“好极了。我知道我一定会很喜欢西班牙的装束。”

两个人坐在一起，谈了许久，陈妈推门进来，正要告诉林宅已经催请过，蓦然看见他们在椅子上搂着亲嘴。在半惊半诧异的意识中，她退出门外。加多怜把邸力里亚推开，叫：“陈妈进来，有什么事？是不是林宅来催请呢？”陈妈说：“催请过两次了。”

那邸先生随即站起来，拉着她的手说：“明天再见吧，不再耽误你的美好的时间了。”她叫陈妈领他出门，自己到妆台前再匀匀粉，整理整理头面。一会陈妈进来说车已预备好，衣箱也放在车里了。

加多怜对她说：“你们以后该学学洋规矩才成，无论到哪个房间，在开门以前，必得敲敲门，教进来才进来。方才邸先生正和我行着洋礼，你闯进来，本来没多大关系，为什么又要缩回去？好在邸先生知道中国风俗，不见怪，不然，可就得罪客人了。”陈妈心里才明白外国风俗，亲嘴是一种礼节，她一连回答了几声：“唔，唔。”随即到下房去。

加多怜来到林宅，五六十位客人已经到齐了。市长和他的夫人走到跟前同她握手。她说：“对不住，来迟了。”市长连说：“不迟不迟，来得正是时候。”他们与她应酬几句，又去同别的客人周旋。席间也有很多她所认识的朋友，所以和她谈笑自如，很不寂寞，席散后，麻雀党员，扑克党员，白面党员等等，各从其类，各自消遣，但大部分的男女宾都到舞厅去。她的舞艺本是冠绝一城的，所以在场上的独舞与合舞，都博得宾众的赞赏。

已经舞过很多次了。这回是市长和加多怜配舞，在进行时，市长极力赞美她身材的苗条和技术的纯熟。她越发播弄种种妩媚的姿态，把那市长的心绪搅得纷乱。这次完毕，接着又是她的独舞。市长目送着她进更衣室，静悄悄地等着她出来。众宾又舞过一回，不一会，灯光全都熄了，她的步伐随着乐音慢慢地踏出场中。她头上的纱巾和身上的纱衣满都是萤火所发的光，身体的全部在磷光闪烁中断续地透露出来。头面四周更是明亮，直如圆光一样。这动物质的衣裳比起其余的舞衣，直像寒冰狱里的鬼皮与天宫的霓裳的相差。舞罢，市长问她这件舞衣的做法。她说用萤火缝在薄纱里，在黑暗中不用反射灯能够自己放出光来。市长赞她聪明，说会场中一定有许多人不知道，也许有人会想着天衣也不过如此。

她更衣以后，同市长到小客厅去休息。在谈话间，市长便问她说：“听说您不想回南了，是不是？”她回答说：“不错，我有这样打算，不过我得替外子在这里找一点事做才成。不然，他必不让我一个人在这里住着。如果他不能找着事情，我就想自己去考考文官，希望能考取了，派到这里来。”市长笑着说：“像您这样漂亮，还用考什么文官武官呢！您只告诉我您愿意做什么官，我明儿就下委札。”她说：“不好吧，我不知道我能做什么官。您若肯提拔，就请派外子一点小差事，那就感激不尽了。”市长说：“您的先生我没见过，不便造次。依我看来，您自己做做官，岂不更抖吗？官有什么叫做会做不会做？您若肯做就能做，回头我到公事房看看有什么缺。马上就把您补上好啦。若是目前没有缺，我就给您一个秘书的名义。”她摇头，笑着说：“当秘书，可不敢奉命。女的当人家的秘书都要给人说闲话的。”市长说：“那倒没有关系，不过有点屈才而已。当然我得把比较重要的事情来叨唠。”

舞会到夜阑才散，加多怜得着市长应许给官做，回家以后，还在卧房里独自跳跃着。

从前老辈们每笑后生小子所学非所用，到近年来，学也可以不必，简直就是不学有所用。市长在舞会所许加多怜的事已经实现了。她已做了好几个月的特税局帮办，每月除到局支几百元薪水以外，其余的时间都是她自己的，督办是市长自己兼，实际办事的是局里的主任先生们。她也安置了李妈的丈夫李富在局里，为的是有事可以关照一下。每日里她只往来于饭店舞场和显官豪绅的家庭间，无忧无虑地过着太平日子。平常她起床的时间总在中午左右，午饭总要到下午三四点，饭后便出门应酬，到上午三四点才回家。若是与邸力里亚有约会或朋友们来家里玩，她就不出门，起得也早一点。

在东北事件发生后一个月的一天早晨，李妈在厨房为她的主人预备床头点心。陈妈把客厅归着好，也到厨房来找东西吃。她见李妈在那里忙着，便问：“现在才七点多，太太就醒啦？”李妈说：“快了罢，今天中午有饭局，十二点得出门，不是不许叫‘太太’吗？你真没记性！”陈妈说：“是呀，人人做了官，当然不能再叫‘太太’了。可是叫她做‘老爷’，也不合适，回头老爷来到，又该怎样呢？一定得叫‘内老爷’、‘外老爷’才能够分别出来”。李妈说：“那也不对，她不是说管她叫‘先生’或是帮办么？”陈妈在灶头拿起一块烤面包抹抹果酱就坐在一边吃。她接着说：“不错，可是昨天你们李富从局里来，问‘先生在家不在’，我一时也拐不过弯来，后来他说太太，我才想起来。你说现在的新鲜事可乐不可乐？”李妈说：“这不算什么，还有更可乐的啦。”

陈妈说：“可不是！那‘行洋礼’的事。他们一天到晚就行着这洋礼。”她嘻笑了一阵，又说：“昨晚那邸先生闹到三点才走。送出院子，又是一回洋礼，还接着‘达灵’、‘达灵’叫了一阵。我说李姐，你想他们是怎么一回事？”李妈说：“谁知道？听说外国就是这样乱，不是两口子的男女搂在一起也没有关系。昨儿她还同邸先生一起在池子里洗澡咧。”陈妈说：“提起那池子来了，三天换一次水，水钱就是二百块，你说是不是，洗的是银子不是水？”李妈说：“反正有钱的人看钱就不当钱，又不用自己卖力气，衙门和银行里每月把钱交到手，爱怎花就怎花，像前几个月那套纱衣裳，在四郊收买了一千多只火虫，花了一百多。听说那套料子就是六百，工钱又是二百。第二天要我把那些火虫一只一只从小口袋里摘出来，光那条头纱就有五百多只，摘了一天还没摘完，真把我的胳臂累坏了。三天花二百块的水，也好过花八九百块做一件衣服穿一晚上就拆，这不但糟蹋钱并且造孽。你想，那一千多只火虫的命不是命吗？”陈妈说：“不用提那个啦。今天过午，等她出门，咱们也下池子去试一试，好不好？”李妈说：“你又来了，上次你偷穿她的衣服，险些闯出事来。现在你又忘了！我可不敢。那个神堂，不晓得还有没有神，若是有，咱们光着身子下去，怕亵渎了受责罚。”陈妈说：“人家都不会出毛病，咱们还怕什么？”她站起来，顺手带了些吃的到自己屋里去了。

李妈把早点端到卧房，加多怜已经靠着床背，手拿一本杂志在那里翻着。她问李妈：“有信没信？”李妈答应了一声：“有。”随手把盘子放在床上，问过要穿什么衣服以后便出去了。她从盘子里拿起信来，一封一封看过。其中有一封是朴君的，说他在年底要来。她看过以后，把信放下，并没显出喜悦的神气，皱着眉头，拿起面包来吃。

中午是市长请吃饭，座中只有宾主二人。饭后，市长领她到一间密室去。坐定后，市长便笑着说：“今天请您来，是为商量一件事情。您如同意，我便往下说。”加多怜说：“只要我的能力办得到，岂敢不与督办同意？”

市长说：“我知道只要您愿意，就没有办不到的事。我给您说，现在局里存着一大宗缉获的私货和违禁品，价值在一百万以上。我觉得把它们都归了公，怪可惜的，不如想一个化公为私的方法，把它们弄一部分出来。若能到手，我留三十万，您留二十五万，局里的人员分二万，再提一万出来做参与这事的人们的应酬费。如果要这事办得没有痕迹，最好找一个外国人来认领。您不是认识一位领事馆的朋友吗？若是他肯帮忙，我们应在应酬费里提出四五千送他。您想这事可以办吗？”加多怜很踌躇，摇着头说：

“这宗款太大了，恐怕办得不妥，风声泄露出去，您我都要担干系。”市长大笑说：“您到底是个新官僚！赚几十万算什么？别人从飞机、军舰、军用汽车装运烟土白面，几千万、几百万就那么容易到手，从来也没曾听见有人质问过。我们赚一百几十万，岂不是小事吗？您请放心，有福大家享，有罪鄙人当，您待一会去找那位邸先生商量一下得啦。”她也没主意了，听市长所说，世间简直好像是没有不可做的事情。她站起来，笑着说：“好吧，去试试看。”

加多怜来到邸力里亚这里，如此如彼地说了一遍。这邸先生对于她的要求从没拒绝过，但这次他要同她交换条件才肯办。他要求加多怜同他结婚，因为她在热爱的时候曾对他说过她与朴君离异了。加多怜说：“时候还没到，我与他的关系还未完全脱离。

此外，我还怕社会的批评。”他说：“时候没到，时候没到，到什么时候才算呢？至于社会那有什么可怕的？社会很有力量，像一个勇士一样。可是这勇士是瞎的，只要你不走到他跟前，使他摸着你，他不看见你，也不会伤害你。我们离开中国就是了。我们有了这么些钱，随便到阿根廷住也好，到意大利住也好，就是到我的故乡巴悉罗那住也无不可。我们就这样办吧，我知道你一定要喜欢巴悉罗那的蔚蓝天空，那是没有一个地方能够比得上的。我们可以买一只游艇，天天在地中海遨游，再没有比这事快乐了。”

邸力里亚的话把加多怜说得心动了，她想着和朴君离婚倒是不难，不过这几个月的官做得实在有瘾，若是嫁给外国人，国籍便发生问题，以后能不能回来，更是一个疑问。她说：“何必做夫妇呢？我们这样天天在一块玩，不比夫妇更强吗？一做了你的妻子，许多困难的问题都要发生出来。若是要到巴悉罗那去，等事情弄好了，就拿那笔款去花一两年也无妨。我也想到欧洲去玩玩。……”她正说着，小使进来说帮办宅里来电话，请帮办就回去，说老妈子洗澡，给水淹坏了。

加多怜立刻起身告辞。邱先生说："我跟你去罢，也许用得着我。"于是，二人坐上汽车飞驶到家。

加多怜和邱先生一直来到游泳池边，陈妈和李妈已经被捞起来，一个没死，一个还躺着，她们本要试试水里的滋味，走到跳板上，看见水并不很深，陈妈好玩，把李妈推下去，哪里知道跳板弹性很强，同时又把她弹下去。李妈在水里翻了一个身，冲到池边，一手把绳揪着，可是左臂已擦伤了。陈妈浮起来两三次，一沉到底。李妈大声嚷救命，园里的花匠听见，才赶紧进来，把她们捞起来。邱先生给陈妈施行人工呼吸法，好容易把她救活了，加多怜叫邱先生把她们送到医院去。邱力里亚从医院回来，加多怜继续与他谈那件事情，他至终应许去找一个外商来承认那宗私货，并且发出一封领事馆的证明书，她随即用电话通知督办。督办在电话里一连对她说了许多夸奖的话，其喜欢可知。

两三个月的国难期间，加多怜仍是无忧无虑能乐且乐地过她的生活。那笔大款她早已拿到手，那邱先生又催着她一同到巴悉罗那去。她到市长那里，偶然提起她要出洋的事，并且说明这是当时的一个条件。市长说："这事容易办，就请朴君代理您的事情，您要多久回任都可以。"加多怜说："很好，外子过几天就可以到。我原先叫他过年二三月才来，但他说一定要在年底来。现在给他这差事，真是再好不过了。"

朴君到了，加多怜递给他一张委任状。她对丈夫说，政府派她到欧洲考查税务，急要动身，教他先代理帮办，等她回来再谋别的事情做。朴君是个老实人，太太怎么说，他就怎么答应，心里并且赞赏她的本领。

过几天，加多怜要动身了。她和邱力里亚同行，朴君当然不晓得他们的关系，把他们送到上海候船，便赶快回来。刚一到家，陈妈的丈夫和李富都在那里等候着。陈妈的丈夫说他妻子自从出院以后，在家里病得不得劲，眼看不能再出来做事了，要求帮办赏一点医药费。李富因局里的人不肯分给他那笔款，教他问帮办要。这事迟延很久，加多怜也曾应许教那班人分些给他，但她没办妥就走了。朴君把原委问明，才知道他妻子自离开他以后的做官生活的大概情形。但她已走了，他既不便用书信去问她，又不愿意拿出钱来给他们。说了很久，不得要领，他们都怅怅地走了。

一星期后，特税局的大侵吞案被告发了，告发人便是李富和几个分不着款的局员，市长把事情都推在加多怜身上。把朴君请来，说了许多官话，又把上级机关的公文拿出来。朴君看得眼呆呆地，说不出半句话来。市长假装好意说："不要紧，我一定要办到不把阁下看管起来。这事情本不难办，外商来领那宗货物，也是有凭有据，最多也不过是办过失罪，只把尊寓交出来当做赔偿，变卖得多少便算多少，敷衍得过便算了事。我与尊夫人的交情很深，这事本可以不必推究，不过事情已经闹到上头，要不办也不成。我知道尊夫人一定也不在乎那所房子，她身边至少也有三十万呢。"

第二天，撤职查办的公文送到，警察也到了。朴君气得把那张委任状撕得粉碎。他的神气直想发狂，要到游泳池投水，幸而那里已有警察，把他看住了。

房子被没收的时候，正是加多怜同邸力里亚离开中国的那天。他在敌人的炮火底下，和平日一样，无忧无虑地来了吴淞口。邸先生望着岸上的大火，对加多怜说："这正是我们避乱的机会，我看这仗一时是打不完的，过几年，我们再回来吧！"

街头巷尾之伦理

在这城市里，鸡声早已断绝，破晓的声音，有时是骆驼的铃铛，有时是大车的轮子。那一早晨，胡同里还没有多少行人，道上的灰土蒙着一层青霜，骡车过处，便印上蹄痕和轮迹。那车上满载着块煤，若不是加上车夫的鞭子，合着小驴和大骡的力量，也不容易拉得动。有人说，做牲口也别做北方的牲口，一年有大半年吃的是干草，没有歇的时候，有一千斤的力量，主人最少总要它拉够一千五百斤，稍一停顿，便连鞭带骂。这城的人对于牲口好像还没有想到有什么道德的关系，没有待遇牲口的法律，也没有保护牲口的会社。骡子正在一步一步使劲拉那重载的煤车，不提防踩了一蹄柿子皮，把它滑倒，车夫不问情由挥起长鞭，没头没脸地乱鞭，嘴里不断地骂它的娘，它的姊妹。在这一点上，车夫和他的牲口好像又有了人伦的关系。骡子喘了一会气，也没告饶，挣扎起来，前头那匹小驴帮着它，把那车慢慢地拉出胡同口去。

在南口那边站着一个巡警。他看是个"街知事"，然而除掉捐项，指挥汽车，和跟洋车夫捣麻烦以外，一概的事情都不知。市政府办了乞丐收容所，可是那位巡警看见叫花子也没请他到所里去住。那一头来了一个瞎子，一手扶着小木杆，一手提着破瓦罐。他一步一步踱到巡警跟前，后面一辆汽车远远地响着喇叭，吓得他急要躲避，不凑巧撞在巡警身上。

巡警骂他说："你这东西又脏又瞎，汽车快来了，还不快往胡同里躲！"幸而他没把手里那根"尚方警棍"加在瞎子头上，只挥着棍子叫汽车开过去。

瞎子进了胡同口，沿着墙边慢慢地走。那边来了一群狗，大概是追母狗的。它们一面吠，一面咬，冲到瞎子这边来。他的拐棍在无意中碰着一只张牙咧嘴的公狗，被它在腿上咬了一口。他摩摩大腿，低声骂了一句，又往前走。

“你这小子，可教我找着了。”从胡同的那边迎面来了一个人，远远地向着瞎子这样说。

那人的身材虽不很魁梧，可也比得胡同口“街知事”。据说他也是个老太爷身份，在家里刨掉灶王爷，就数他大，因为他有很多下辈供养他。他住在鬼门关附近，有几个侄子，还有儿媳妇和孙子。有一个儿子专在人马杂沓的地方做扒手。有一个儿子专在娱乐场或戏院外头假装寻亲不遇，求帮于人。一个儿媳妇带着孙子在街上捡煤渣，有时也会利用孩子偷街上小摊的东西。这瞎子，他的侄儿，却用“可怜我瞎子……”这套话来生利。他们照例都得把所得的财物奉给这位家长受用，若有怠慢，他便要和别人一样，拿出一条伦常的大道理来谴责他们。

瞎子已经两天没回家了。他蓦然听见叔叔骂他的声音，早已吓得魂不附体。叔叔走过来，拉着他的胳臂，说：“你这小子，往哪里跑？”瞎子还没回答，他顺手便给他一拳。

瞎子“哟”了一声，哀求他叔叔说：“叔叔别打，我昨天一天还没吃的，要不着，不敢回家。”

叔叔也用了骂别人的妈妈和姊妹的话来骂他的侄子。他一面骂，一面打，把瞎子推倒，拳脚交加。瞎子正坐在方才教骡子滑倒的那几个烂柿子皮的地方。破柳罐也摔了，掉出几个铜元，和一块干面包头。

叔叔说：“你还撒谎？这不是铜子？这不是馒头？你有剩下的，还说昨天一天没吃，真是该揍的东西。”他骂着，又连踢带打了一会儿。

瞎子想是个忠厚人，也不会抵抗，只会求饶。

路东五号的门开了。一个中年的女人拿着药罐子到街心，把药渣子倒了。她想着叫往来的人把吃那药的人的病带走，好像只要她的病人好了，叫别人病了千万个也不要紧。她提着药罐，站在街门口看那人打他的瞎眼侄儿。

路西八号的门也开了。一个十三四岁的黄脸丫头，提着脏水桶，望街上便泼。她泼完，也站在大门口瞧热闹。

路东九号出来几个人，路西七号也出来几个人，不一会，满胡同两边都站着瞧热闹的人们。大概同情心不是先天的本能，若不然，他们当中怎么没有一个人走来把那人劝开？难道看那瞎子在地上呻吟，无力抵抗，和那叔叔凶狠恶煞的样子，够不上动他们的恻隐之心么？

瞎子嚷着救命，至终没人上前去救他。叔叔见有许多人在两旁看他教训着坏子弟，便乘机演说几句。这是一个演说时代，所以“诸色人等”都能演说。叔叔把他的侄儿怎样不孝顺，得到钱自己花，有好东西自己吃的罪状都布露出来。他好像理会众人以他所做的为合理，便又将侄儿恶打一顿。

瞎子的枯眼是没有泪流出来的，只能从他的号声理会他的痛楚。他一面告饶，一面伸手去摸他的拐棍。叔叔快把拐棍从地上捡起来，就用来打他。棍落在他的背上发出一种霍霍的声音，显得他全身都是骨头。叔叔说：“好，你想逃？你逃到哪里去？”说完，又使劲地打。

街坊也发议论了。有些说该打，有些说该死，有些说可怜，有些说可恶。可是谁也不愿意管闲事，更不愿意管别人的家事，所以只静静地站在一边，像“观礼”一样。

叔叔打够了，把地下两个大铜子捡起来，问他：“你这些铜子儿都是从哪里来的？还不说！”

瞎子那些铜子是刚在大街上要来的，但也不敢申辩，由着他叔叔拿走。

胡同口的大街上，忽然过了一大队军警。听说早晨司令部要枪毙匪犯。胡同里方才站着瞧热闹的人们，因此也冲到热闹的胡同去。他们看见大车上绑着的人。那人高声演说，说他是真好汉，不怕打，不怕杀，更不怕那班临阵扔枪的丘八。围观的人，也像开国民大会一样，有喝彩的，也有拍手的。那人越发高兴，唱几句《失街亭》，说东道西，一任骡子慢慢地拉着他走。车过去了，还有很多人跟着，为的是要听些新鲜的事情。文明程度越低的社会，对于游街示众、法场处死、家小拌嘴、怨敌打架等事情，都很感得兴趣，总要在旁助威，像文明程度高的人们在戏院、讲堂、体育场里助威和喝彩一样。说“文明程度低”一定有人反对，不如说“古风淳厚”较为堂皇些。

胡同里的人，都到大街上看热闹去了。这里，瞎子从地下爬起来，全身都是伤痕。巡警走来说他一声“活该”！

他没说什么。

那边来了一个女人，戴着深蓝眼镜，穿着淡红旗袍，头发烫得像石狮子一样。从跟随在她后面那位抱着孩子的灰色衣帽人看来，知道她是个军人的眷属。抱小孩的大兵，在地下捡了一个大子。那原是方才从破柳罐里摔出来的。他看见瞎子坐在道边呻吟，就把捡得的铜子扔给他。

“您积德修好哟！我给您磕头啦！”是瞎子谢他的话。

他在这一个大子的恩惠以外，还把道上的一大块面包头踢到瞎子跟前，说：“这地上有你吃的东西。”他头也不回，洋洋地随着他的女司令走了。

瞎子在那里摸着块干面包，正拿在手里，方才咬他的那只饿狗来到，又把它抢走了。

“街知事”站在他的岗位，望着他说：“瞧，活该！”

桃金娘

桃金娘是一种常绿灌木，粤、闽山野很多，叶对生，夏天开淡红色的花，很好看的，花后结圆形像石榴的紫色果实。有一个别名广东土话叫做“冈拈子”，夏秋之间结子像小石榴，色碧绛，汁紫，味甘，牧童常摘来吃，市上却很少见，还有常见的蒲桃，及连雾（土名鬼蒲桃），也是桃金娘科的植物。

一个人没有了母亲是多么可悲呢！我们常看见幼年的孤儿所遇到的不幸，心里就会觉得在母亲的庇荫底下是很大的一份福气。我现在要讲从前一个孤女怎样应付她的命运的故事。

在福建南部，古时都是所谓“洞蛮”住着的。他们的村落是依着山洞建筑起来，最著名的有十八个洞。酋长就住在洞里，称为洞主。其余的人们搭茅屋围着洞口，俨然是聚族而居的小民族。十八洞之外有一个叫做仙桃洞，出产好蜜桃，民众都以种桃为业，拿桃实和别洞的人们交易，生活倒是很顺利的。洞民中间有一家，男子都不在了，只剩下一个姑母一个小女儿金娘。她生下来不到二个月，父母在桃林里被雷劈死了。迷信的洞民以为这是他们二人犯了什么天条，连他们的遗孤也被看为不祥的人。所以金娘在社会里是没人敢与她来往的。虽然她长得绝世的美丽，村里的大歌舞会她总不敢参加，怕人家嫌恶她。

她有她自己的生活，她也不怨恨人家，每天帮着姑母做些纺织之外，有工夫就到山上去找好看的昆虫和花草。有时人看见她戴得满头花，便笑她是个疯女子，但她也不在意。她把花草和昆虫带回茅寮里，并不是为玩，乃是要辨认各样的形状和颜色，好照样在布匹上织上花纹。她是一个多么聪明的女子呢！姑母本来也是很厌恶她的，从小就骂她，打她，说她不晓得是什么妖精下凡，把父母的命都送掉。但自金娘长大之后，会到山上去采取织纹的样本，使她家的出品受洞人们的喜欢，大家拿很贵重的东西来互相交易，她对侄女的态度变好了些，不过打骂还是不时会有的。

因为金娘家所织的布花样都是日新月异的，许多人不知不觉地就忘了她是他们认为不祥的女儿，在山上常听见男子的歌声，唱出底下的词句：

你去爱银姑，我却爱金娘。银姑歌舞虽漂亮，不如金娘衣服好花样。歌舞有时歇，花样永在衣裳上。你去爱银姑，我来爱金娘，我要金娘给我做的好衣裳。

银姑是谁？说来是很有势力的，她是洞主的女儿，谁与她结婚，谁就是未来的洞主。所以银姑在社会里，谁都得巴结她。因为洞主的女儿用不着十分劳动，天天把光阴消磨在歌舞上，难怪她舞得比谁都好。她可以用歌舞教很悲伤的人快乐起来，但是那种快乐是不恒久的，歌舞一歇，悲伤又走回来了。银姑只听见人家赞她的话，现在来了一个艺术的敌人，不由得嫉妒心发作起来，在洞主面前说金娘是个狐媚子，专用颜色来蛊惑男人。洞主果然把金娘的姑母叫来，问她怎样织成蛊惑男人的布匹，她一定是使上巫术在所织的布上了。必要老姑母立刻把金娘赶走，若是不依，连她也得走。姑母不忍心把这消息告诉金娘，但她已经知道她的意思了。

她说：“姑妈，你别瞒我，洞主不要我在这里，是不是？”姑母没做声，只看着她还没织成的一匹布滴泪。“姑妈，你别伤心，我知道我可以到一个地方去，你照样可以织好看的布。你知道我不会用巫术，我只用我的手艺。你如要看我的时候，可以到那山上向着这种花叫我，我就会来与你相见的。”金娘说着，从头上摘下一枝淡红色的花递给她的姑母，又指点了那山的方向，什么都不带就望外走。

“金娘，你要到那里去，也得告诉我一个方向，我可以找你去。”姑母追出来这样对她说。“我已经告诉你了，你到那山上，见有这样花的地方，只要你一叫金娘，我就会到你面前来。”她说着，很快地就向树林里消逝了。原来金娘很熟悉山间的地理，她知道在很多淡红花的所在有许多野果可以充饥。在那里，她早已发现了一个仅可容人的小洞，洞里的垫褥都是她自己手织的顶美的花布。她常在那里歇息，可是一向没人知道。

村里的人过了好几天才发现金娘不见了，他们打听出来是因为一首歌激怒了银姑，就把金娘撵了。于是大家又唱起来：谁都恨银姑，谁都爱金娘。银姑虽然会撒谎，不能涂掉金娘的花样。撒谎涂污了自己，花纹还留衣裳上。谁都恨银姑，谁都想金娘，金娘回来，给我再做好衣裳。银姑听了满山的歌声都是怨她的词句，可是金娘已不在面前，也发作不了。那里的风俗是不能禁止人唱歌的。唱歌是民意的表示，洞主也很诧异为什么群众喜欢金娘。有一天，他召集族中的长老来问金娘的好处。长老们都说她是一个顶聪明勤劳的女子，人品也好，所差的就是她是被雷劈的人的女儿；村里有一个这样的人，是会起纷争的。看现在谁都爱她，将来难保大家不为她争斗，所以把她撵走也是一个办法。洞主这才放了心。

天不作美，一连有好几十天的大风雨，天天有雷声绕着桃林。这教村里人个个担忧，因为桃子是他们唯一的资源。假如桃树叫风拔掉或教水冲掉，全村的人是要饿死的。但是村人不去防卫桃树，却忙着把金娘所织的衣服藏在安全的地方。洞主问他们为什么看金娘所织的衣服比桃树重。他们就唱说：

桃树死掉成枯枝，金娘织造世所稀。桃树年年都能种，金娘去向无人知。

洞主想着这些人们那么喜欢金娘，必得要把他们的态度改变过来才好。于是他就和他的女儿银姑商量，说：“你有方法教人们再喜欢你么？”

银姑唯一的本领就是歌舞，但在大雨滂沱的时候，任她的歌声嘹亮也敌不过雷音泉响，任她的舞态轻盈，也踏不了泥淖砾场。她想了一个主意，走到金娘的姑母家，问她金娘的住处。

“我不知道她住在那里，可是我可以见着她。”姑母这样说。

“你怎样能见着她呢？你可以教她回来么？”

“为什么又要她回来呢？”姑母问。

“我近来也想学织布，想同她学习学习。”

姑母听见银姑的话就很喜欢地说：“我就去找她。”说着披起蓑衣就出门。银姑要跟着她去，但她阻止她说：“你不能跟我去，因为她除我以外，不肯见别人。若是有人同我去，她就不出来了。”

银姑只好由她自己去了。她到山上，摇着那红花，叫：“金娘，你在哪里？姑妈来了。”金娘果然从小林中走出来，姑母告诉她银姑怎样要跟她学织纹。她说：“你教她就成了，我也没有别的巧妙，只留神草树的花叶，禽兽的羽毛，和到山里找寻染色的材料而已。”

姑母说：“自从你不在家，我的染料也用完了，怎样染也染不出你所染的颜色来。你还是回家把村里的个个女孩子都教会了你的手艺罢。”

“洞主怎样呢？”“洞主的女儿来找我，我想不至于难为我们罢。”金娘说：“最好是叫银姑在这山下搭一所机房，她如诚心求教，就到那里去，我可以把一切的经验都告诉她。”姑母回来，把金娘的话对银姑说。银姑就去求洞主派人到山下去搭棚。众人一听见是为银姑搭的，以为是为她的歌舞，都不肯去做，这教银姑更嫉妒。她当着众人说：“这是为金娘搭的。她要回来把全洞的女孩子都教会了织造好看的花纹。你们若不信，可以问问她的姑母去。”

大家一听金娘要回来，好像吃了什么兴奋药，都争前恐后地搭竹架子，把各家存着的茅草搬出来。不到两天工夫，在阴晴不定的气候中把机房盖好了，一时全村的女儿都齐集在棚里，把织机都搬到那里去，等着金娘回来教导她们。

金娘在众人企望的热情中出现了，她披着一件带宝光的蓑衣，戴的一顶箨笠，是她在小洞里自己用细树皮和竹箨交织成的，众男子站在道旁争着唱欢迎她的歌：

大雨淋不着金娘的头；大风飘不起金娘的衣。风丝雨丝，金娘也能接它上织机；她是织神的老师。

金娘带着笑容向众男子行礼问好，随即走进机房与众妇女见面。一时在她指导底下，大家都工作起来。这样经过三四天，全村的男子个个都企望可以与她攀谈，有些提议晚间就在棚里开大宴会。因为她回来，大家都高兴了。又因露天地方，雨水把土地淹得又湿又滑，所以要在棚里举行。

银姑更是不喜欢，因为连歌舞的后座也要被金娘夺去了。那晚上可巧天晴了，大家格外兴奋，无论男女都预备参加那盛会。每人以穿着一件金娘所织的衣服为荣；最低限度也得搭上一条她所织的汗巾，在灯光底下更显得五光十色。金娘自己呢，她只披了一条很薄的轻纱，近看是像没穿衣服，远见却像一个人在一根水晶柱子里藏着，只露出她的头——一个可爱的面庞向各人微笑。银姑呢，她把洞主所有的珠宝都穿戴起来，只有她不穿金娘所织的衣裳。但与金娘一比，简直就像天仙与独眼老猕猴站在一起。大家又把赞美金娘的歌唱起来，银姑觉得很窘，本来她叫金娘回来就是不怀好意的，现在怒火与妒火一齐燃烧起来，趁着人不觉得的时候，把茅棚点着了，自己还走到棚外等着大变故的发生。

一会火焰的舌伸出棚顶，棚里的人们个个争着逃命。银姑看见那狼狈情形一点也没有恻隐之心，还在一边笑，指着这个说："吓吓！你的宝贵的衣服烧焦了！"对着那个说："喂，你的金娘所织的衣服也是禁不起火的！"诸如此类的话，她不晓得说了多少。

金娘可在火棚里帮着救护被困的人们，在火光底下更显出她为人服务的好精神。忽然哗喇一声，全个棚顶都塌下来了，里面只听见嚷救的声音。正在烧得猛烈的时候，大雨忽然降下，把火淋灭了。可是四周都是漆黑，火把也点不着，水在地上流着，像一片湖沼似的。

第二天早晨，逃出来的人们再回到火场去，要再做救人的工作，但仔细一看，场里的死尸堆积很多，几乎全是村里的少女。

因为发现火头起来的时候，个个都到织机那里，要抢救她们所织的花纹布。这一来可把全洞的女子烧死了一大半，几乎个个当嫁的处女都不能幸免。

事定之后，他们发见银姑也不见了。大家想着大概是水流冲激的时候，她随着流水沉没了。可是金娘也不见了！这个使大家很着急，有些不由得流出眼泪来。

雨还是下个不止，山洪越来越大，桃树被冲下来的很多，但大家还是一意找金娘。忽然霹雳一声，把洞主所住的洞也给劈开了，一时全村都乱着各逃性命。

过了些日子，天渐晴回来，四围恢复了常态，只是洞主不见。他是给雷劈死的，一时大家找不着银姑，所以没有一个人有资格承继洞主的地位。于是，大家又想起金娘来，说："金娘那么聪明，一定不会死的。不如再去找找她的姑母，看看有什么方法。"

姑母果然又到山上去，向着那小红花嚷说："金娘，金娘，你回来呀，大家要你回来，你为什么不回来呢？"随着这声音，金娘又面带笑容，站在花丛里，说："姑妈，要我回去干什么？所有的处女都没有了。我还能教谁呢？""不，是所有的处男要你，你去安慰他们罢。"金娘于是又随着姑母回到茅寮里，所有的未婚男子都聚拢来问候她，说："我们要金娘做洞主。金娘教我们大家纺织，我们一样地可以纺织。"

金娘说："好，你们如果要我做洞主，你们用什么来拥护我呢？""我们用我们的工作来拥护你，把你的聪明传播各洞去。教人家觉得我们的布匹比桃实好得多。"金娘于是承受众人的拥戴做起洞主来。她又教大家怎样把桃树种得格外肥美。在村里，种植不忙的时候，时常有很快乐的宴会。男男女女都能采集染料，和织造好看的布匹，一直做到她年纪很大的时候，把所有织布、染布的手艺都传给众人。最后，她对众人说："我不愿意把我的遗体展现在众人面前教大家伤心，我去了之后，你们当中，谁最有本领、最有为大家谋安全的功绩的，谁就当洞主。如果你们想念我，我去了之后，你们看见这样的小红花就会记起我来。"说着她就自己上山去了。

因为那洞本来出桃子，所以外洞的人都称呼那里的众人为"桃族"。那仙桃洞从此以后就以织纹著名，尤其是织着小红花的布，大家都喜欢要，都管它叫做"桃金娘布"。

自从她的姑母去世之后，山洞的方向就没人知道。全洞人只知道那山是金娘往时常到的，都当那山为圣山，每到小红花盛开时候，就都上山去，冥想着金娘。所以那花以后就叫做"桃金娘"了。

对于金娘的记忆很久很久还延续着，当我们最初移民时，还常听到洞人唱的：桃树死掉成枯枝，金娘织造世所稀。桃树年年都能种，金娘去向无人知。

春 桃

这年的夏天分外地热。街上的灯虽然亮了，胡同口那卖酸梅汤的还像唱梨花鼓的姑娘耍着他的铜碗。一个背着一大篓字纸的妇人从他面前走过，在破草帽底下虽看不清她的脸，当她与卖酸梅汤的打招呼时，却可以理会她有满口雪白的牙齿。她背上担负得很重，甚至不能把腰挺直，只如骆驼一样，庄严地一步一步踱到自己门口。

进门是个小院，妇人住的是塌剩下的两间厢房。院子一大部分是瓦砾。在她的门前种着一棚黄瓜，几行玉米。窗下还有十几棵晚香玉。几根朽坏的梁木横在瓜棚底下，大概是她家最高贵的坐处。她一到门前，屋里出来一个男子，忙帮着她卸下背上的重负。

“媳妇，今儿回来晚了。”妇人望着他，像很诧异他的话。“什么意思？你想媳妇想疯啦？别叫我媳妇，我说。”她一面走进屋里，把破草帽脱下，顺手挂在门后，从水缸边取了一个小竹筒向缸里一连舀了好几次，喝得换不过气来，张了一会嘴，到瓜棚底下把篓子拖到一边，便自坐在朽梁上。

那男子名叫刘向高。妇人的年纪也和他差不多，在三十左右，娘家也姓刘。除掉向高以外，没人知道她的名字叫做春桃。街坊叫她做捡烂纸的刘大姑，因为她的职业是整天在街头巷尾垃圾堆里讨生活，有时沿途嚷着“烂字纸换取灯儿”。一天到晚在烈日冷风里吃尘土，可是生来爱干净，无论冬夏，每天回家，她总得净身洗脸。替她预备水的照例是向高。

向高是个乡间高小毕业生，四年前，乡里闹兵灾，全家逃散了，在道上遇见同是逃难的春桃，一同走了几百里，彼此又分开了。她随着人到北京来，因为总布胡同里一个西洋妇人要雇一个没混过事的乡下姑娘当“阿妈”,她便被荐去上工。主妇见她长得清秀，很喜爱她。她见主人老是吃牛肉，在馒头上涂牛油，喝茶还要加牛奶，来去鼓着一阵膻味，闻不惯。有一天，主人叫她带孩子到三贝子花园去，她理会主人家的气味有点像从虎狼栏里发出来的，心里越发难过，不到两个月，便辞了工。到平常人家去，乡下人不惯当差，又挨不得骂，上工不久，又不干了。在穷途上，她自己选了这捡烂纸换取灯儿的职业，一天的生活，勉强可以维持下去。

向高与春桃分别后的历史倒很简单，他到涿州去，找不着亲人，有一两个世交，听他说是逃难来的，都不很愿意留他住下，不得已又流到北京来。由别人的介绍，他认识胡同口那卖酸梅汤的老吴，老吴借他现在住的破院子住，说明有人来赁，他得另找地方。他没事做，只帮着老吴算算账，卖卖货。他白住房子白做活，只赚两顿吃。春桃的捡纸生活渐次发达了，原住的地方，人家不许她堆货，她便沿着德胜门墙根来找住处。一敲门，正是认识的刘向高。她不用经过许多手续，便向老吴赁下这房子，也留向高住下，帮她的忙。这都是三年前的事了。他认得几个字，在春桃捡来和换来的字纸里，也会抽出些少比较能卖钱的东西，如画片或某将军、某总长写的对联、信札之类。二人合作，事业更有进步。

向高有时也教她认几个字，但没有什么功效，因为他自己认得的也不算多，解字就更难了。

他们同居这些年，生活状态，若不配说像鸳鸯，便说像一对小家雀罢。言归正传，春桃进屋里，向高已提着一桶水在她后面跟着走。他用快活的声调说：“媳妇，快洗罢，我等饿了。今晚咱们吃点好的，烙葱花饼，赞成不赞成？若赞成，我就买葱酱去。”

“媳妇，媳妇，别这样叫，成不成？”春桃不耐烦地说。“你答应我一声，明儿到天桥给你买一顶好帽子去。你不说帽子该换了么？”向高再要求。“我不爱听。”他知道妇人有点不高兴了，便转口问：“到底吃什么？说呀！”“你爱吃什么，做什么给你吃。买去罢。"向高买了几根葱和一碗麻酱回来，放在明间的桌上。春桃擦过澡出来，手里拿着一张红帖子。"这又是哪一位王爷的龙凤帖！这次可别再给小市那老李了。托人拿到北京饭店去，可以多卖些钱。""那是咱们的。要不然，你就成了我的媳妇啦？教了你一两年的字，连自己的姓名都认不得！""谁认得这么些字？别媳妇媳妇的，我不爱听。这是谁写的？""我填的。早晨巡警来查户口，说这两天加紧戒严，哪家有多少人，都得照实报。老吴教我把咱们写成两口子，省得麻烦。巡警也说写同居人，一男一女，不妥当。我便把上次没卖掉的那份空帖子填上了。我填的是辛未年咱们办喜事。"

"什么？辛未年？辛未年我哪儿认得你？你别捣乱啦。咱们没拜过天地，没喝过交杯酒，不算两口子。"春桃有点不愿意，可还和平地说出来。她换了一条蓝布裤。上身是白的，脸上虽没脂粉，却呈露着天然的秀丽。若她肯嫁的话，按媒人的行情，说是二十三四的小寡妇，最少还可以值得一百八十的。

她笑着把那礼帖搓成一长条，说："别捣乱！什么龙凤帖？烙饼吃了罢。"她掀起炉盖把纸条放进火里，随即到桌边和面。

向高说："烧就烧罢，反正巡警已经记上咱们是两口子；若是官府查起来，我不会说龙凤帖在逃难时候丢掉的么？从今儿起，我可要叫你做媳妇了。老吴承认，巡警也承认，你不愿意，我也要叫。

媳妇嗳！媳妇嗳！明天给你买帽子去，戒指我打不起。"

"你再这样叫，我可要恼了。""看来，你还想着那李茂。"向高的神气没像方才那么高兴。他自己说着，也不一定要春桃听见，但她已听见了。"我想他？一夜夫妻，分散了四五年没信，可不是白想？"春桃这样说。她曾对向高说过她出阁那天的情形。花轿进了门，客人还没坐席，前头两个村子来人说，大队兵已经到了，四处拉人挖战壕，吓得大家都逃了，新夫妇也赶紧收拾东西，随着大众望西逃。同走了一天一宿。第二宿，前面连嚷几声"胡子来了，快躲罢"，那时大家只顾躲，谁也顾不了谁。到天亮时，不见了十几个人，连她丈夫李茂也在里头。她继续方才的话说："我想他一定跟着胡子走了，也许早被人打死了。得啦，别提他啦。”

她把饼烙好了，端到桌上。向高向沙锅里舀了一碗黄瓜汤，大家没言语，吃了一顿。吃完，照例在瓜棚底下坐坐谈谈。一点点的星光在瓜叶当中闪着。凉风把萤火送到棚上，像星掉下来一般。晚香玉也渐次散出香气来，压住四围的臭味。

“好香的晚香玉！”向高摘了一朵，插在春桃的髻上。“别糟蹋我的晚香玉。晚上戴花，又不是窑姐儿。”她取下来，闻了一闻，便放在朽梁上头。

“怎么今儿回来晚啦？”向高问。

“吓！今儿做了一批好买卖！我下午正要回家，经过后门，瞧见清道夫推着一大车烂纸，问他从哪儿推来的；他说是从神武门甩出来的废纸。我见里面红的、黄的一大堆，便问他卖不卖；他说，你要，少算一点装去罢。你瞧！”她指着窗下那大篓，“我花了一块钱，买那一大篓！赔不赔，可不晓得，明儿检一检得啦。”

“宫里出来的东西没个错。我就怕学堂和洋行出来的东西，分量又重，气味又坏，值钱不值，一点也没准。”“近年来，街上包东西都作兴用洋报纸。不晓得哪里来的那么些看洋报纸的人。捡起来真是分量又重，又卖不出多少钱。”“念洋书的人越多，谁都想看看洋报，将来好混混洋事。”“他们混洋事，咱们捡洋字纸。”“往后恐怕什么都要带上个洋字，拉车要拉洋车，赶驴更赶洋驴，也许还有洋骆驼要来。”向高把春桃逗得笑起来了。“你先别说别人。若是给你有钱，你也想念洋书，娶个洋媳妇。”“老天爷知道，我绝不会发财。发财也不会娶洋婆子。若是我有钱，回乡下买几亩田，咱们两个种去。”春桃自从逃难以来，把丈夫丢了，听见乡下两字，总没有好感想。她说：“你还想回去？恐怕田还没买，连钱带人都没有了。没饭吃，我也不回去。”

“我说回我们锦县乡下。”

“这年头，一个乡下都是一样，不闹兵，便闹贼；不闹贼，便闹日本，谁敢回去？还是在这里捡捡烂纸罢。咱们现在只缺一个帮忙的人。若是多个人在家替你归着东西，你白天便可以出去摆地摊，省得货过别人手里，卖漏了。”

“我还得学三年徒弟才成，卖漏了，不怨别人，只怨自己不够眼光。这几个月来我可学了不少。邮票，哪种值钱，哪种不值，也差不多会瞧了。大人物的信札手笔，卖得出钱，卖不出钱，也有一点把握了。前几天在那堆字纸里检出一张康有为的字，你说今天我卖了多少？”他很高兴地伸出拇指和食指比仿着，“八毛钱！”

“说是呢！若是每天在烂纸堆里能检出八毛钱就算顶不错，还用回乡下种田去？那不是自找罪受么？”春桃愉悦的声音就像春深的莺啼一样。她接着说：“今天这堆准保有好的给你检。听说明天还有好些，那人教我一早到后门等他。这两天宫里的东西都赶着装箱，往南方运，库里许多烂纸都不要。我瞧见东华门外也有许多，一口袋一口袋陆续地扔出来。明儿你也打听去。”说了许多话，不觉二更打过。她伸伸懒腰站起来说：“今天累了，歇吧！”向高跟着她进屋里。窗户下横着土炕，够两三人睡的。在微细的灯光底下，隐约看见墙上一边贴着八仙打麻雀的谐画，一边是烟公司“还是他好”的广告画。春桃的模样，若脱去破帽子，不用说到瑞蚨祥或别的上海成衣店，只到天桥搜罗一身落伍的旗袍穿上，坐在任何草地，也与“还是他好”里那摩登女差不上下。因此，向高常对春桃说贴的是她的小照。

她上了炕，把衣服脱光了，顺手揪一张被单盖着，躺在一边。向高照例是给她按按背，捶捶腿。她每天的疲劳就是这样含着一点微笑，在小油灯的闪烁中，渐次得着苏息。在半睡的状态中，她喃喃地说：“向哥，你也睡罢，别开夜工了，明天还要早起咧。”

妇人渐次发出一点微细的鼾声，向高便把灯灭了。一破晓，男女二人又像打食的老鸹，急飞出巢，各自办各的事情去。刚放过午炮，什刹海的锣鼓已闹得喧天。春桃从后门出来，背着纸篓，向西不压桥这边来。在那临时市场的路口，忽然听见路边有人叫她：“春桃，春桃！”

她的小名，就是向高一年之中也罕得这样叫唤她一声。自离开乡下以后，四五年来没人这样叫过她。“春桃，春桃，你不认得我啦？”她不由得回头一瞧，只见路边坐着一个叫化子。那乞怜的声音从他满长了胡子的嘴发出来。他站不起来，因为他两条腿已经折了。身上穿的一件灰色的破军衣，白铁纽扣都生了锈，肩膀从肩章的破缝露出，不伦不类的军帽斜戴在头上，帽章早已不见了。

春桃望着他一声也不响。“春桃，我是李茂呀！”她进前两步，那人的眼泪已带着灰土透入蓬乱的胡子里。她心跳得慌，半晌说不出话来，至终说：“茂哥，你在这里当叫化子啦？你两条腿怎么丢啦？”“嗳，说来话长。你从多咱起在这里呢？你卖的是什么？”“卖什么！我捡烂纸咧。……咱们回家再说罢。”她雇了一辆洋车，把李茂扶上去，把篓子也放在车上，自己在后面推着。一直来到德胜门墙根，车夫帮着她把李茂扶下来。进了胡同口，老吴敲着小铜碗，一面问：“刘大姑，今儿早回家，买卖好呀？”

“来了乡亲啦。”她应酬了一句。李茂像只小狗熊，两只手按在地上，帮助两条断腿爬着。她从口袋里拿出钥匙，开了门，引着男子进去。她把向高的衣服取一身出来，像向高每天所做的，到井边打了两桶水倒在小澡盆里教男人洗澡。洗过以后，又倒一盆水给他洗脸。然后扶他上炕坐，自己在明间也洗一回。

“春桃，你这屋里收拾得很干净，一个人住吗？”“还有一个伙计。”春桃不迟疑地回答他。“做起买卖来啦？”“不告诉你就是捡烂纸么？”“捡烂纸？一天捡得出多少钱？”“先别盘问我，你先说你的罢。”春桃把水泼掉，理着头发进屋里来，坐在李茂对面。李茂开始说他的故事：“春桃，唉，说不尽哟！我就说个大概罢。

“自从那晚上教胡子绑去以后，因为不见了你，我恨他们，夺了他们一杆枪，打死他们两个人，拼命地逃。逃到沈阳，正巧边防军招兵，我便应了招。在营里三年，老打听家里的消息，人来都说咱们村里都变成砖瓦地了。咱们的地契也不晓得现在落在谁手里。咱们逃出来时，偏忘了带着地契。因此这几年也没告假回乡下瞧瞧。在营里告假，怕连几块钱的饷也告丢了。

“我安分当兵，指望月月关饷，至于运到升官，本不敢盼。也是我命里合该有事：去年年头，那团长忽然下一道命令，说，若团里的兵能瞄枪连中九次靶，每月要关双饷，还升差事。一团人没有一个中过四枪；中，还是不进红心。我可连发连中，不但中了九次红心，连剩下那一颗子弹，我也放了。我要显本领，背着脸，弯着腰，脑袋向地，枪从裤裆放过去，不偏不歪，正中红心。

当时我心里多么快活呢。那团长教把我带上去。我心里想着总要听几句褒奖的话。不料那畜生翻了脸，愣说我是胡子，要枪毙我！他说若不是胡子，枪法决不会那么准。我的排长、队长都替我求情，担保我不是坏人，好容易不枪毙我了，可是把我的正兵革掉，连副兵也不许我当。他说，当军官的难免不得罪弟兄们，若是上前线督战，队里有个像我瞄得那么准，从后面来一枪，虽然也算阵亡，可值不得死在仇人手里。大家没话说，只劝我离开军队，找别的营生去。

“我被革了不久，日本人便占了沈阳；听说那狗团长领着他的军队先投降去了。我听见这事，愤不过，想法子要去找那奴才。我加入义勇军，在海城附近打了几个月，一面打，一面退到关里。前个月在平谷东北边打，我去放哨，遇见敌人，伤了我两条腿。那时还能走，躲在一块大石下，开枪打死他几个。我实在支持不住了，把枪扔掉，向田边的小道爬，等了一天、两天，还不见有红十字会或红C字会的人来。伤口越肿越厉害，走不动又没吃的喝的，只躺在一边等死。后来可巧有一辆大车经过，赶车的把我扶了上去，送我到一个军医的帐幕。他们又不瞧，只把我扛上汽车，往后方医院送。已经伤了三天，大夫解开一瞧，说都烂了，非用锯不可。在院里住了一个多月，好是好了，就丢了两条腿。我想在此地举目无亲，乡下又回不去；就说回去得了，没有腿怎能种田？求医院收容我，给我一点事情做，大夫说医院管治不管留，也不管找事。此地又没有残废兵留养院，迫着我不得不出来讨饭，今天刚是第三天。这两天我常想着，若是这样下去，我可受不了，非上吊不可。”

春桃注神听他说，眼眶不晓得什么时候都湿了。她还是静默着。李茂用手抹抹额上的汗，也歇了一会。“春桃，你这几年呢？这小小地方虽不如咱们乡下那么宽敞，看来你倒不十分苦。”“谁不受苦？苦也得想法子活。在阎罗殿前，难道就瞧不见笑脸？这几年来，我就是干这捡烂纸换取灯的生活，还有一个姓刘的同我合伙。我们两人，可以说不分彼此，勉强能度过日子。”

“你和那姓刘的同住在这屋里？”“是，我们同住在这炕上睡。”春桃一点也不迟疑，她好像早已有了成见。“那么，你已经嫁给他？”“不，同住就是。”“那么，你现在还算是我的媳妇？”“不，谁的媳妇，我都不是。”李茂的夫权意识被激动了。他可想不出什么话来说。两眼注视着地上，当然他不是为看什么，只为有点不敢望着他的媳妇。至终他沉吟了一句：“这样，人家会笑话我是个活王八。”

“王八？”妇人听了他的话，有点翻脸，但她的态度仍是很和平。她接着说：“有钱有势的人才怕当王八。像你，谁认得？活不留名，死不留姓，王八不王八，有什么相干？现在，我是我自己，我做的事，决不会玷着你。”

“咱们到底还是两口子，常言道，一夜夫妻百日恩——”“百日恩不百日恩我不知道。”春桃截住他的话，“算百日恩，也过了好十几个百日恩。四五年间，彼此不知下落；我想你也想不到会在这里遇见我。我一个人在这里，得活，得人帮忙。我们同住了这些年，要说恩爱，自然是对你薄得多。今天我领你回来，是因为我爹同你爹的交情，我们还是乡亲。你若认我做媳妇，我不认你，打起官司，也未必是你赢。”

李茂掏掏他的裤带，好像要拿什么东西出来，但他的手忽然停住，眼睛望望春桃，至终把手缩回去撑着席子。李茂没话，春桃哭。日影在这当中也静静地移了三四分。“好罢，春桃，你做主。你瞧我已经残废了，就使你愿意跟我，我也养不活你。”李茂到底说出这英明的话。“我不能因为你残废就不要你，不过我也舍不得丢了他。大家住着，谁也别想谁是养活着谁，好不好？”

春桃也说了她心里的话。李茂的肚子发出很微细的咕噜咕噜声音。“噢，说了大半天，我还没问你要吃什么！你一定很饿了。”“随便罢，有什么吃什么。我昨天晚上到现在还没吃，只喝水。”“我买去。”春桃正踏出房门，向高从院外很高兴地走进来，两人在瓜棚底下撞了个满怀。“高兴什么？今天怎样这早就回来？”“今天做了一批好买卖！昨天你背回的那一篓，早晨我打开一看，里头有一包是明朝高丽王上的表章，一份至少可卖五十块钱。现在我们手里有十份！方才散了几份给行里，看看主儿出得多少，再发这几份。里头还有两张盖上端明殿御宝的纸，行家说是宋家的，一给价就是六十块，我没敢卖，怕卖漏了，先带回来给你开开眼。你瞧……”他说时，一面把手里的旧蓝布包袱打开，拿出表章和旧纸来。“这是端明殿御宝。”他指着纸上的印纹。

“若没有这个印，我真看不出有什么好处，洋宣比它还白咧。怎么宫里管事的老爷们也和我一样不懂眼？”春桃虽然看了，却不晓得那纸的值钱处在哪里。

“懂眼？若是他们懂眼，咱们还能换一块几毛么？”向高把纸接过去，仍旧和表章包在包袱里。他笑着对春桃说：“我说，媳妇……”

春桃看了他一眼，说：“告诉你别管我叫媳妇。”向高没理会她，直说：“可巧你也早回家。买卖想是不错。”“早晨又买了像昨天那样的一篓。”“你不说还有许多么？”“都教他们送到晓市卖到乡下包落花生去了！”“不要紧，反正咱们今天开了光，头一次做上三十块钱的买卖。我说，咱们难得下午都在家，回头咱们上什刹海逛逛，消消暑去，好不好？”

他进屋里，把包袱放在桌上。春桃也跟进来。她说：“不成，今天来了人了。”说着掀开帘子，点头招向高，“你进去。”向高进去，她也跟着。“这是我原先的男人。”她对向高说过这话，又把他介绍给李茂说，“这是我现在的伙计。”两个男子，四只眼睛对着，若是他们眼球的距离相等，他们的视线就会平行地接连着。彼此都没话，连窗台上歇的两只苍蝇也不作声。这样又教日影静静地移一二分。

“贵姓？”向高明知道，还得照例地问。彼此谈开了。“我去买一点吃的。”春桃又向着向高说，“我想你也还没吃罢？烧饼成不成？”“我吃过了。你在家，我买去罢。”妇人把向高拖到炕上坐下，说：“你在家陪客人谈话。”给了他一副笑脸，便自出去。

屋里现在剩下两个男人，在这样情况底下，若不能一见如故，便得打个你死我活。好在他们是前者的情形。但我们别想李茂是短了两条腿，不能打。我们得记住向高是拿过三五年笔杆的，用李茂的分量满可以把他压死。若是他有枪，更省事，一动指头，向高便得过奈何桥。

李茂告诉向高，春桃的父亲是个乡下财主，有一顷田。他自己的父亲就在他家做活和赶叫驴。因为他能瞄很准的枪，她父亲怕他当兵去，便把女儿许给他，为的是要他保护庄里的人们。这些话，是春桃没向他说过的。他又把方才对春桃说的话再述一遍，渐次迫到他们二人切身的问题上头。

“你们夫妇团圆，我当然得走开。”向高在不愿意的情态底下说出这话。“不，我已经离开她很久，现在并且残废了，养不活她，也是白搭。你们同住这些年，何必拆？我可以到残废院去。听说这里有，有人情便可进去。”

这给向高很大的诧异。他想，李茂虽然是个大兵，却料不到他有这样的侠气。他心里虽然愿意，嘴上还不得不让。这是礼仪的狡猾，念过书的人们都懂得。

“那可没有这样的道理。”向高说，“教我冒一个霸占人家妻子的罪名，我可不愿意。为你想，你也不愿意你妻子跟别人住。”“我写一张休书给她，或写一张卖契给你，两样都成。”李茂微笑诚意地说。

“休？她没什么错，休不得。我不愿意丢她的脸。卖？我哪儿有钱买？我的钱都是她的。”

“我不要钱。”“那么，你要什么？”“我什么都不要。”“那又何必写卖契呢？”“因为口讲无凭，日后反悔，倒不好了。咱们先小人，后君子。”说到这里，春桃买了烧饼回来。她见二人谈得很投机，心下十分快乐。“近来我常想着得多找一个人来帮忙，可巧茂哥来了。他不能走动，正好在家管管事，检检纸。你当跑外卖货。我还是当捡货的。咱们三人开公司。”春桃另有主意。

李茂让也不让，拿着烧饼望嘴送，像从饿鬼世界出来的一样，他没工夫说话了。“两个男人，一个女人，开公司？本钱是你的？”向高发出不需要的疑问。“你不愿意吗？”妇人问。“不，不，不，我没有什么意思。”向高心里有话，可说不出来。“我能做什么？整天坐在家里，干得了什么事？”李茂也有点不敢赞成。他理会向高的意思。“你们都不用着急，我有主意。”向高听了，伸出舌头舐舐嘴唇，还吞了一口唾沫。李茂依然吃着，他的眼睛可在望春桃，等着听她的主意。捡烂纸大概是女性中心的一种事业。她心中已经派定李茂在家把旧邮票和纸烟盒里的画片检出来。那事情，只要有手有眼，便可以做。她合一合，若是天天有一百几十张卷烟画片可以从烂纸堆里检出来，李茂每月的伙食便有了门路。邮票好的和罕见的，每天能检得两三个，也就不劣。外国烟卷在这城里，一天总销售一万包左右，纸包的百分之一给她捡回来，并不算难。至于向高还是让他检名人书札，或比较可以多卖钱的东西。他不用说已经是个行家，不必再受指导。她自己干那吃力的工作，除去下大雨以外，在狂风烈日底下，是一样地出去捡货。尤其是在天气不好的时候，她更要工作，因为同业们有些就不出去。

她从窗户望望太阳，知道还没到两点，便出到明间，把破草帽仍旧戴上，探头进房里对向高说："我还得去打听宫里还有东西出来没有。你在家招呼他。晚上回来，我们再商量。"

向高留她不住，便由她走了。好几天的光阴都在静默中度过。但二男一女同睡一铺炕上定然不很顺心。多夫制的社会到底不能够流行得很广。其中的一个缘故是一般人还不能摆脱原始的夫权和父权思想。

由这个，造成了风俗习惯和道德观念。老实说，在社会里，依赖人和掠夺人的，才会遵守所谓风俗习惯；至于依自己的能力而生活的人们，心目中并不很看重这些。像春桃，她既不是夫人，也不是小姐；她不会到外交大楼去赴跳舞会，也没有机会在隆重的典礼上当主角。她的行为，没人批评，也没人过问；纵然有，也没有切肤之痛。监督她的只有巡警，但巡警是很容易对付的。两个男人呢，向高诚然念过一点书，含糊地了解些圣人的道理，除掉些少名分的观念以外，他也和春桃一样。但他的生活，从同居以后，完全靠着春桃。春桃的话，是从他耳朵进去的维他命，他得听，因为于他有利。春桃教他不要嫉妒，他连嫉妒的种子也都毁掉。李茂呢，春桃和向高能容他住一天便住一天，他们若肯认他做亲戚，他便满足了。当兵的人照例要丢一两个妻子，但他的困难也是名分上的。

向高的嫉妒虽然没有，可是在此以外的种种不安，常往来于这两个男子当中。暑气仍没减少，春桃和向高不是到汤山或北戴河去的人物。他们日间仍然得出去谋生活。李茂在家，对于这行事业可算刚上了道，他已能分别哪一种是要送到万柳堂或天宁寺去做糙纸的，哪一样要留起来的，还得等向高回来鉴定。

春桃回家，照例还是向高侍候她。那时已经很晚了，她在明间里闻见蚊烟的气味，便向着坐在瓜棚底下的向高说："咱们多会点过蚊烟，不留神，不把房子点着了才怪咧。"向高还没回答，李茂便说："那不是熏蚊子，是熏秽气，我央刘大哥点的。我打算在外面地下睡。屋里太热，三人睡，实在不舒服。"

"我说，桌上这张红帖子又是谁的？"春桃拿起来看。"我们今天说好了，你归刘大哥。那是我立给他的契。"声从屋里的炕上发出来。"哦，你们商量着怎样处置我来！可是我不能由你们分派。"她把红帖子拿进屋里，问李茂，"这是你的主意，还是他的？""是我们俩的主意。要不然，我难过，他也难过。""说来说去，还是那话。你们都别想着咱们是丈夫和媳妇，成不成？"她把红帖子撕得粉碎，气有点粗。"你把我卖多少钱？""写几十块钱做个彩头。白送媳妇给人，没出息。""卖媳妇，就有出息？"她出来对向高说，"你现在有钱，可以买媳妇了。若是给你阔一点……""别这样说，别这样说。"向高拦住她的话，"春桃，你不明白。这两天，同行的人们直笑话我。……""笑你什么？""笑我……"向高又说不出来。其实他没有很大的成见，春桃要怎办，十回有九回是遵从的。他自己也不明白这是什么力量。在她背后，他想着这样该做，那样得照他的意思办；可是一见了她，就像见了西太后似的，样样都要听她的懿旨。

"噢，你到底是念过两天书，怕人骂，怕人笑话。"自古以来，真正统治民众的并不是圣人的教训，好像只是打人的鞭子和骂人的舌头。风俗习惯是靠着打骂维持的。但在春桃心里，像已持着"人打还打，人骂还骂"的态度。她不是个弱者，不打骂人，也不受人打骂。我们听她教训向高的话，便可以知道。

"若是人笑话你，你不会揍他？你露什么怯？咱们的事，谁也管不了。"向高没话。"以后不要再提这事罢。咱们三人就这样活下去，不好吗？"一屋里都静了。吃过晚饭，向高和春桃仍是坐在瓜棚底下，只不像往日那么爱说话。连买卖经也不念了。李茂叫春桃到屋里，劝她归给向高。他说男人的心，她不知道，谁也不愿意当王八；占人妻子，也不是好名誉。他从腰间拿出一张已经变成暗褐色的红纸帖，交给春桃，说：

"这是咱们的龙凤帖。那晚上逃出来的时候，我从神龛上取下来，揣在怀里。

现在你可以拿去，就算咱们不是两口子。”春桃接过那红帖子，一言不发，只注视着炕上破席。她不由自主地坐下，挨近那残废的人，说：“茂哥，我不能要这个，你收回去罢。我还是你的媳妇。一夜夫妻百日恩，我不做缺德的事。今天看你走不动，不能干大活，我就不要你，我还能算人吗？”

她把红帖也放在炕上。李茂听了她的话，心里很受感动。他低声对春桃说：“我瞧你怪喜欢他的，你还是跟他过日子好。等有点钱，可以打发我回乡下，或送我到残废院去。”

“不瞒你说，”春桃的声音低下去，“这几年我和他就同两口子一样活着，样样顺心，事事如意；要他走，也怪舍不得。不如叫他进来商量，瞧他有什么主意。”她向着窗户叫，“向哥，向哥！”可是一点回音也没有。出来一瞧，向哥已不在了。这是他第一次晚间出门。她愣一会，便向屋里说：“我找他去。”她料想向高不会到别的地方去。到胡同口，问问老吴。老吴说望大街那边去了。

她到他常交易的地方去，都没找着。人很容易丢失，眼睛若见不到，就是渺渺茫茫无寻觅处。快到一点钟，她才懊丧地回家。屋里的油灯已经灭了。“你睡着啦？向哥回来没有？”她进屋里，掏出洋火，把灯点着，向炕上一望，只见李茂把自己挂在窗棂上，用的是他自己的裤带。她心里虽免不了存着女性的恐慌，但是还有胆量紧爬上去，把他解下来。幸而时间不久，用不着惊动别人，轻轻地抚揉着他，他渐次苏醒回来。

杀自己的身来成就别人是侠士的精神。若是李茂的两条腿还存在，他也不必出这样的手段。两三天以来，他总觉得自己没多少希望，倒不如毁灭自己，教春桃好好地活着。春桃于他虽没有爱，却很有义。她用许多话安慰他，一直到天亮。他睡着了，春桃下炕，见地上一些纸灰，还剩下没烧完的红纸。她认得是李茂曾给她的那张龙凤帖，直望着出神。

那天她没出门。晚上还陪李茂坐在炕上。“你哭什么？”春桃见李茂热泪滚滚地滴下来，便这样问他。“我对不起你。我来干什么？”“没人怨你来。”“现在他走了，我又短了两条腿。……”

“你别这样想。我想他会回来。”“我盼望他会回来。”又是一天过去了，春桃起来，到瓜棚摘了两条黄瓜做菜，草草地烙了一张大饼，端到屋里，两个人同吃。她仍旧把破帽戴着，背上篓子。“你今天不大高兴，别出去啦！”李茂隔着窗户对她说。“坐在家里更闷得慌。”她慢慢地踱出门。做活是她的天性，虽在沉闷的心境中，她也要干。中国女人好像只理会生活，而不理会爱情，生活的发展是她所注意的，爱情的发展只在盲闷的心境中沸动而已。自然，爱只是感觉，而生活是实质的，整天躺在锦帐里或坐在幽林中讲爱经，也是从皇后船或总统船运来的知识。春桃既不是弄潮儿的姊妹，也不是碧眼胡的学生，她不懂得，只会莫名其妙地纳闷。

一条胡同过了又是一条胡同。无量的尘土，无尽的道路，涌着这沉闷的妇人。她有时嚷“烂纸换洋取灯儿”，有时连路边一堆不用换的旧报纸，她都不捡。有时该给人两盒取灯，她却给了五盒。胡乱地过了一天，她便随着天上那班只会嚷嚷和抢吃的黑衣党慢慢地踱回家。仰头看见新贴上的户口照，写的户主是刘向高妻刘氏，使她心里更闷得厉害。

刚踏进院子，向高从屋里赶出来。她瞪着眼，只说：“你回来……”其余的话用眼泪连续下去。“我不能离开你，我的事情都是你成全的。我知道你要我帮忙。我不能无情无义。”其实他这两天在道上漫散地走，不晓得要往哪里去。走路的时候，直像脚上扣着一条很重的铁镣，那一面是扣在春桃手上一样。加以到处都遇见“还是他好”的广告，心情更受着不断的搅动，甚至饿了他也不知道。

“我已经同向哥说好了。他是户主，我是同居。”向高照旧帮她卸下篓子，一面替她抹掉脸上的眼泪。他说：“若是回到乡下，他是户主，我是同居。你是咱们的媳妇。”她没有做声，直进屋里，脱下衣帽，行她每日的洗礼。买卖经又开始在瓜棚底下念开了。

他们商量把宫里那批字纸卖掉以后，向高便可以在市场里摆一个小摊，或者可以搬到一间大一点点的房子去住。屋里，豆大的灯火，教从瓜棚飞进去的一只油葫芦扑灭了。李茂早已睡熟，因为银河已经低了。

“咱们也睡罢。”妇人说。

“你先躺去，一会我给你捶腿。”

“不用啦，今天我没走多少路。明儿早起，记得做那批买卖去，咱们有好几天不开张了。”

“方才我忘了拿给你。今天回家，见你还没回来，我特意到天桥去给你带一顶八成新的帽子回来。你瞧瞧！”他在暗里摸着那帽子，要递给她。

“现在哪里瞧得见！明天我戴上就是。”

院子都静了，只剩下晚香玉的香还在空气中游荡。屋里微微地可以听见“媳妇”和“我不爱听，我不是你的媳妇”等对答。

东野先生

一

那时已过了七点，屋里除窗边还有一点微光以外，红的绿的都藏了它们的颜色。延禧还在他的小桌边玩弄他自己日间在手工室做的不倒翁。不倒翁倒一次，他的笑颜开一次，全不理会夜母正将黑暗等着他。

这屋子是他一位教师和保护人东野梦鹿的书房。他有时叫他做先生，有时叫他做叔叔，但称叔叔的时候多。这大屋里的陈设非常简单，除十几架书以外，就是几张凳子和两张桌子，乍一看来，很像一间不讲究的旧书铺，梦鹿每天不到六点是不回来的。

他在一个公立师范附属小学里当教员，还主持校中的事务。每日的事务他都要当天办完，决不教留过明天，所以每天他得比别的教员迟一点离校。

他不愿意住在学校里，纯是因为延禧的原故。他不愿意小学生在寄宿舍住，说孩子应当多得一点家庭生活，若住在寄宿舍里，管理上难保不近乎待遇人犯的方法。然而他的家庭也不像个完全的家庭。一个家庭若没有了女主人，还配称为家庭么?

他的妻子能于十年前到比国留学，早说要回来，总接不到动身的信。十几年来，家中的度支都是他一人经理，甚至晚饭也是他自己做。除星期日以外，他每早晨总是到学校去，有时同延禧一起走，有时他走迟一点。家里没人时，总把大门关锁了，中饭就在学校里吃，三点半后延禧先回家。他办完事，在市上随便买些菜蔬回来，自己烹调，或是到外边馆子里去。但星期日，他每同孩子出城去，在野店里吃。他并不是因为雇不起人才过这样的生活，是因他的怪思想，老想着他是替别人经理钱财，不好随便用。

他的思想和言语，有时非常迂腐，性情又很固执，朋友们都怕和他辩论，但他从不苟且，为学做事都很认真，所以朋友们都很喜欢他。

天色越黑了，孩子到看得不分明的时候，才觉得今日叔叔误了时候回来。他很着急，因为他饿了。他叔叔从来没曾过了六点半才回来，在六点一刻，门环定要响的。孩子把灯点着，放在桌上，抽出抽屉，看看有什么东西吃没有。梦鹿的桌子有四个抽屉，其中一个搁钱，一个藏饼干。这日抽屉里赶巧剩下些饼屑，孩子到这时候也不管得许多，掏着就望口里填塞。他一面咀嚼着，一面数着地上的瓶子。

在西墙边书架前的地上排列着二十几个牛奶瓶子。他们两个人每天喝一瓶牛奶。梦鹿有许多怪癖，牛奶连瓶子买，是其中之一。离学校不远有一所牛奶房，他每清早自己要到那里，买他亲眼看着工人榨出来的奶。奶房允许给他送来，老是被他拒绝了。不但如此，他用过的瓶子，也不许奶房再收回去，所以每次他得多花几分瓶子钱。瓶子用完，就一个一个排在屋里的墙下，也不叫收买烂铜铁锡的人收去。屋里除椅桌以外，几乎都是瓶子，书房里所有的书架都是用瓶子叠起来的，每一格用九个瓶子作三行支柱，架上一块板；再用九个瓶子作支柱，再加上一块板；一连叠五六层，约有四尺多高。桌上的笔筒，花插，水壶，墨洗，没有一样不是奶瓶子！那排在地上的都是新近用过的。到排不开的时候，他才教孩子搬出外头扔了。

孩子正在数瓶子的时候，门环响了。他知道是梦鹿回来，喜欢到了不得，赶紧要出去开门，不提防踢碎了好几个瓶子。

门开时，头一声是“你一定很饿了。”

孩子也很诚实，一直回答他：“是，饿了，饿到了不得。我刚在抽屉里抓了一把饼屑吃了。”

“我知道你当然要饿的，我回来迟了一点钟了，我应当早一点回来。”他手中提着一包一包的东西，一手提着书包，走进来，把东西先放在桌上。他看见地上的碎玻璃片，便对孩子说：“这些瓶子又该清理了，明天有工夫就把它们扔出去罢，你婶婶在这下午来电，说她后天可以到香港，我在学校里等着香港船公司的回电，所以回来迟了。”

孩子虽没有会过他的婶婶，但看见叔叔这么喜欢，说她快要回来，也就很高兴。他说：“是么？我们不用自己做饭了！”

“不要太高兴，你婶婶和别人两样，她一向就不曾到过厨房去。但这次回来，也许能做很好的饭。她会做衣服，几年来，你的衣服都是裁缝做的，此后就不必再找他们了。她是很好的，我想你一定很喜欢她。”

他脱了外衣，把东西拿到厨房去，孩子帮着他，用半点钟工夫，就把晚餐预备好了。他把饭端到书房来，孩子已把一张旧报纸铺在小桌上，旧报纸是他们的桌巾，他们每天都要用的。梦鹿的书桌上也覆着很厚的报纸，他不擦桌子，桌子脏了，只用报纸糊上，一层层地糊，到他觉得不舒服的时候，才把桌子扛到院子里，用水洗括干净，重新糊过，这和买瓶奶子的行为，正相矛盾，但他就是这样做。他的餐桌可不用糊，食完，把剩下的包好，送到垃圾桶去。

桌上还有两个纸包，一包是水果，一包是饼干。他教孩子把饼干放在抽屉里，留做明天的早饭。坐定后，他给孩子倒了一杯水，自己也倒了一杯放在面前。孩子坐在一边吃，一面对叔叔说：

“我盼望婶婶一回来，就可以煮好东西给我们吃。”

“很想偷懒的孩子！做饭不一定是女人的事，我方才不说过你婶婶没下过厨房吗？你敢是嫌我做得不好？难道我做的还比学堂的坏么？一样的米，还能煮出两样的饭么？”

“你说不是两样，怎样又有干饭，又有稀饭？怎样我们在家煮的有时是烂浆饭，有时是半生不熟的饭？这不都是两样么？我们煮的有时实在没有学堂的好吃，有时候我想着街上卖的馄饨面，比什么都好吃。”

他笑了。放下筷子，指着孩子说：“正好，你喜欢学堂的饭。明后天的晚饭你可以在学堂里吃，我已经为你吩咐妥了。我明天下午要到香港去接你婶婶，晚间教人来陪你。我最快得三天才能回来，你自然要照常上课。我告诉你，街上卖的馄饨，以后可不要随便买来吃。”

孩子听见最后这句话，觉得说得有原故，便问：“怎么啦？我们不是常买馄饨面么？以后不买，是不是因为面粉是外国来的？”

梦鹿说：“倒不是这个原故。我发现了他们用什么材料来做馄饨馅了。我不信个个都是如此，不过给我看见了一个，别人的我也不敢吃了。我早晨到学校去，为抄近道，便经过一条小巷，那巷里住的多半是小本商贩。我有意无意地东张西望，恰巧看见一挑馄饨担子放在街门口，屋里那人正在宰割着两只肥嫩老鼠。我心里想，这无疑是用来冒充猪肉做馄饨馅的。我于是盘问那人，那人脸上立时一阵一阵红，很生气地说：‘你是巡警还是市长呢？我宰我的，我吃我的，你管得了这些闲事？’我说，你若是用来冒充猪肉，那就是不对。我能够报告卫生局，立刻教巡警来罚你。你只顾谋利，不怕别人万一会吃出病来。”

“那人看我真像要去叫巡警的神气，便改过脸来，用好话求我饶他这次。他说他不是常常干这个，因为前个月妻子死了，欠下许多债，目前没钱去称肉，没法子。我看他说得很诚实，不像撒谎的样子，便进去看看他屋里，果然一点富裕的东西都没有。桌上放着一座新木主，好像证明了他的话是可靠的。我于是从袋里掏出一张十元票子递给他做本钱，教他把老鼠扔掉。他允许以后绝不再干那事，我就离开他了。”

孩子说：“这倒新鲜！他以后还宰不宰，我们哪里知道呢！”

梦鹿说：“所以教你以后不要随便买街上的东西吃。”

他们吃了一会，梦鹿又问孩子说：“今天汪先生教你们什么来？”

“不倒翁。”

“他又给了你们什么‘教训’没有？”

“有的，问不倒翁为什么不倒？有人说，‘因为它没有两条腿。’先生笑说，‘不对’。阿鉴说，‘因为它底下重，上头轻。’先生说，‘有一部分对了，重还要圆才成。国家也是一样，要在下的分子沉重，团结而圆活，那在上头的只要装装样子就成了。你们给它打鬼脸，或给它打加官脸都成。’”

“你做好了么？”

“做好了，还没上色，因为阿鉴允许给我上。”孩子把碗箸放下，要立刻去取来给他看。他止住说：“吃完再拿吧，吃饭时候不要做别的事。”

饭吃完了，他把最后那包水果解开，拿出两个蜜柑来，一个递给孩子，一个自己留着。孩子一接过去便剥，他却把果子留在手上把玩。他说：“很好看的蜜柑！我从来没见过那么好的！”

“我知道你又要把它藏起来了！前两个星期的苹果，现在还放在卧房里咧，我看它的颜色越来越坏了。”孩子说。

“对呀，我还有一颗苹果咧。”他把蜜柑放在桌上，进房里去取苹果。他拿出来对孩子说：“吃不得啦，扔了罢。”

“你的蜜柑不吃，过几天也要‘金玉其外，败絮其中’了。”

“噢！好孩子，几时学会引经据典！又是阿鉴教你的罢？”

孩子用指在颊上乱刮，瘪着嘴回答说：“不要脸，谁待她教！这不是国文教科书里的一课么？说来还是你教的呢。”

“对的，但是果子也有两样，一样当做观赏用的，一样才是食用的，好看的果子应当观赏，不吃它也罢了。”

孩子说：“你不说过还有一样药用的么？”

他笑着看了孩子一眼，把蜜柑放在桌上，问孩子日间的功课有不懂的没有。孩子却拿着做好的不倒翁来，说：“明天一上色，就完全了。”

梦鹿把小玩具拿在手里，称赞了一会，又给他说些别的。闲谈以后，孩子自去睡了。

一夜过去了，梦鹿一早起来，取出些饼干，又叫孩子出去买些油炸烩。

孩子说：“油炸烩也是街上卖的东西，不是说不要再买么？”

“油炸的面食不要紧。”

“也许还是用老鼠油炸的呢！”孩子带着笑容出门去了。

他们吃完早点，便一同到学校去。

二

一天的工夫，他也不着急，把事情办完，才回来取了行箧，出城搭船去，船于中夜到了香港，他在码头附近随便找一所客栈住下，又打听明天入口的船。一早他就起来，在栈里还是一样地做他日常的功课。他知道妻子所搭的船快要入港了，拿一把伞，就踱到码头，随着一大帮接船的人下了小汽船。

他在小船上，很远就看见他的妻子，嚷了几声，她总听不见，只顾和旁边一个男人说话。上了大船，妻子还和那人对谈着，他不由得叫了一声：“能妹，我来接你哪！”妻子才转过脸来，从上望下端详地看，看他穿一身青布衣服，脚上穿了一双羽绫学士鞋，简直是个乡下人站在她面前。她笑着，进前两步，搂着丈夫的脖子，把面伏在他的肩上。她是要丈夫给她一个久别重逢的亲嘴礼，但他的脸被羞耻染得通红，在妻子的耳边低声说：“尊重一点，在人丛中搂搂抱抱，怪不好看的。”妻子也不觉得不好意思，把胳臂松了，对他说：“我只顾谈话，万想不到你会来得这样早。”她看着身边那位男子对丈夫说：“我应先介绍这位朋友给你。这位是我的同学卓斐，卓先生。”她又用法语对那人说：“这就是我的丈夫东野梦鹿。”

那人伸出手来，梦鹿却对他鞠了一躬。他用法语回答她：“你若不说，我几乎失敬了。”

“出去十几年居然说得满口西洋话了！我是最笨的，到东洋五六年，东洋话总也没说好。”

“那是你少用的原故。你为我预定客栈了么？卓先生已经为我预定了皇家酒店，因为我想不到你竟会出来接我。”

"我没给你预定宿处，昨晚我住在泰安栈三楼，你如愿意，……"

"那么，你也搬到皇家酒店去罢，中国客栈我住不惯。在船上好几十天，我想今晚在香港歇歇，明天才进省城去。"

丈夫静默了一会说："也好，我定然知道你在外国的日子多了，非皇家酒店住不了。"

妻子说："还有卓先生也是同到省城去的，他也住皇家酒店。"

妻子和卓斐先到了酒店，梦鹿留在码头办理一切的手续。他把事情办完，才到酒店来，问柜上说："方才上船的那位姓卓的客人和一位太太在哪间房住？"伙计以为他是卓先生的仆人，便告诉他卓先生和卓太太在四楼。又说本酒店没有仆人住的房间，教他到中国客栈找地方住去。

梦鹿说："不要紧，请你先领我上楼去。那位是我的太太，不是卓太太。"伙计们上下打量了他几次，愣了一会。他们心里说：穿一件破蓝布大褂，来住这样的酒店，没见过！

楼上一对远客正对坐着，一个含着烟，一个弄着茶碗，各自无言。梦鹿一进来，便对妻子说："他们当我做佣人，几乎不教我上来！"

妻子说："城市的人都是这般眼浅，谁教你不穿得光鲜一点？也不是置不起。"卓先生也忙应酬着说："请坐，用一碗茶罢，你一定累了。"他随即站起来，说："我也得到我房间去检点一下，回头再来看你们。"一面说，一面开门出去了。

他坐下，只管喝茶，妻子的心神倒像被什么事情牵挂住似的，她的愁容被丈夫理会了。

"你整天嘿嘿地，有什么不高兴的地方？莫不是方才我在船上得罪了你么？"

妻子一时倒想不出话来敷衍丈夫，她本不是纳闷方才丈夫不拥抱她的事，因为这时她什么都忘了。她的心事虽不能告诉丈夫，但是一问起来，她总得回答。她说："不，我心里喜欢极了，倒没的可说，我非常喜欢你来接我。"

"喜欢么？那我更喜欢了。为你，使我告了这三天的假，这是自我当教员以来第一次告假，第一次为自己耽误学生的功课。"

“很抱歉，又很感激你为我告的第一次假。”

“你说的话简直像外国人说中国话的气味。不要紧的，我已经请一位同事去替我了，我把什么事情都安排好了才出来的，即如延禧的晚膳，我也没有忽略了。”

“哪一个延禧？”

“你忘了么？我不曾在信中向你说过我收养了一个孩子么？他就是延禧。”追忆往事，妻子才想起延禧是十几年前梦鹿收养的一个孤儿。在往来的函件中，他只向妻子提过一两次，怪不得她忘却了。他们的通信很少，梦鹿几乎是一年一封，信里也不说家常，只说他在学校的工作。

“是呀，我想起来了。你不是说他是什么人带来给你的么？你在信中总没有说得明白，我到现在还是不知道延禧到底是个什么样子，你是要当他做养子么？”

“不，我待遇他如侄儿一样，因为那送他来的人教我当他做侄儿。”

“什么意思，我不明白。”妻子注目看着他。

“你当然不明白。”停一会，他接着说：“就是我自己也不明白，到现在我还不明白他的来历咧。”

“那么，你从前是怎样收他的？”

“并没有什么原故。不过他父亲既把他交给我，教我以侄儿的名分待遇他，我只得照办罢了。我想这事的原委，我已写信告诉你了，你怎么健忘到这步田地？”

“也许是忘记了。”

“因为他父亲的功劳，我培养他，说来也很应当。你既然忘记，我当为你重说一遍，省得明天相见时惹起你的错愕。

“你记得辛亥年三月二十九日么？那时你还在不鲁舍路，记得么？在事前几天，我忘了是二十五或二十六晚上，有一个人来敲我的门。我见了他，开口就和我说东洋话。他问我：‘预备好了没有？’我当时不明白他的意思，只回问他我应当预备什么？他像知道我是冈山的毕业生，对我说：‘我们一部分的人都已经来到了，怎么你还装呆？你是汉家子孙，能为同胞出力的地方，应当尽力地帮助。’我说，‘我以为若是事情来得太仓促，一定会失败的。’那人说，‘凡革命都是在仓促间成功的。如果有个全盘计划，那就是政治行为，不是革命行动了。’我说，‘我就不喜欢这种没计划的行动。’他很忿怒地说：‘你怕死么？’我随即回答说，我有时怕，有时不怕，一个好汉自然知道怎样‘舍生取义’，何必你来苦苦相劝？他没言语就走了。一会儿他又回来，说：‘你是义人，我信得你不会把大事泄露了。’我听了，有一点气，说：‘废话少说，好好办你的事去。若信不过我，可以立刻把我杀死。’

“二十八晚上，那人抱了一个婴孩来。他说那是他的儿子，要寄给我保养，当他做侄儿看待，等他的大事办完，才来领回去。我至终没有问他的姓名，就让他走了，我只认得他左边的耳壳是没有了的，二十九下午以后，过了三天，他的同志们被杀戮的，到现在都成黄花岗的烈士了。但他的尸首过了好几天才从状元桥一家米店的楼上被找出来。那地方本来离我们的家不远，一听见，我就赶紧去看他，我认得他。他像是重伤后从屋顶爬下来躲在那里的。他那围着白毛巾的右手里还捏着一把手枪，可是子弹都没有了。我对着尸首说，壮士，我当为你看顾小侄儿。米店的人怕惹横祸，扬说是店里的伙伴，把他臂上的白毛巾除下，模模糊糊掩埋了。他虽不葬在黄花岗，但可算为第七十三个烈士。

“他的儿子是个很可造就的孩子。他到底姓什么，谁也不知道。我又不配将我的姓给他，所以他在学校里，人人只叫他做延禧。”

这下午，足谈了半天梦鹿所喜欢谈的事。他的妻子只是听着，并没提出什么材料来助谈。晚间卓先生邀他们俩同去玩台球。他在娱乐的事上本来就很缺乏知识和兴趣，他教志能同卓先生去，自己在屋里看他的书。

第二天船入珠江了。卓先生在船上与他们两人告辞便向西关去了。妻子和梦鹿下了船，同坐在一辆车里。梦鹿问她那位卓先生来广州干什么事？妻子只是含糊地回答。其实那卓先生也是负着一种革命的使命来的，他不愿意把他的秘密说出来。不一会，来到家里，孩子延禧在里头跳出来，现出很亲切的样子，梦鹿命他给婶婶鞠躬。妻子见了他，也赞美他是个很好看的孩子。

妻子进屋里，第一件刺激她的，便是满地的瓶子。她问：“你做了什么买卖来么？哪里来的这些瓶子？”

“哈哈！在西洋十几年，连牛奶瓶子也不懂得？中国的牛奶瓶和外国的牛奶瓶岂是两样？”梦鹿笑了一回，接着说：“这些都是我们两人用过的旧瓶子，你不懂么？”

妻子心里自问：为什么喝牛奶连瓶子买回来？她看见满屋的“瓶子家具”，不免自己也失笑了，她暗笑丈夫过的穷生活。她仰头看四围的壁上满贴了大小不等的画。孩子说：“这些都是叔叔自己画的。”她看了，勉强对丈夫说：“很好的，你既然喜欢轮船、火车，我给你带一个摄影器回来，有工夫可以到处去照，省得画。”

丈夫还没回答，孩子便说：“这些画得不好么？他还用来赏学生们呢。我还得着他一张，是上月小考赏的。”他由抽屉拿出一张来，递给志能看。丈夫在旁边像很得意，得意他妻子没有嫌他画得不好，他说：“这些轮子不是很可爱很要紧的么？我想我们各人都短了几个轮子。若有了轮子，什么事情都好办了。”这也是他很常说的话。他在学校里，赏给学生一两张自己画的轮船和火车，就像一个王者颁赐勋章给他的臣僚一般地郑重。

这样简单的生活，妻子自然过不惯。她把丈夫和小孩搬到芳草街。那里离学校稍微远一点，可是不像从前那么逼仄了。芳草街的住宅本是志能的旧家，因为她母亲于前年去世，留下许多产业给他们两夫妇。梦鹿不好高贵的生活，所以没搬到岳母给她留下的房子去住。这次因为妻子的相强，也就依从了。其实他应当早就搬到这里来。这屋很大，梦鹿有时自己就在书房里睡，客厅的后房就是孩子住，楼上是志能和老妈子住。

梦鹿自从东洋回国以来，总没有穿过洋服，连皮鞋也要等下雨时节才穿的。有一次妻子鼓励他去做两身时式的洋服，他反大发起议论，说中华民国政府定什么“大礼服”、“小礼服”的不对。

用外国的“燕尾服”为大礼服，简直是自己藐视自己，因为堂堂的古国，连章身的衣服也要跟随别人，岂不太笑话了！不但如此，一切礼节都要跟随别人，见面拉手，兵舰下水掷瓶子，用女孩子升旗之类，都是无意义地模仿人家的礼节。

外人用武力来要土地，或经济侵略，只是物质的被征服；若自己去采用别人的衣冠和礼仪，便是自己在精神上屈服了人家，这还成一个民族吗？话说归根，当然中国人应当说中国话，吃中国饭，穿中国衣服。但妻子以为文明是没有国界的，在生活上有好的利便的事物，就得跟随人家。她反问他："你为什么又跟着外国人学剪发？"他也就没话可回答了。他只说："是故恶乎佞者！你以为穿外国衣服就是文明的表示么？"他好辩论，几乎每一谈就辩起来。他至终为要讨妻子的喜欢，便到洋服店去定了一身衣服，又买了一双黄皮鞋，一顶中折毡帽。帽子既不入时，鞋子又小，衣服又穿得不舒服，倒不如他本来的蓝布大褂自由。

志能这位小姐实在不是一个主持中馈的能手，连轻可的茶汤也弄得浓淡不适宜。志能的娘家姓陈，原是广西人，在广州落户。

她从小就与东野订婚，订婚后还当过他的学生。她母亲是个老寡妇，只有她一个独生女，家里的资财很富裕，恐怕没人承继，因为梦鹿的人品好，老太太早就有意将一切交付与他。梦鹿留学日本时，她便在一个法国天主教会的学堂念书。到他毕业回国，才举行婚礼，不久，她又到欧洲去。因为从小就被娇养惯，而且她又常在交际场上出头面，家里的事不得不雇人帮忙。

她正在等着丈夫回来吃午饭，所有的都排列在膳堂的桌上，自己呆呆地只看着时计，孩子也急得了不得。门环响时，孩子赶着出去开门，果然是他回来了。妻子也迎出来，见他的面色有点不高兴，知道他又受委曲了。她上下端详地观察丈夫的衣服、鞋、帽。

"你不高兴，是因你的鞋破了么？"妻子问。

"鞋破了么？不。那是我自己割开的。因为这双鞋把我的脚趾挟得很痛，所以我把鞋头的皮割开了。现在穿起来，很觉得舒服。"

"咦，大哥，你真是有一点疯气！鞋子太窄，可以送到鞋匠那里请他给你挣一下；再不然，也可以另买一双，现在弄得把袜子都露出来，像个什么样子？"

"好妻子，就是你一个人第一次说我是疯子。你怎么不会想鞋子岂是永远不破的？就是拿到鞋匠那里，难保他不给挣裂了。

早晚是破，我又何必费许多工夫？我自己带着脚去配鞋子，还配错了，可怨谁来？所以无论如何，我得自己穿上。至于另买的话，那笔款项还没上我的预算哪。”其实他的预算也和别人的两样，因为他用自己的钱从没记在账本上。但他有一样好处，就是经理别人的或公共的款项，丝毫也不苟且。

孩子对于他的不乐另有一番想象。他发言道：“我知道了，今天是教员会，莫不是叔叔又和黄先生辩论了？”

“我何尝为辩论而生气？”他回过脸去向着妻子，“我只不高兴校长忽然在教员会里，提起要给我加薪俸。我每月一百块钱本自够用了，他说我什么办事认真，什么教导有方，所以要给我长薪水。然而这两件事是我的本务，何必再加四十元钱来奖励我？你说这校长岂不是太看不起我么？”说着把他脚下的破而新的皮鞋脱下，换了一双布鞋，然后同妻子到饭厅去。

他坐下对妻子说：“一个人所得的薪水，无论做的是什么事，应当量他的需要给才对。若是他得了他所需的，他就该尽其所能去做，不该再有什么奖励。用金钱奖励人是最下等的，想不到校长会用这方法来待遇我！”

妻子说：“不受就罢了，值得生那无益的气。我们有的是钱，正不必靠着那些束修。此后一百块定是不够你用的，因为此地离学校远了，风雨时节总得费些车钱。我看你从前的生活，所得的除书籍伙食以外，别的一点也不整置，弄得衣、帽、鞋、袜，一塌糊涂，自然这些应当都是妻子管的。好罢，以后你的薪水可以尽量用，其余需要的，我可以为你预备。

丈夫用很惊异的眼睛望着她，回答说：“又来了，又来了！我说过一百块钱准够我和延禧的费用。既然辞掉学校给我加的，难道回头来领受你的‘补助费’不成？连你也看不起我了！”他带着气瞧了妻子一眼，拿起饭碗来狠狠地扒饭，扒得筷与碗相触的声音非常响亮。

妻子失笑了，说：“得啦，不要生气啦，我们不‘共产’就是了。你常要发你的共产议论，自己却没有丝毫地实行过，连你我的财产也要弄得界限分明，你简直是个个人主义者。”

“我决不是个人主义者，因为我要人帮助，也想帮助别人，这世间若有真正的个人主义者是不成的。人怎能自满到不求于人，又怎能自傲到不容人求？但那是两样的。你知道若是一个丈夫用自己的钱以外还要依赖他的妻子，别人要怎样评论他？你每用什么‘共产’、‘无政府’来激我，是的，我信无政府主义，然而我不能在这时候与你共产或与一切的人共产。我是在预备的时候呢，现在人们的毛病，就是预备的工夫既然短少而又急于实行，那还成么？”他把碗放下，拿着一双筷子指东挥西，好像拿教鞭在讲坛上一样。因为他妻子自回来以后，常把欧战时的经济状况，大战后俄国的情形，和社会党共产党的情形告诉他，所以一提起，他又兴奋地继续他的演说：“我请问你，一件事情要知道它的好处容易，还是想法子把它做好了容易？谁不知道最近的许多社会政治的理想的好处呢？然而，要实现它岂是暴动所能成事？要知道私产和官吏是因为制度上的错误而成的一种思想习惯，一般人既习非成是，最好的是能使他们因理启悟，去非归是。我们生在现时，应当做这样的工夫，为将来的人预备。……”

妻子要把他的怒气移转了，教他不要想加薪的事，故意截着话流，说：“知就要行，还预备什么？”

“很好听！”他用筷子指着妻子说：“为什么要预备？说来倒很平常。凡事不预备而行的，虽得暂时成功，终要归于失败。纵使你一个人在这世界内能实行你的主张，你的力量还是有限，终不能敌过以非为是的群众。所以你第一步的预备，便是号召同志，使人起信，是不是？”

“是很有理。”妻子这样回答。

丈夫这才把筷子收回来，很高兴地继续地说：“你以为实行和预备是两样事么？现在的行，就是预备将来。好，我现在可以给你一个比喻。比如有所果园，只有你知道里头有一种果子，吃了于人有益。你若需要，当然可以进去受用，只因你的心很好，不愿自己享受，要劝大家一同去享受。可是那地方的人们因为风俗习惯迷信种种关系，不但不敢吃，并且不许人吃。因为他们以为人吃了那果子，便能使社会多灾多难，所以凡是吃那果子的人，都得受刑罚，在这情形之下，你要怎办？大家都不明白，你一进去，他们便不容你分说，重重地刑罚你，那时你还能不能享受里头的果子？同时他们会说，恐怕以后还有人进来偷果子，不如把这园门封锁了罢。这一封锁，所有的美果都在里头腐烂了。所以一个救护时世的人，在智慧方面当走在人们的前头；在行为方面，当为人们预备道路。这并不是知而不行，乃是等人人、至少要多数人都预备好，然后和他们同行。一幅完美的锦，并不是千纬一经所能成，也不能于一秒时间所能织就的。用这个就可以比方人间一切的造作，你要预备得有条有理，还要用相当的劳力，费相当的时间。你对于织造新社会的锦不要贪快，还不要生作者想，或生受用想。人间一切事物好像趋于一种公式，就是凡真作者在能创造使人民康乐的因，并不期望他能亲自受用他所成就的果，一个人倘要把他所知所信的强别人去知去信去行，这便是独裁独断，不是共和合作。……"

他越说越离题，把方才为加薪问题生气的事情完全消灭了。伶俐的妻子用别的话来阻止他再往下说。她拿起他的饭碗说："好哥哥，你只顾说话，饭已凉到吃不得了！待我给你换些热的来罢。"

孩子早已吃饱了，只是不敢离座。梦鹿所说的他不懂，也没注意。他忽然想起一件事来，对梦鹿说："方才黄先生来找你呢。"

"是么，有甚事？"

"不知道呢！他没说中国话，问问婶婶便知道。"

妻子端过一碗热饭来，随对孩子说："你吃完了，可以到院子去玩玩，等一会也许你叔叔要领你出城散步去。"孩子得了令，一溜烟地跑了。

"方才黄先生来过么？"

"是的，他要请你到党部去帮忙。我已经告诉他说，恐怕你没有工夫。我知道你不喜欢跟市党部的人往来，所以这样说。"妻子这样回答。

"我并不是不喜欢同他们来往，不过他们老说要做这事，要做那事，到头来一点也不办。我早告诉他们，我今生唯一的事情，便是当小学教员，别的事情，我就不能兼顾了。"

“我也是这样说，你现在已是过劳了，再加上几点钟的工夫，就恐怕受不了，他随即要求我去，我说等你回来，再和你商量，我去好不好？”

他点头说：“那是你的事，有工夫去帮帮忙，也未尝不可。”

“那么，我就应许他了，下午你还和延禧出城去么？”

“不，今晚上还得到学校去。”

他吃完了，歇一会又到学校去了。

三

黄昏已到，站在楼头总不见灿烂的晚霞，只见凹凸而浓黑的云山映在玻璃窗上。志能正在楼上整理书报，程妈进来，报道：“卓先生在客厅等候着。”她随着下来。卓先生本坐在一张矮椅上，一看门钮动时，赶紧抢前几步，与她拉手。

志能说：“裴立，我告诉你好几次，我不能跟你，也不能再和你一同工作，以后别再来找我。”

“你时时都是这样说，只不过要想恐吓我罢了。我是钟鼓楼的家雀，这样的声音，已经听惯了。”

他们并肩坐在一张贵妃榻上。裴立问道：“他呢？”

“到学校去了。”

“好，正好，今晚上我们可以出去欢乐一会。你知道我们在不久要来一个大暴动么？我们所做的事，说不定过两三天后还有没有性命，且不管它，快乐一会是一会。快穿衣服去，我们就走。”

“裴立，我已经告诉过你好几次了。我们从前为社会为个人的计划，我想都是很笨，很没理由，还是打消了罢。”

“呀，你又来哄我！”

“不，我并不哄你，我将尽我这生爱敬你，同时我要忏悔从前对于他一切的误解，以致做出许多对不起他和你的事。”她的眼睛一红，珠泪像要滴出来。

卓先生失惊道：“然则你把一切的事都告诉他了？”

“不，你想那事是一个妻子应当对她的丈夫说的么？如能避免掉，我永远不对他提及。”她哭起来了。她接着说：“把从前的事忘记了罢，我已定志不离开他。当然，我只理会他于生活上有许多怪癖，没理会他有很率真的性情，故觉得他很讨厌。现在我已明白了他，跟他过得好好地，舍不得与他分离了。”

在卓先生心里，这是出于人意料之外的事情。他想那么伶俐的志能，会爱上一个半疯的男子！她一会说他的性情好，一会说他的学问好，一会又说他的道德好，时时把梦鹿赞得和圣人一样，他想其实圣人就是疯子。学问也不是一般人所需要的，只要几个书呆子学好了，人人都可以沾光。至于道德，他以为更没有什么准则，坏事情有时从好道德的人干出来。他又信人伦中所谓夫妇的道德更没凭据。一个丈夫，若不被他的妻子所爱，他若去同别的女人来往，在她眼中，他就是一个坏人,因此便觉得他所做的事都是坏事。男子对于女人也是如此,他沉默着，双眼盯在妇人脸上，又像要发出大议论的光景。

妇人说：“请把从前一切的意思打消了罢，我们可以照常来往。我越来越觉得我们的理想不能融洽在一起。你的生活理想是为享乐，我的是为做人。做人便是牺牲自己的一切去为别人；若是自己能力薄弱，就用全力去帮助那能力坚强的人们。我觉得我应当帮助梦鹿，所以宁把爱你的情牺牲了。我现在才理会在世上还有比私爱更重要的事，便是同情。我现在若是离开梦鹿，他的生活一定要毁了，延禧也不能好好地受教育了。从前我所看的是自己，现在我已开了眼，见到别人了。”

“那可不成，我什么事情都为你预备好了。到这时候你才变卦！”他把头拧过一边，沉吟地说，“早知道是这样，你在巴黎时为什么引诱我，累我跟着你东跑西跑。”

妇人听见他说起引诱，立刻从记忆的明镜里映出他们从前同在巴黎一个客店里的事情。她在外国时，一向本没曾细细地分别过朋友和夫妇是两样的。也许是在她的环境中，这两样的界限不分明。自从她回国以后，尊敬梦鹿的情一天强似一天，使她对于从前的事情非常地惭愧。这并不是东方式旧社会的势力和遗传把她揪回来，乃是她的责任心与同情心渐次发展的缘故。他们两人在巴黎始初会面，大战时同避到英伦去，战后又在莫斯科同住好些时，可以说是对对儿飞来飞去的。她爱裴立，早就想与梦鹿脱离关系。在外国时，梦鹿虽不常写信，她的寡母却时时有信给她。每封信都把夫婿赞美得像圣人一般，为母亲的缘故，她对于另有爱人的事情一句也不提及。这次回家，她渐渐证实了她亡母的话，因敬爱而时时自觉昔日所为都是惭愧。她以羞恶心回答卓先生说："我的裴立，我对不起你。从前种种都是我的错误，可是请你不要说我引诱你，我很怕听这两个字。我还是与前一样地爱你，并且盼望你另找一位比我强的女子。像你这样的男子，还怕没人爱你么？何必定要……"

"你以为我是为要妻子而娶妻，像旧社会一样么？男人的爱也是不轻易给人的。现在我身心中一切的都付与你了。"

"噢，裴立，我很惭愧，我错受了你的爱了。千恨万恨只恨我对你不该如此。现在我和他又一天比一天融洽，心情无限，而人事有定，也是无可奈何的啊。总之，我对不起你。"志能越说越惹起他的妒嫉和怨恨，至终不能向他说个明白。

裴立说："你未免太自私了！你的话，使我怀疑从前种种都是为满足你自己而玩弄我的。你到底没曾当我做爱人看！请罢，我明白了。"

在她心里有两副脸，一副是梦鹿庄严的脸，一副是裴立可爱的脸。这两副脸的威力，一样地可以慑服她。裴立忿忿地抽起身来，要向外走。志能急揪着他说："裴立，我所爱的，不要误会了我，请你沉静坐下，我再解释给你听。"

"不用解释，我都明白了。我知道你的能干，咽下一口唾沫，就可以撒出一万八千个谎来。你的爱情就像你脸上的粉，敷得容易，洗得也容易。"他甩开妇人，径自去了。她的心绪像屋角的炊烟轻轻地消散，一点微音也没有。没办法，掏出手帕来，掩着脸暗哭了一阵。回到自己的房里，伏在镜台前还往下哭。

晚饭早又预备好了，梦鹿从学校里携回一包邮件，到他书房里，一件一件细细地拆阅看。延禧上楼去叫她，她才抬起头来，从镜里照出满脸的泪痕，眼珠红络还没消退。于是，她把手里那条湿手巾扔在衣柜里，从抽屉取出干净的来，又到镜台边用粉扑重新把脸来匀拭一遍，然后下来。

丈夫带着几卷没拆开的书报，进到饭厅，依着他的习惯，一面吃饭一面看。偶要对妻子说话，他看见她的眼都红了，问道："为什么眼睛那么红？"妻子敷衍他说："方才安排柜里的书，搬动时，不提防教一套书打在脸上，尘土入了眼睛，到现在还没复原呢。"

说时，低着头，心里觉得非常惭愧。梦鹿听了，也不十分注意。

他没说什么，低下头，又看他的邮件。

他转过脸向延禧说："今晚上青年会演的是'法国革命'，想你一定很喜欢去看一看。若和你婶婶同去，她就可以给你解释。"孩子当然很喜欢。晚饭后，立刻要求志能与他同去。

梦鹿把一卷从日本来的邮件拆开，见是他的母校冈山师范的同学录，不由得先找找与他交情深厚的同学，翻到一篇，他忽然蹦起来，很喜欢地对着妻子说："可怪雁潭在五小当教员，我一点也不知道！呀，好些年没有消息了。"他用指头指着本子上所记雁潭的住址，说："他就住在豪贤街，明天到学堂，当要顺道去拜访他。"

雁潭是他在日本时一位最相得的同学。因为他是湖南人，故梦鹿绝想不到他会来广州当小学教员。志能间尝听他提过好几次，所以这事使他喜欢到什么程度，她已理会出来。

孩子吃完饭，急急预备到电影院去。她晚上因日间的事，很怕梦鹿看出来，所以也乐得出去避一下。她装饰好下来，到丈夫身边，拍着他的肩膀说："到时候自己睡去，不要等我们了。你今晚上在书房睡罢，恐怕我们回来晚了搅醒你。你明天不是要一早出门么？"

梦鹿在书房一夜没曾闭着眼，心里老惦念着一早要先去找雁潭，好容易天亮了。他爬起来，照例盥漱一番，提起书包也没同妻子告辞，便出门去了。

路上的人还不很多，除掉卖油炸脍的便是出殡的。他拐了几个弯，再走过几条街，便是雁潭的住处。他依着所记的门牌找，才知道那一家早已搬了。他很惆怅地在街上徘徊着，但也没有办法，看看表已到上课的时候，赶紧坐一辆车到学校去。

早晨天气还好，不料一过晌午，来去无常的夏雨越下越大。梦鹿把应办的事情都赶着办完，一心只赶着再去打听雁潭的住址。他看见那与延禧同级的女生丁鉴手里拿着一把黑油纸伞，便向她借，说："把你的雨伞借给我用一用，若是我赶不及回来，你可以同延禧共坐一辆车回家，明天我带回来还你。"他掏出几毛钱交给她，说："这是你和延禧的车钱。"女孩子把伞递给他，把钱接过来，说声"是"，便到休息室去了。梦鹿打着伞，在雨中一步一步慢移。一会，他走远了，只见大黑伞把他盖得严严地，直像一朵大香蕈在移动着。

他走到豪贤街附近的派出所，为要探听雁潭搬到哪里，只因时日相隔很久，一下子不容易查出来。无可奈何，只得沿着早晨所走的道回家。

一进门，黄先生已经在客厅等着他。黄先生说："东野先生，想不到我来找你罢。"

他说："实在想不到。你一定是又来劝我接受校长的好意，加我的薪水吧。"

黄先生说："不，不。我来不为学校的事，有一个朋友要我来找你到党部去帮忙，不是专工的，一星期到两三次便可以了。你愿意去帮忙么？"

梦鹿说："办这种事的人材济济，何必我去呢？况且我又不喜欢谈政治，也不喜欢当老爷。我这一生若把一件事做好了，也就够了。在多方面活动，个人和社会必定不会产出什么好结果，我还是教我的书罢。"

黄先生说："可是他们急于要一个人去帮忙，如果你不愿去，请嫂夫人去如何？"

"你问她，那是她的事。她昨天已对我说过了，我也没反对她去。"他于是向着楼上叫志能说："妹妹，妹妹，请你下来，这里有事要同你商量。"妻子手里打着线活，慢慢地踱下楼来。他说："黄先生要你去办党，你能办么？我看你有时虽然满口民族主义、民权主义、民生主义，若真是教你去做，你也未必能成。"妻子知道丈夫给她开玩笑，也就顺着说："可不是，我哪有本领去办党呢？"

黄先生拦着说："你别听梦鹿兄的话，他总想法子拦你，不要你出去做事。"他说着，对梦鹿笑。

他们正在谈着，孩子跑进来说："婶婶，外面有一个人送信来，说要亲自交给你。"她立时放下手活说了一声"失陪"，便随着孩子出去了。梦鹿目送着她出了厅门，黄先生低声对他说："你方才那些话，她听了不生气么？这教我也很难为情。你这一说，她一定不肯去了。"梦鹿回答说："不要紧，我常用这样的话激她。我看，现在有许多女子在公共机关服务，不上一年半载若不出差错，便要厌腻她们的事情，尤其是出洋回来的女学生，装束得怪模怪样，讲究的都是宴会跳舞，哪曾为所要做的事情预备过？她还算是好的。回国后还不十分洋化，可喜欢谈政治，办党的事情她也许会感兴趣，只与我不相投便了，但无论如何，我总不阻止她，只要她肯去办就成。"

他们说着，妻子又进来了。梦鹿问："谁来的信，那么要紧？"妻子腼腆地说："是卓先生的，那个人做事，有时过于郑重，一封不要紧的信，也值得这样张罗！"说着，一面走到原处坐下做她的活。

丈夫说："你始终没告诉我卓先生是干什么事的人。"妻子没说什么。他怕她有点不高兴，就问她黄先生要她去办党的事，她答应不答应。她没有拒绝，算是允许了。

黄先生得了她的允许，便站立起来，志能止住说："现在快三点钟，请坐一回，用过点心再走未晚。"

黄先生说："我正要请东野先生一同到会贤居去吃炒粉，不如我们都去罢，也把延禧带去。"

她说："家里雇着厨子，倒叫客人请主人出去外头吃东西，实在难为情了。"

梦鹿站起来，向窗外一看，说："不要紧，天早晴了。黄先生既然喜欢会贤居，让我做东，我们就一同陪着走走罢。"

妻子走到楼梯旁边顺便问她丈夫早晨去找雁潭的事，他摇摇头说："还没找着，过几天再打听去。他早已搬家了。"

妻子换好衣服下来，一手提着镜囊，一手拿着一个牛奶瓶子，对丈夫说："大哥，你今天忘了喝你的奶子了，还喝不喝？"

"噢，是的，我们正渴得慌，三个人分着喝完再走罢。"

妻子说："我不喝，你们二位喝罢。我叫他们拿两个杯来。"

她顺手在门边按电铃。丈夫说："不必搅动他们了，这里有现成的茶杯，为什么不拿出来用？"他到墙角，把那古董柜开了，拿出一个茶碗，在抽屉里拿出一张白纸来揩拭几下，然后倒满了一杯递给客人。黄先生让了一回，就接过去了。他将瓶子送到唇边，把剩下的奶子全灌入嘴里。

妻子不觉笑起来，对客人说："你看我的大夫，喝牛乳像喝汽水一样，也不怕教客人笑话。"正说着，老妈子进来，妻回头对她说："没事了，你等着把瓶子拿去吧。噢，是的，你去把延禧少爷找来。"老妈应声出去了。她又转过来对黄先生笑说："你见过我丈夫的瓶子书架么？"

"哈，哈，见过！"

梦鹿笑着对黄先生说："那有什么希奇，她给我换了些很笨的木柜，我还觉得不方便哪。"

他们说着，便一同出门去了。

四

殷勤的家雀一破晓就在屋角连跳带噪，为报睡梦中人又是一天的起首。延禧看见天气晴朗，吃了早饭，一溜烟地就跑到学校园里种花去了。

那时学校的时针指着八点二十分，梦鹿提着他的书包进教务室，已有几位同事先在那里预备功课。不一会，上课铃响了。梦鹿这一堂是教延禧那班的历史，铃声还没止住，他已比学生先入了讲堂，在黑板上画沿革图。

他点名点到丁鉴，忽然想起昨天借了她的雨伞，应许今天带回来，但他忘记了。他说："丁鉴，对不起，我忘了把你的雨伞带回来。"

丁鉴说："不要紧，下午请延禧带来，或我自己去取便了。"

她说到“延禧”时，同学在先生面前虽不敢怎样，坐在延禧后面的，却在暗地推着他的背脊。有些用书挡着向到教坛那面，对着她装鬼脸。

梦鹿想了一想，说：“好，我不能失信，我就赶回去取来还你罢，下一堂是自由习作，不如调换上来，你们把文章做好，我再给你们讲历史，待我去请黄先生来指导你们。”他果然去把黄先生请来，对他说如此这般，便急跑回家办那不要紧的大事去了。大家都知道他的疯气，所以不觉得希奇。

这芳草街的寓所，忽然门铃怪响起来。老妈子一开门，看见他跑得气喘喘地，问他什么缘故，他只回答：“拿雨伞！”

老妈子看着他发怔，因为她想早晨的天气很好。妻子在楼上问是谁，老妈子替回答了。她下来看见梦鹿额上点点的汗，忙用自己的手巾替他擦。她说：“什么事体，值得这样着急？”

他喘着说：“我忘了把丁鉴的雨伞带回去！到上了课，才记起来，真是对不起她！”说完，拿着雨伞翻身就要走。

妻子把他揪住说：“为什么不坐车子回来，跑得这样急喘喘地？且等一等，雇一辆车子回去罢。小小事情，也值得这么忙，明天带回去给她不是一样么？看你跑得这样急，若惹出病来，待要怎办？”

他不由得坐下，歇一回，笑说：“我怎么没想到坐车子回来？”

妻子在一旁替他拭额上的汗。

女仆雇车回来，不一会，门铃又响了。妻子心里像预先知道来的是谁，在老妈子要出去应门的时候告诉她说：“若是卓先生来，就说我不在家。”老妈子应声“哦”，便要到大门去。

梦鹿很诧异地对妻子说：“怎么你也学起官僚派头来了！明明在家，如何撒谎？”他拿着丁鉴的雨伞，望大门跑。女仆走得慢，门倒教他开了；来的果然是卓先生！

“夫人在家么？”

“在家。”梦鹿回答得很干脆。

“我可以见见她么？”

“请进来罢。”他领着卓先生进来，妻子坐在一边，像很纳闷。

他对妻子说：“果然是卓先生来。”又对卓先生说：“失陪了，我还得到学校去。”

他回到学校来，三小时的功课上完，已经是十一点半了。他挟着习作本子跑到教务室去，屋里只有黄先生坐在那里看报。

“东野先生，功课都完了么？方才习作堂延禧问我‘安琪儿’怎解，我也不晓得要怎样给他解释，只对他说这是外国话，大概是‘神童’或是‘有翅膀的天使’的意思。依你的意思，要怎样解释？可怪人们偏爱用西洋翻来的字眼，好像西洋的老鸦，也叫得比中国的更有音节一般。”

“你说的大概是对的，这些新名词我也不大高明，我们从前所用的字眼，被人家骂做‘盲人瞎马的新名词’，但现在越来越新了，看过之后，有时总要想了一阵，才理会说的是什么意思，延禧最喜欢学那些怪字眼。说他不懂呢？他有时又写得像一点样子。说他懂呢？将他的东西拿去问他自己，有时他自己也莫名其妙，我们试找他的本子来看看。”

他拿起延禧的卷子一翻，看他自定的题目是“失恋的安琪儿”，底下加了两个字“小说”在括弧当中，梦鹿和黄先生一同念。

“失恋的安琪儿，收了翅膀，很可怜变成一只灰色的小丑鸭，在那蔷薇色的日光底下颤动。嘴里咒诅命运的使者，说：‘上帝呵，这是何等异常的不幸呢？’赤色的火焰像微波一样跟着夜幕蓦然地卷来，把她女性的美丽都吞咽了！这岂不又是一场赤色的火灾么？”

黄先生问：“什么叫做‘灰色的’‘赤色的’‘火灾’‘上帝呵’等等，我全然不懂！这是什么话？”

梦鹿也笑了，“这就是他的笔法，他最喜欢在报上杂志上抄袭字眼，这都是从口袋里那本自抄的袖珍锦字翻出来的。我用了许多工夫给他改，也不成功，只得随着他所明白的顺一顺罢了。”

黄先生一面听着，一面提着书包望外走，临出门时，对梦鹿说：“昨天所谈的事，我已告诉了那位朋友，不晓得嫂夫人在什么时候能见他？”

梦鹿说：“等我回去再问问她罢。”他整整衣冠，把那些本子收在包里，然后到食堂去。

下午功课完了，他又去打听雁潭的地址，他回家的时候恰巧六点。女仆告诉他太太三点钟到澳门去了。她递给他一封信，梦鹿拆开一看，据说是她的姑母病危，电信到时已到开船时候，来不及等他，她应许三四天后回家。梦鹿心里也很难过，因为志能的亲人只剩下在澳门的姑母，万一有了危险，她一定会很伤心。

他到书房看见延禧在那里写字，便对他说：“你婶婶到澳门去了，今晚上没有人给你讲书。你喜欢到长堤走走么？”孩子说：“好罢，我跟叔叔去。”他又把日间所写的习作批评了一会，便和他出门去。

五

志能去了好几天没有消息，梦鹿也不理会。他只一心惦着找雁潭的下落，下完课，就在豪贤街一带打听。

又是一个下午，他经过一条小巷，恰巧遇见那个卖过鼠肉馄饨的，梦鹿已经把他忘掉，但他一见便说：“先生，这几天常遇见，莫不是新近从别处搬到这附近来么？”梦鹿略一定神，才记起来。

他摇头说：“不，我不住在这附近，我只要找一个朋友。”他把事由给卖馄饨的述说一遍。真是凑巧，那人听了便说他知道，他把那家的情形对梦鹿说，梦鹿喜出望外，连说：“对对！”他谢过那人，一直走到所说的地址。

那里是个营业的花园，花匠便是园主，就在园里一座小屋里住，挨近金鱼池那边还有两座小屋，一座堆着肥料和塘泥，旁边一座，屋脊上瓦块凌乱，间用茅草铺盖着，一扇残废的蚝壳窗，被一粘满泥浆的竹竿支住。地上一行小坳，是屋檐的溜水所滴成，破门里便是一厅一房，窗是开在房中的南墙上，所以厅里比较暗些。

厅上只有一张黄到带出黑色的破竹床，一张三脚不齐的桌子，还有一条长凳。

墙下两三个大小不等欲裂不裂的破烘炉，落在地下一掬烧了半截的杂柴。从一个炉里的残灰中还隐约透出些少零星的红焰。壁上除被炊烟熏得黝黑以外，没有什么装饰。桌上放着两双筷子和两个碗，一碗盛着不晓得吃过多少次的腐乳，一碗盛着萝卜，还有几荚落花生分散在旧报纸上。梦鹿看见这光景，心里想一定是那卖馄饨的说错了。他站在门外踌躇着，不敢动问屋里的人。在张望间，一个二十左右的女孩子从里间扶着一位瞎眼的老太太出来。她穿的虽是经过多数次补缀的衣服，却还光洁，黑油油的头发，映着一副不施脂粉的黄瘦脸庞，若教她披罗戴翠，人家便要赞她清俊；但是从百补的布衫衬出来，可就差远了。

梦鹿站了一会，想着雁潭的太太虽曾见过，可不像里头那位的模样，想还是打听明白再来，他又到花匠那里去。

屋里，女儿扶着老太太在竹床上，把筷子和饭碗递到她手里。自己对坐在那条长凳上，两条腿夹着桌腿，为的是使它不左右地摇晃，因为那桌子新近缺了一条腿，她还没叫木匠来修理。

“娘，今天有你喜欢的萝卜。”女儿随即挟起几块放在老太太碗里，那萝卜好像是专为她预备的，她还把花生剥好，尽数给了母亲，自己的碗里只有些腐乳。

“慧儿，你自己还没得吃，为什么把花生都给了我？”其实花生早已吃完了，女儿恐怕母亲知道她自己没有，故意把空荚捏得砰砰地响。她说：“我这里还有呢。”

正说着，梦鹿又回来，站在门外。她回头见破门外那条泥泞的花径上，一个穿蓝布大褂的人在那里徘徊。起先以为是买花的人，并不介意。后来觉得他只在门外探头探脑，又以为他是“花公子”之流，急得放下饭碗，要把关不严的破门掩上。

因为向来没有人在门外这样逗留过，女孩子的羞耻心使她忘了两腿是替那三腿不齐的桌子支撑着的，起来时，不提防，砰然一声，桌子翻了！母亲的碗还在手里，桌上的器具满都摔在地上，碎的碎，缺的缺，裂的裂了。

“什么原故？怎么就滑倒了？”瞎母亲虽没生气，却着急得她手里的筷子也掉在地上。

女儿没回答她，直到门边，要把破门掩上。梦鹿已进一步踏入门里。他很和蔼地对慧儿说：“我是东野梦鹿，是雁潭哥的老同学，方才才知道你们搬到这里来。想你，就是环妹罢？我虽然没见过你，但知道你。”慧儿不晓得要怎样回答，门也关不成，站在一边发愣。梦鹿转眼看见瞎老太太在竹床上用破袖掩着那声泪俱尽的脸。身边放着半碗剩下的稀饭，地下破碗的片屑与菜酱狼藉得很，桌子翻倒的时候，正与他脚踏进来同时，是他眼见的。他俯身把桌子扶起来，说：“很对不起，搅扰你们的晚饭。”女儿这才蹲在地上，收拾那些残屑，屋里三个人都静默了，梦鹿和女孩子捡着碎片，只听见一块一块碗片相击的声，他总想不到雁潭的家会穷到这个地步。少停，他说一声“我一会儿回来”，便出门去了。

原来雁潭于前二年受聘到广州，只授了三天课，就一病不起。他有两个妹妹，一个名叫翠环，一个就叫慧儿。他的妻子是在东洋时候娶的。自他死后，不久便投到无着庵带发修行去了。老母因儿子死掉，更加上儿媳妇出家，悲伤已极。去年忽然来了一个人，自称为雁潭的朋友，献过许多殷勤，不到四个月，便送上二百元聘金，把翠环娶去。家人时常聚在一起，很热闹了一些时日。但过了不久，女婿忽然说要与翠环一同到美国留学去。他们离开广州以后大约二十天，翠环在太平洋中来信，说她已被卖，那人也没有踪迹了！

一天，母亲忽得了一封没贴邮票的欠资信，拆开是一幅小手绢，写着：“环被卖，决计蹈海，痛极！书不成字。儿血。”她知道事情不好，可是“外乡人”既没有亲戚，又不详知那人的乡里，帮忙的只有她自己的眼泪罢了。她本有网膜炎，每天紧握着那血绢，哭时便将它拭泪。

母亲哭瞎了，也没地方诉冤枉去。慧儿想着家里既有了残疾的母亲，又没有生利的人，于是不得不辍学。豪贤街的住宅因拖欠房租也被人驱逐了，母女们至终搬到这花园的破小屋。慧儿除做些活计，每天还替园主修叶，养花，饲鱼，汲水，凡园中轻省的事，都是她做，借此过活。

自她们搬到花园里住，只有儿媳妇间中从庵里回来探望一下。梦鹿算是第一个男子，来拜访她们的。他原先以为这一家搬到花园里过清幽的生活，哪知道一来到，所见的都出乎他意料之外。

慧儿把那碗凉粥仍旧倒在沙锅里，安置在竹床底下，她正要到门边拿扫帚扫地，梦鹿已捧着一副瓷碗盘进来说：

“旧的碎了，正好换新的。我知道你们这顿饭给我搅扰了，非常对不起。我已经教茶居里给你们送一盘炒面来，待一会就到了。”瞎母亲还没有说什么，他自己便把条长凳子拉过一边来坐下。他说：“真对不起，惊扰了老伯母。伯母大概还记得我，我就是东野梦鹿。”

老太太听见他的声音，只用小手巾去擦她暗盲的眼，慧儿在旁边向梦鹿摇手，教他不要说。她用手势向他表示她哥哥已不在人间，梦鹿在访问雁潭住址的时候，也曾到过第五小学去打听。

那学校的先生们告诉他雁潭到校不到两个星期便去世，家眷原先住在豪贤街，以后搬到哪里或回籍，他们都不知道。他见老太太双眼看不见，料定是伤心过度。当然不要再提起雁潭的名字，但一时也想不出什么话来说。他愣着，坐在一边，还是老太太先用颤弱的声音告诉他两年来的经过。随后又说：“现在我就指望着慧儿了。”她拉着女儿的手对她说：“慧儿，这就是东野先生。你没见过他，你就称他做梦鹿哥哥罢。”她又转向梦鹿说：“我们也不知道你在这里，若知道，景况一定不致这么苦了。”

梦鹿叹了一声说：“都是我懒得写信所致，我自从回国以后，只给过你们两封信，那都是到广州一个月以内写的。我还记得第二封是告诉你们我要到梧州去就事。”

老太太说：“可不是！我们一向以为你在梧州。”

梦鹿说：“因为岳母不肯放我走，所以没去得成。”

老太太又告诉他：“二儿和二媳妇在辛亥年正月也到过广州。但自四月以后，他们便一点消息也没有。后来才听他的朋友们说，他们俩在三月二十九日晚闹革命被人杀死了。但他们的小婴孩，可惜也没下落。我们要到广州，也是因为要打听他们的下落，直到现在，一点死活的线索都找不出来，雁潭又死了！”她说到此地，悲痛的心制止了她的舌头。

梦鹿倾听着一声也没响，到听见老太太说起三月二十九的事，他才说："二哥我没会过，因为他在东京，我在冈山，他去不久，我便回国了，他是不是长得像雁潭一样？"老太太说："不，他瘦得多，他不是学化学的么？庚戌那年，他回上海结婚，在家里制造什么炸药，不留神把左脸炸伤了，到病好以后，却只丢了一个耳朵。"他听到此地，立刻站起来说："吓！真的！那么令孙现在就在我家里。我这十几年来的谜，到现在才猜破了。"于是把他当日的情形细细地述说一遍，并告诉她延禧最近的光景。

老太太和慧儿听他这一说，自然转愁为喜。但老太太忽然摇头说："没用处，没用处，慧儿怎能养得起他。我也瞎了，不能看见他，带他回来有什么用呢？"

梦鹿说："当然我要培养他，教他成人，不用你挂虑。你和二妹都可以搬到我那里去住，我那里有的是房间。我方才就这样想着，现在加上这层关系，更是义不容辞了。后天来接你们。"他站起来说声"再见"，又从口袋里掏出一张钞票放在桌上说："先用着罢，我快回去告诉延禧，教他大快乐一下。"他不等老太太说什么，大踏步跳出门去。在门窗下那支着蚝窗的竹竿，被他的脚踏着，窗户立即落下来。他自己也绊倒在地上，起来时，溅得一身泥。

慧儿赶着送出门，看他在那里整理衣服，说："我给你擦擦罢。"他说声"不要紧，不要紧"，便出了园门。在道上又遇见那卖馄饨的，梦鹿直向着他行礼道谢。他莫名其妙，看见走远了，手里有意无意地敲着竹板，自己说："吓，真奇怪啦！"

六

梦鹿回到家中，便嚷"延禧，延禧"，但没听见他回答。他到小孩的屋里，见他伏在桌上哭。他抚着孩子的背，问："又受什么委屈啦，好孩子？"延禧摇着头，抽噎着说："婶婶在天字码头给人打死了！"孩子告诉他，午后跟同学们到长堤去玩，经过天字码头，见一群人围着刑场，听说是枪毙什么反动分子，里头有五六个女的，他的同学们都钻入人圈里头看，出来告诉他说，人们都说里头有一个女的是法国留学生名叫志能，他们还断定是他的婶婶。他听到这话，不敢钻进去看，一气地跑回家来。

梦鹿不等他细说，赶紧跑上楼，把他妻子的东西翻查一下。他一向就没动过她的东西，所以她的秘密，他一点也不知道。他打开那个小黑箱，翻出一叠一叠的信，多半是洋文，他看不懂。

他摇摇头自己说："不至于罢？孩子听错了罢？"坐在一张木椅上，他搔搔头，搓搓手，想不出理由。最后他站起来，抽出他放钱钞的抽屉，发现里头多出好些张五十元的钞票，还有一张写给延禧的两万元支票。

自从志能回家以后，家政就不归梦鹿管了。但他用的钱，妻子还照数目每星期放在他的抽屉里。梦鹿自妻子管家以后，用钱也不用预算了，他抽屉里放着的，在名目上是他每月的薪水，但实际上志能每多放些，为的是补足他临时或意外的费用。他喜欢周济人，若有人来求他帮助，或他所见的人，他若认为必得资助的，就资助他。但他一向总以为是用着他自己的钱，决不想到已有许多是志能的补助费。他数一数那叠五十元的钞票，才皱着眉头想，我哪里来的这么些钱呢？莫不是志能知道她要死，留给我作埋葬费的么？不，她决不会去干什么秘密工作。不，她也许会。不然，她怎么老是鬼鬼祟祟，老说去赴会，老跟那卓先生在一起呢？也许那卓先生是与她同党罢？不，她决不是，不然，她为什么又应许黄先生去办市党部呢？是与不是的怀疑，使他越想越玄。他把钞票放在口袋里，正要出房门，无意中又看见志能镜台底下压着一封信。他抽出来一看，原来就是前几天卓先生送来的那封信，打开一看，满是洋文。他把从箱子捡出来的和那一封一起捧下楼来，告诉延禧说："你快去把黄先生请来，请他看看这些信里头说的都是什么。快去，马上就去。"他说着，自己也就飞也似的出门去了。

他一气跑到天字码头，路上的灯还没有亮，可是见不着太阳了。刑场上围观的人们比较少些，笑骂的有人，谈论的有人，咒诅的也有人，可是垂着头发怜悯心的人，恐怕一个也没有。那几个女尸躺在地上裸露着，因为衣服都给人剥光了。人们要她们现丑，把她们排成种种难堪的姿势。梦鹿走进人圈里，向着陈尸一个一个地细认，谈论和旁观的人们自然用笑、侮辱的态度来对着他。他摇头说："这像什么样子呢！"说着从人丛中钻出来，就在长堤一家百货店买了几匹白布，还到刑场去。他把那些尸体一个一个放好，还用白布盖着。天色已渐次昏黑了。他也认不清哪个是志能尸体，只把一个他以为就是的抱起来，便要走出人圈外，两个守兵上前去拦他，他就和他们理论起来，骂他们和观众没人道和没同情心，旁观的人见他太杀风景，有些骂他："又不是你的老婆，你管这许多闲事。"有些说："他们那么捣乱，死有余辜，何必这么好待他们？"有些说："大概他也是反动分子罢！"有些说："他这样做便是反动！"有些嚷"打"，有些嚷"杀"，嘈杂的声音都向着梦鹿的犯众的行为发出来。至终有些兵士和激烈的人们在群众喧哗中，把梦鹿包围起来，拳脚交加，把他打个半死。

巡警来了，梦鹿已经晕倒在血泊当中，群众还要求非把他送局严办不可。巡警搜查他的口袋，才知道他是谁，于是为他雇了一辆车，护送他回家。方才盖在尸头的白布，在他被扛上车时，仍旧一丝也没留存。那些可怜的尸体，仍裸露在铁石般的人圈当中，像已就屠的猪羊，毛被刮掉，横倒在屠户门外一般。

梦鹿躺在床上已有两三天，身上和头上的伤稍微好些，不过那双眼和那两只胳臂不见得能恢复原状。黄先生已经把志能的那叠信细看过一遍，内中多半是卓先生给她的情书，间或谈到政治，最后那封信，在黄先生看来，是志能致死的关键。那信的内容是卓先生一方面要她履行在欧洲所应许的事。一方面说时机紧迫，暴动在两三天以内便要办到。他猜那一定是党的活动，但他一句也不敢对梦鹿说起。他看见他的朋友在床上呻吟着怪可怜的，便走到他跟前问他要什么？梦鹿说把孩子叫来。

黄先生把延禧领到床前，梦鹿对他说："好孩子，你不要伤心，我已找着你的祖母和姑姑了。过一两天请黄先生去把她们接来同住。她们虽然很穷，可是你婶婶已给了你两万元。万一我有什么事故，还有黄先生可以照料你们。"孩子哭了，黄先生在旁边劝说：

"你叔叔过几天就好了，哭什么？回头我领你去见你祖母去。"他又对梦鹿说：

“东野先生，不必太失望，医生说不要紧。你只放心多歇几天就可以到学校上课去。你歇歇罢，待一会我先带孩子去见见他祖母，一切的事我替你办去得啦。”他拉着延禧下楼来，教先去把医生找来，再去见他祖母。

他在书房里踱着，忽听见街门的铃响，便出去应门。冲进来的不是别人，乃是志能。黄先生瞪眼看着她，一句话也说不出来。志能问：“为什么这样看我。”

黄先生说：“大嫂！你……你……”

“说来话长，我们进屋里再谈罢。”

黄先生从她手里接了一个小提包，随手掩上门。

志能问：“梦哥呢？”

“在楼上躺着咧。”

“莫不是为我走，就气病了？”

“唔！唔！”

他们到书房去。志能坐定，对黄先生说：“我实在对不起任何人，但我已尽了我的能力了。”

黄先生不明白她的意思，请她略为解释一下。志能便把她从前和卓先生在政治上秘密活动的经过略说了一遍。又说她不久才与他们脱离关系，因为对于工作的意见不同的原故。那天，她走的那天，卓先生来说他们的机密泄露了，要藏在她家里暂避一两天。她没应许他，恐怕连累了梦鹿。她教他到澳门去避一下。不料他出门不久，便有人打电话来说他在道上教人捉住了。她想她有几位住在澳门的朋友与当局几位要人很有交情，便留下一封信给梦鹿，匆匆地出门，要搭船到那里去找他们，求他们援救。

刚一出门，她又退回来。她怕万一她也遭卓先生一样的命运，在道上被人逮去。在自己的房里坐下，想了一会，她还是不顾一切，决定要去冒这份险，于是把所余的现钱都移放在梦鹿的抽屉里，还签了一张支票给延禧。她想着纵然她的目的达不到，不能回家，梦鹿的生活一时也不至于受障碍。那时离开船的时候已经很近，她在仓促间什么都来不及检点，便赶到码头去了。

她到澳门，朋友们虽然找着，可都不肯援助，都说案情重大，不便出面求情，省得担当许多干系。在澳门奔走了好几天，一点结果都没有，不得已，只有回家。她在回家以前，已经知道许多旧同志们的命都完了。

志能说了许久，黄先生只是倾耳听着。她很懊恼地说："我希望这些事永远不会教我丈夫知道。我很惭愧，我不是一个好妻子，也不是一个好爱人，更不是一个革命家。最使我心痛的是我的行为证明了他们的话，说：有资产的人们是不会革命的。"

黄先生说："他已多少知道一点你们的事。但你也不必悔恨，因为他自你去后，一点忿恨的神气却未曾发露出来，可见他还是爱你。至于说你不革命的话，那又未必然。你不是应许到党部去帮忙么？那不也是革命工作么？"

志能很诧异地说："他怎样知道呢？"

"你们的通信，他都教我看过，但我没告诉他什么。"黄先生又把梦鹿在刑场上被打的情形告诉她。

她说："不错，是有一个王志能女士，但他们用的都是假名字。这次不幸卓先生也死在里头。"她说时，现出很伤感的模样。她沉吟了一会，站起来，说："好罢，我要去求他饶恕，我要将一切的事情都告诉他。"

黄先生也站起来说："你要仔细一点，医生说他的眼睛和胳臂都被打坏了。纵然能好，也是一个残废人了。所以最好先别对他说这些事，自然我知道他一定会饶恕你，但你得为他忍一忍。"

志能的眼眶红了。黄先生说："我同你上去，等延禧回来，再同他去见他祖母。你知道东野先生最近把那孩子的家世发现了。一会他自然会告诉你。"志能没说什么，默默地随着上楼。

"东野先生，你看谁回来了！东野先生！"黄先生把门打开，让志能进去，然后反扣上门，一步一步下楼去等候延禧。

铁鱼的鳃

那天下午警报的解除信号已经响过了。华南一个大城市的一条热闹马路上排满了两行人，都在肃立着，望着那预备保卫国土的壮丁队游行。他们队里，说来很奇怪，没有一个是扛枪的，戴的是平常的竹笠，穿的是灰色衣服，不像兵士，也不像农人。巡行自然是为耀武扬威给自家人看,其它有什么目的,就不得而知了。

大队过去之后，路边闪出一个老头，头发蓬松得像戴着一顶皮帽子，穿的虽然是西服，可是缝补得走了样了。他手里抱着一卷东西，匆忙地越过巷口，不提防撞到一个人。

“雷先生，这么忙！”

老头抬头，认得是他的一个不很熟悉的朋友。事实上雷先生并没有至交，这位朋友也是方才被游行队阻挠一会，赶着要回家去的。雷见他打招呼，不由得站住对他说：“唔，原来是黄先生，黄先生一向少见了，你也是从避弹室出来的罢？他们演习抗战，我们这班没用的人，可跟着在演习逃难哪！”

“可不是！”黄笑着回答他。

两人不由得站住,谈了些闲话。直到黄问起他手里抱着的是什么东西,他才说：“这是我的心血所在，说来话长，你如有兴致，可以请到舍下，我打开给你看看，看完还要请教。”

黄早知道他是一个最早被派到外国学制大炮的官学生，回国以后，国内没有铸炮的兵工厂，以致他一辈子坎坷不得意。英文、算学教员当过一阵，工厂也管理过好些年，最后在离那大城市不远的一个割让岛上的海军船坞做一份小小的职工，但也早已辞掉不干了。他知道这老人家的兴趣是在兵器学上，心里想看他手里所抱的，一定又是理想中的什么武器的图样了。他微笑向着雷，顺口地说："雷先生，我猜又是什么'死光镜''飞机箭'一类的利器图样罢？"他说好像有点不相信，因为从来他所画的图样，献给军事当局，就没有一样被采用过。虽然说他太过理想或说他不成的人未必全对，他到底是没有成绩拿出来给人看过。

雷回答黄说："不是，不是，这个比那些都要紧。我想你是不会感到什么兴趣的。再见罢。"说着一面就迈他的步。

黄倒被他的话引起兴趣来了。他跟着雷，一面说："有新发明，当然要先睹为快的，这里离舍下不远，不如先到舍下一谈罢。"

"不敢打搅，你只看这蓝图是没有趣味的。我已经做了一个小模型，请到舍下，我实验给你看。"

黄索性不再问到底是什么，就信步随着他走。二人默默地并肩而行，不一会已经到了家。老头子走得有点喘，让客人先进屋里去，自己随着把手里的纸卷放在桌上，坐在一边，黄是头一次到他家，看见四壁挂的蓝图，各色各样，说不清是什么。厅后面一张小小的工作桌子，锯、钳、螺蛳旋一类的工具安排得很有条理，架上放着几只小木箱。

"这就是我最近想出来的一只潜艇的模型。"雷顺着黄先生的视线到架边把一个长度约为三尺的木箱拿下来，打开取出一条"铁鱼"来。他接着说："我已经想了好几年了，我这潜艇特点是在它像一条鱼，有能呼吸的鳃。"

他领黄到屋后的天井，那里有他用铅版自制的一个大盆，长约八尺，外面用木板护着，一看就知道是用三个大洋货箱改造的，盆里盛着四尺多深的水。他在没把铁鱼放进水里之前，把"鱼"的上盖揭开，将内部的机构给黄说明了。他说，他的"鱼"的空气供给法与现在所用的机构不同。他的铁鱼可以取得氧气，像真鱼在水里呼吸一般，所以在水里的时间可以很长，甚至几天不浮上水面都可以。说着他又把方才的蓝图打开，一张一张地指示出来。他说，他一听见警报，什么都不拿，就拿着那卷蓝图出外去躲避。对于其他的长处，他又说："我这鱼有许多'游目'，无论沉下多么深，平常的折光探视镜所办不到的，只要放几个'游目'使它们浮在水面，靠着电流的传达，可以把水面与空中的情形投影到艇里的镜版上。浮在水面的'游目'体积很小，形状也可以随意改装，虽然低飞的飞机也不容易发现它们。还有它的鱼雷放射管是在艇外，放射的时候艇身不必移动，便可以求到任何方向，也没有像旧式潜艇在放射鱼雷时会发生可能的危险的情形。还有艇里的水手，个个有一个人造鳃，万一艇身失事，人人都可以迅速地从方便门逃出，浮到水面。"

他一面说，一面揭开模型上一个蜂房式的转盘门，说明水手可以怎样逃生，但黄已经有点不耐烦了。他说："你的专门话，请少说罢，说了我也不大懂，不如先把它放下水里试试，再讲道理，如何？"

"成，成。"雷回答着，一面把小发电机拨动，把上盖盖严密了，放在水里。果然沉下许久，放了一个小鱼雷再浮上来。他接着说："这个还不能解明铁鳃的工作，你到屋里，我再把一个模型给你看。"

他顺手把小潜艇托进来放在桌上，又领黄到架的另一边，从一个小木箱取出一副铁鳃的模型。那模型像一个人家养鱼的玻璃箱，中间隔了两片玻璃版，很巧妙的小机构就夹在当中。他在一边注水，把电线接在插销上。有水的那一面的玻璃版有许多细致的长缝，水可以沁进去，不久，果然玻璃版中间的小机构与唧筒发动起来了。没水的这一面，代表艇内的一部，有几个像唧筒的东西，连着版上的许多管子。他告诉黄先生说，那模型就是一个人造鳃，从水里抽出氧气，同时还可以把炭气排泄出来。他说，艇里还有调节机，能把空气调和到人可呼吸自如的程度。关于水的压力问题，他说，战斗用的艇是不会潜到深海里去的。他也在研究着怎样做一只可以探测深海的潜艇，不过还没有什么把握。

黄听了一套一套他所不大懂的话，也不愿意发问，只由他自己说得天花乱坠，一直等到他把蓝图卷好，把所有的小模型放回原地，再坐下想与他谈些别的。

但雷的兴趣还是在他的铁鳃，他不歇地说他的发明怎样有用，和怎样可以增强中国海军的军备。

“你应当把你的发明献给军事当局，也许他们中间有人会注意到这事，给你一个机会到船坞去建造一只出来试试。”黄说着就站起来。

雷知道他要走，便阻止他说：“黄先生忙什么？今晚大家到茶室去吃一点东西，容我做东道。”

黄知道他很穷，不愿意使他破费，便又坐下说：“不，不，多谢，我还有一点别的事要办，在家多谈一会罢。”

他们继续方才的谈话，从原理谈到建造的问题。

雷对黄说他怎样从制炮一直到船坞工作，都没得机会发展他的才学。他说，别人是所学非所用，像他简直是学无所用了。

“海军船坞于你这样的发明应当注意的，为什么他们让你走呢？”

“你要记得那是别人的船坞呀，先生。我老实说，我对于潜艇的兴趣也是在那船坞工作的期间生起来的。我在从船坞工作之前，是在制袜工厂当经理。后来那工厂倒闭了，正巧那里的海军船坞要一个机器工人，我就以熟练工人的资格被取上了。我当然不敢说我是受过专门教育的，因为他们要的只是熟练工人。”

“也许你说出你的资格，他们更要给你相当的地位。”

雷摇头说：“不，不，他们一定会不要我，我在任何时间所需的只是吃。受三十元‘西纸’的工资，总比不着边际的希望来得稳当。他们不久发现我很能修理大炮和电机，常常派我到战舰上与潜艇里工作，自然我所学的，经过几十年间已经不适用了，但在船坞里受了大工程师的指挥，倒增益了不少的新知识。我对于一切都不敢用专门名词来与那班外国工程师谈话，怕他们怀疑我。他们有时也觉得我说的不是当地的‘咸水英语’，常问我在那里学的，我说我是英属美洲的华侨，就把他们瞒过了。”

“你为什么要辞工呢？”

“说来，理由很简单。因为我研究潜艇，每到艇里工作的时候，和水手们谈话，探问他们的经验与困难。有一次，教一位军官注意了，从此不派我到潜艇里去工作。

他们已经怀疑我是奸细，好在我机警，预先把我自己画的图样藏到别处去，不然万一有人到我的住所检查，那就麻烦了，我想，我也没有把我自己画的图样献给他们的理由，自己民族的利益得放在头里，于是辞了工，离开那船坞。”

黄问：“照理想，你应当到中国的造船厂去。”

雷急急地摇头说：“中国的造船厂？不成，有些造船厂都是个同乡会所，你不知道吗？我所知道的一所造船厂，凡要踏进那厂的大门的，非得同当权的有点直接或间接的血统或裙带关系，不能得到相当的地位。纵然能进去，我提出来的计划，如能请得一笔试验费，也许到实际的工作上已剩下不多了。没有成绩不但是惹人笑话，也许还要派上个罪名。这样，谁受得了呢？”

黄说：“我看你的发明如果能实现，却是很重要的一件事。国里现在成立了不少高深学术的研究院，你何不也教他们注意一下你的理论，试验试验你的模型？”

“又来了！你想我是七十岁左右的人，还有爱出风头的心思吗？许多自号为发明家的，今日招待报馆记者，明日到学校演讲，说得自己不晓得多么有本领，爱迪生和安因斯坦都不如他，把人听腻了。主持研究院的多半是年轻的八分学者，对于事物不肯虚心，很轻易地给下断语，而且他们好像还有‘帮’的组织，像青、红帮似的，不同帮的也别妄生玄想。我平素最不喜欢与这班学帮中人来往，他们中间也没人知道我的存在。我又何必把成绩送去给他们审查，费了他们的精神来批评我几句，我又觉得过意不去，也犯不上这样做。”

黄看看时表，随即站起来，说：“你老哥把世情看得太透澈，看来你的发明是没有实现的机会了。”

“我也知道，但有什么法子呢？这事个人也帮不了忙，不但要用钱很多，而且军用的东西又是不能随便制造的。我只希望我能活到国家感觉需要而信得过我的那一天来到。”

雷说着，黄已踏出厅门。他说：“再见罢，我也希望你有那一天。”

这位发明家的性格是很板直的，不大认识他的，常会误会以为他是个犯神经病的，事实上已有人叫他作“戆雷”。他家里没有什么人，只有一个在马尼拉当教员的守寡儿媳妇和一个在那里念书的孙子。自从十几年前辞掉船坞的工作之后，每月的费用是儿媳妇供给。因为他自己要一个小小的工作室，所以经济的力量不能容他住在那割让岛上。他虽是七十三四岁的人，身体倒还康健，除掉做轮子、安管子、打铜、锉铁之外，没别的嗜好，烟不抽，茶也不常喝。因为生存在儿媳妇的孝心上，使他每每想着当时不该辞掉船坞的职务。假若再做过一年，他就可以得着一分长粮，最少也比吃儿媳妇的好。不过他并不十分懊悔，因为他辞工的时候正在那里大罢工的不久以前，爱国思想膨胀得到极高度，所以觉得到中国别处去等机会是很有意义的。他有很多造船工程的书籍，常常想把它们卖掉，可是没人要。他的太太早过世了，家里只有一个老佣妇来喜服事他。那老婆子也是他的妻子的随嫁婢，后来嫁出去，丈夫死了，无以为生，于是回来做工。她虽不受工资，在事实上是个管家，雷所用的钱都是从她手里要，这样相依为活已经过了二十多年了。

黄去了以后，来喜把饭端出来，与他一同吃。吃着，他对来喜说："这两天风声很不好，穿屐的也许要进来，我们得检点一下，万一变乱临头，也不至于手忙脚乱。"

来喜说："不说是没什么要紧了吗？一般官眷都还没走，大概不至于有什么大乱罢。"

"官眷走动了没有，我们怎么会知道呢？告示与新闻所说的是绝对靠不住的，一般人是太过信任印刷品了。我告诉你罢，现在当局的，许多是无勇无谋，贪权好利的一流人物，不做石敬塘献十六州，已经可以被人称为爱国了。你念摸鱼书和看残唐五代的戏，当然记得石敬瑭怎样献地给人。"

"是，记得。"来喜点头回答，"不过献了十六州，石敬瑭还是做了皇帝！"

老头子急了，他说："真的，你就不懂什么叫做历史！不用多说了，明天把东西归聚一下，等我写信给少奶奶，说我们也许得望广西走。"

吃过晚饭，他就从桌上把那潜艇的模型放在箱里，又忙着把别的小零件收拾起来。正在忙着的时候，来喜进来说："姑爷，少奶奶这个月的家用还没寄到，假如三两天之内要起程，恐怕盘缠会不够吧？”

“我们还剩多少？”

“不到五十元。”

“那够了。此地到梧州，用不到三十元。”

时间不容人预算，不到三天，河堤的马路上已经发见侵略者的战车了。市民全然像在梦中被惊醒，个个都来不及收拾东西，见了船就下去。火头到处起来，铁路上没人开车，弄得雷先生与来喜各抱着一点东西急急到河边胡乱跳进一只船，那船并不是往梧州去的，沿途上船的人们越来越多，走不到半天，船就沉下去了。好在水并不深，许多人都坐了小艇往岸上逃生，可是来喜再也不能浮上来了。她是由于空中的扫射丧的命，或是做了龙宫的客人，都不得而知。

雷身边只剩十几元，辗转到了从前曾在那工作过的岛上。沿途种种的艰困，笔墨难以描写。他是一个性格刚硬的人，那岛市是多年没到过的，从前的工人朋友，就使找着了，也不见得能帮助他多少。不说梧州去不了，连客栈他都住不起。他只好随着一班难民在西市的一条街边打地铺。在他身边睡的是一个中年妇人带着两个孩子，也是从那刚沦陷的大城一同逃出来的。

在几天的时间，他已经和一个小饭摊的主人认识，就写信到马尼拉去告诉他儿媳妇他所遭遇的事情，叫她快想方法寄一笔钱来，由小饭摊转交。

他与旁边的那个中年妇人也成立了一种互助的行动。妇人因为行李比较多些，孩子又小，走动不但不方便，而且地盘随时有被人占据的可能，所以他们互相照顾，雷老头每天上街吃饭之后，必要给她带些吃的回来。她若去洗衣服，他就坐着看守东西。

一天，无意中在大街遇见黄，各人都诉了一番痛苦。

“现在你住在什么地方？”黄这样问他。

“我老实说，住在西市的街边。”

“那还了得！”

“有什么法子呢？”

“搬到我那里去罢。”

“大家同是难民，我不应当无缘无故地教你多担负。”

黄很诚恳地说：“多两个人也不会费得到什么地步，我跟着你去搬罢。”说着就要叫车。雷阻止他说：“多谢，多谢盛意。我现在人口众多，若都搬了去，于府上一定大大地不方便。”

“你不是只有一个佣人吗？”

“我那来喜不见了，现在是另一个带着两着孩子的妇人，是在路上遇见的。我们彼此互助，忍不得，把她安顿好就离开她。”

“那还不容易吗？想法子把她送到难民营就是了。听说难民营的组织，现在正加紧进行着咧。”

他知道黄也不是很富裕的，大概是听见他睡在街边，不能不说一两句友谊的话。但是黄却很诚恳，非要他去住不可，连说：“不像话，不像话！年纪这么大，不说你儿媳妇知道了难过，就是朋友也过意不去。”

他一定不肯教黄到他的露天客栈去，只推到难民营组织好，把那妇人送进去之后再说，黄硬把他拉到一个小茶馆去，一说起他的发明，老头子就告诉他那潜艇模型已随着来喜丧失了。他身边只剩下一大卷蓝图，和那一座铁鳃的模型，其余的东西都没有了。他逃难的时候，那蓝图和铁鳃的模型是归他拿，图是卷在小被褥里头，他两手只能拿两件东西。在路上还有人笑他逃难逃昏了，什么都不带，带了一个小木箱。

“最低限度，你把重要的物件先存在我那里罢。”黄说。

“不必了罢，住家孩子多，万一把那模型打破了，我永远也不能再做一个了。”

“那倒不至于。我为你把它锁在箱里，岂不就成了吗？你老哥此后的行止，打算怎样呢？”

“我还是想到广西去，只等儿媳妇寄些路费来，快则一个月，最慢也不过两个月，总可以想法子从广州湾或别的比较安全的路去到罢。”

“我去把你那些重要东西带走罢。”黄还是催着他。

“你现在住什么地方？”

“我住在对面海的一个亲戚家里，我们回头一同去。”

雷听见他也是住在别人家里，就断然回答说：“那就不必了，我想把些少东西放在自己身边，也不至于很累赘，反正几个星期的时间，一切都会就绪的。”

“但是你总得领我去看看你住的地方，下次可以找你。”

雷被劝不过，只得同他出了茶馆，到西市来。他们经过那小饭摊，主人就嚷着：“雷先生，雷先生，信到了，信到了。我见你不在，教邮差带回去，他说明天再送来。”

雷听了几乎喜欢得跳起来，他对饭摊主人说了一声“多烦了”，回过脸来对黄说：“我家儿媳妇寄钱来了，我想这难关总可以过得去了。”

黄也庆贺他几句，不觉到了他所住的街边。他对黄说：“对不住，我的客厅就是你所站的地方，你现在知道了。此地不能久谈，请便罢。明天取钱之后，去拜望你，你的地址请开一个给我。”

黄只得从口袋里掏出一张名片，写上地址交给他，说声“明天在舍下恭候”，就走了。

那晚上他好容易盼到天亮，第二天一早就到小饭摊去候着。果然邮差来到，取了他一张收据把信递给他。他拆开信一看，知道他儿媳妇给他汇了一笔到马尼拉的船费，还有办护照及其它需用的费用，都教他到汇通公司去取。他不愿到马尼拉去，不过总得先把需用的钱拿出来再说。到了汇通公司，管事的告诉他得先去照相办护照。他说，是他儿媳妇弄错了，他并不要到马尼拉去，要管事的把钱先交给他；管事的不答允，非要先打电报去问清楚不可。两方争持，弄得毫无结果，自然钱在人家手里，雷也无可如何，只得由他打电报去问。

从汇通公司出来，他就践约去找黄先生，把方才的事告诉他，黄也赞成他到马尼拉去。但他说，他的发明是他对国家的贡献，虽然目前大规模的潜艇用不着，将来总有一天要大量地应用；若不用来战斗，至少也可以促成海下航运的可能，使侵略者的封锁失掉效力。他好像以为建造的问题是第二步，只要当局采纳他的，在河里建造小型的潜航艇试试，若能成功，心愿就满足了。材料的来源，他好像也没深深地考虑过。他想，若是可能，在外国先定造一只普通的潜艇，回来再修改一下，安上他所发明的鳃、游目等等，就可以了。

黄知道他有点戆气，也不再去劝他。谈了一回，他就告辞走了。

过一两天，他又到汇通公司去，管事人把应付的钱交给他，说：马尼拉回电来说，随他的意思办。他说到内地不需要很多钱，只收了五百元，其余都教汇回去。出了公司，到中国旅行社去打听，知道明天就有到广州湾去的船。立刻又去告诉黄先生，两人同回到西市去检行李。在卷被褥的时候，他才发现他的蓝图，有许多被撕碎了。心里又气又惊，一问才知道那妇人好几天以来，就用那些纸来给孩子们擦脏。他赶紧打开一看，还好，最里面的那几张铁鳃的图样，仍然好好的，只是外头几张比较不重要的总图被毁了。小木箱里的铁鳃模型还是完好，教他虽然不高兴，可也放心得过。

他对妇人说，他明天就要下船，因为许多事还要办，不得不把行李寄在客栈里，给她五十元，又介绍黄先生给她，说钱是给她做本钱，经营一点小买卖；若是办不了，可以请黄先生把她母子送到难民营去。妇人受了他的钱，直向他解释说，她以为那卷在被褥里的都是废纸，很对不住他。她感激到流泪，眼望着他同黄先生，带着那卷剩下的蓝图与那一小箱的模型走了。

黄同他下船，他劝黄切不可久安于逃难生活。他说越逃，灾难越发随在后头；若回转过去，站住了，什么都可以抵挡得住。他觉得从演习逃难到实行逃难的无价值，现在就要从预备救难进到临场救难的工作，希望不久，黄也可以去。

船离港之后，黄直盼着得到他到广西的消息。过了好些日子，他才从一个赤坎来的人听说，有个老头子搭上两期的船，到埠下船时，失手把一个小木箱掉下海里去，他急起来，也跳下去了。黄不觉滴了几行泪，想着那铁鱼的鳃，也许是不应当发明得太早，所以要潜在水底。

命命鸟

敏明坐在席上，手里拿着一本《八大人觉经》，流水似地念着。她的席在东边的窗下，早晨的日光射在她脸上，照得她的身体全然变成黄金的颜色。她不理会日光晒着她，却不歇地抬头去瞧壁上的时计，好像等什么人来似的。

那所屋子是佛教青年会的法轮学校。地上满铺了日本花席，八九张矮小的几子横在两边的窗下。壁上挂的都是释迦应化的事迹，当中悬着一个卍字徽章和一个时计。一进门就知那是佛教的经堂。

敏明那天来得早一点，所以屋里还没有人。她把各样功课念过几遍，瞧壁上的时计正指着六点一刻。她用手挡住眉头，望着窗外低声地说："这时候还不来上学，莫不是还没有起床？"

敏明所等的是一位男同学加陵。他们是七八年的老同学，年纪也是一般大。他们的感情非常地好，就是新来的同学也可以瞧得出来。

"铿铛……铿铛……"一辆电车循着铁轨从北而来，驶到学校门口停了一会。一个十五六岁的美男子从车上跳下来。他的头上包着一条苹果绿的丝巾；上身穿着一件雪白的短褂；下身围着一条紫色的丝裙；脚下踏着一双芒鞋，俨然是一位缅甸的世家子弟。这男子走进院里，脚下的芒鞋拖得拍答拍答地响。那声音传到屋里，好像告诉敏明说："加陵来了！"

敏明早已瞧见他，等他走近窗下，就含笑对他说："哼哼，加陵！请你的早安。你来得算早，现在才六点一刻咧。"加陵回答说："你不要讥诮我，我还以为我是第一早的。”他一面说一面把芒鞋脱掉，放在门边，赤着脚走到敏明跟前坐下。

加陵说：“昨晚上父亲给我说了好些故事，到十二点才让我去睡，所以早晨起得晚一点。你约我早来，到底有什么事？”敏明说：“我要向你辞行。”加陵一听这话，眼睛立刻瞪起来，显出很惊讶的模样，说：“什么？你要往哪里去？”敏明红着眼眶回答说：“我的父亲说我年纪大了，书也念够了，过几天可以跟着他专心当戏子去，不必再像从前念几天唱几天那么劳碌。我现在就要退学，后天将要跟他上普朗去。”加陵说：“你愿意跟他去吗？”敏明回答说：“我为什么不愿意？我家以演剧为职业是你所知道的。我父亲虽是一个很有名、很能赚钱的俳优，但这几年间他的身体渐渐软弱起来，手足有点不灵活，所以他愿意我和他一块儿排演。我在这事上很有长处，也乐得顺从他的命令。”加陵说：“那么，我对于你的意思就没有换回的余地了。”敏明说：“请你不必为这事纳闷。我们的离别必不能长久的。仰光是一所大城，我父亲和我必要常在这里演戏。有时到乡村去，也不过三两个星期就回来。这次到普朗去，也是要在那里耽搁八九天。请你放心……”

加陵听得出神，不提防外边早有五六个孩子进来。有一个顽皮的孩子跑到他们的跟前说：“请‘玫瑰’和‘蜜蜂’的早安。”他又笑着对敏明说：“玫瑰花里的甘露流出来咧。”——他瞧见敏明脸上有一点泪痕，所以这样说。西边一个孩子接着说：“对呀！怪不得蜜蜂舍不得离开她。”加陵起身要追那孩子，被敏明拦住。她说：“别和他们胡闹。我们还是说我们的罢。”加陵坐下，敏明就接着说：“我想你不久也得转入高等学校，盼望你在念书的时候要忘了我，在休息的时候要记念我。”加陵说：“我决不会把你忘了。你若是过十天不回来，或者我会到普朗去找你。”敏明说：“不必如此。我过几天准能回来。”

说的时候，一位三十多岁的教师由南边的门进来。孩子们都起立向他行礼。教师蹲在席上，回头向加陵说：“加陵，昙摩蜱和尚叫你早晨和他出去乞食。现在六点半了，你快去罢。”加陵听了这话，立刻走到门边，把芒鞋放在屋角的架上，随手拿了一把油伞就要出门。教师对他说：“九点钟就得回来。”加陵答应一声就去了。

加陵回来，敏明已经不在她的席上。加陵心里很是难过，脸上却不露出什么不安的颜色。他坐在席上，仍然念他的书。晌午的时候，那位教师说："加陵，早晨你走得累了，下午给你半天假。"加陵一面谢过教师，一面检点他的文具，慢慢地走回家去。

加陵回到家里，他父亲婆多瓦底正在屋里嚼槟榔。一见加陵进来，忙把沫红唾出，问道："下午放假么？"加陵说："不是，是先生给我的假。因为早晨我跟昙摩蜱和尚出去乞食，先生说我太累，所以给我半天假。"他父亲说："哦，昙摩蜱在道上曾告诉你什么事情没有？"加陵答道："他告诉我说，我的毕业期间快到了，他愿意我跟他当和尚去，他又说：这意思已经向父亲提过了。父亲啊，他实在向你提过这话么？"婆多瓦底说："不错，他曾向我提过。我也很愿意你跟他去。不知道你怎样打算？"加陵说："我现在有点不愿意。再过十五六年，或者能够从他。我想再入高等学校念书，盼望在其中可以得着一点西洋的学问。"他父亲诧异说："西洋的学问！啊！我的儿，你想差了。西洋的学问不是好东西，是毒药哟。你若是有了那种学问，你就要藐视佛法了。你试瞧瞧在这里的西洋人，多半是干些杀人的勾当，做些损人利己的买卖，和开些诽谤佛法的学校。什么圣保罗因斯提丢啦，圣约翰海斯苦尔啦，没有一间不是诽谤佛法的。我说你要求西洋的学问会发生危险就在这里。"加陵说："诽谤与否，在乎自己，并不在乎外人的煽惑。若是父亲许我入圣约翰海斯苦尔，我准保能持守得住，不会受他们的诱惑。"婆多瓦底说："我是很爱你的，你要做的事情，若是没有什么妨害，我一定允许你。要记得昨晚上我和你说的话。我一想起当日你叔叔和你的白象主（缅甸王尊号）提婆的事，就不由得我不恨西洋人。我最沉痛的是他们在蛮得勒将白象主掳去；又在瑞大光塔设驻防营。瑞大光塔是我们的圣地，他们竟然叫些行凶的人在那里住，岂不是把我们的戒律打破了吗？……我盼望你不要入他们的学校，还是清清净净去当沙门：一则可以为白象主忏悔；二则可以为你的父母积福；三则为你将来往生极乐的预备。出家能得这几种好处，总比西洋的学问强得多。"加陵说："出家修行，我也很愿意。但无论如何，现在决不能办。不如一面入学，一面跟着昙摩蜱学些经典。”婆多瓦底知道劝不过来，就说：“你既是决意要入别的学校，我也无可奈何，我很喜欢你跟昙摩蜱学习经典。你毕业后就转入仰光高等学校罢。那学校对于缅甸的风俗比较保存一点。”加陵说：“那么，我明天就去告诉昙摩蜱和法轮学校的教师。”婆多瓦底说：“也好。今天的天气很清爽，下午你又没有功课，不如在午饭后一块儿到湖里逛逛。你就叫他们开饭罢。”婆多瓦底说完，就进卧房换衣服去了。

原来加陵住的地方离绿绮湖不远。绿绮湖是仰光第一大、第一好的公园，缅甸人叫他作干多支。“绿绮”的名字是英国人替它起的。湖边满是热带植物。那些树木的颜色、形态，都是很美丽，很奇异。湖西远远望见瑞大光，那塔的金色光衬着湖边的椰树、蒲葵，真像王后站在水边，后面有几个宫女持着羽葆随着她一样。此外好的景致，随处都是。不论什么人，一到那里，心中的忧郁立刻消灭。加陵那天和父亲到那里去，能得许多愉快是不消说的。

过了三个月，加陵已经入了仰光高等学校。他在学校里常常思念他最爱的朋友敏明。但敏明自从那天早晨一别，老是没有消息。有一天，加陵回家，一进门仆人就递封信给他。拆开看时，却是敏明的信。加陵才知道敏明早已回来，他等不得见父亲的面，翻身出门，直向敏明家里奔来。

敏明的家还是住在高加因路，那地方是加陵所常到的。女仆玛弥见他推门进来，忙上前迎他说：“加陵君，许久不见啊！我们姑娘前天才回来的。你来得正好，待我进去告诉她。”她说完这话就速速进里边去，大声嚷道：“敏明姑娘，加陵君来找你呢。快下来罢。”加陵在后面慢慢地走，待要踏入厅门，敏明已迎出来。

敏明含笑对加陵说：“谁教你来的呢？这三个月不见你的信，大概因为功课忙的原故罢？”加陵说：“不错，我已经入了高等学校，每天下午还要到昙摩蜱那里……唉，好朋友，我就是有工夫，也不能写信给你。因为我抓起笔来，就没了主意，不晓得要写什么才能叫你觉得我的心常常有你在里头。我想你这几个月没有信给我，也许是和我一样地犯了这种毛病。”敏明说：“你猜的不错。你许久不到我屋里了，现在请你和我上去坐一会。”敏明把手搭在加陵的肩胛上，一面吩咐玛弥预备槟榔、淡巴菰和些少细点，一面携着加陵上楼。

敏明的卧室在楼西。加陵进去，瞧见里面的陈设还是和从前差不多。楼板上铺的是土耳其绒毡。窗上垂着两幅很细致的帷子。她的妆具就放在窗边。外头悬着几盆风兰。瑞大光的金光远远地从那里射来。靠北是卧榻，离地约一尺高，上面用上等的丝织物盖住。壁上悬着一幅提婆和率裴雅洛观剧的画片。还有好些绣垫散布在地上。加陵拿一个垫子到窗边，刚要坐下，那女仆已经把各样吃的东西捧上来。“你嚼槟榔啵。”敏明说完这话，随手送了一个槟榔到加陵嘴里，然后靠着她的镜台坐下。

加陵嚼过槟榔，就对敏明说：“你这次回来，技艺必定很长进，何不把你最得意的艺术演奏起来，我好领教一下。”敏明笑说：“哦，你是要瞧我演戏来的。我死也不演给你瞧。”加陵说：“有什么妨碍呢？你还怕我笑你不成？快演罢，完了咱们再谈心。”敏明说：“这几天我父亲刚刚教我一套雀翎舞，打算在涅槃节期到比古演奏，现在先演给你瞧罢。我先舞一次，等你瞧熟了，再奏乐和我。这舞蹈的谱可以借用《达撒罗撒》，歌调借用《恩斯民》。这两支谱，你都会吗？”加陵忙答应说：“都会，都会。”

加陵善于奏“巴打拉”（一种竹制的乐器，详见《大清会典图》），他一听见敏明叫他奏乐，就立刻叫玛弥把那种乐器搬来。等到敏明舞过一次，他就跟着奏起来。

敏明两手拿住两把孔雀翎，舞得非常的娴熟。加陵所奏的巴打拉也还跟得上，舞过一会，加陵就奏起“恩斯民”的曲调，只听敏明唱道：

孔雀！孔雀！你不必赞我生得俊美；
我也不必嫌你长得丑劣。
咱们是同一个身心，
同一副手脚。
我和你永远同在一个身里住着，

我就是你啊，你就是我。

别人把咱们的身体分做两个，
是他们把自己的指头压在眼上，
所以会生出这样的错。
你不要像他们这样的眼光，
要知道我就是你啊，你就是我。

敏明唱完，又舞了一会。加陵说："我今天才知道你的技艺精到这个地步。你所唱的也是很好。且把这歌曲的故事说给我听。"敏明说："这曲倒没有什么故事，不过是平常的恋歌，你能把里头的意思听出来就够了。"加陵说："那么，你这支曲是为我唱的。我也很愿意对你说：我就是你，你就是我。"

他们二人的感情几年来就渐渐浓厚。这次见面的时候，又受了那么好的感触，所以彼此的心里都承认他们求婚的机会已经成熟。

敏明愿意再帮父亲二三年才嫁，可是她没有向加陵说明。加陵起先以为敏明是一个很信佛法的女子，怕她后来要到尼庵去实行她的独身主义，所以不敢动求婚的念头。现在瞧出她的心志不在那里，他就决意回去要求婆多瓦底的同意，把她娶过来。照缅甸的风俗，子女的婚嫁本没有要求父母同意的必要，加陵很尊重他父亲的意见，所以要履行这种手续。

他们谈了半晌的工夫，敏明的父亲宋志从外面进来，抬头瞧见加陵坐在窗边，就说："加陵君，别后平安啊！"加陵忙回答他，转过身来对敏明说："你父亲回来了。"敏明待下去，她父亲已经登楼。他们三人坐过一会，谈了几句客套，加陵就起身告辞。敏明说："你来的时间不短，也该回去了。你且等一等，我把这些舞具收拾清楚，再陪你在街上走几步。"

宋志眼瞧着他们出门，正要到自己屋里歇一歇，恰好玛弥上楼来收拾东西。宋志就对她说："你把那盘槟榔送到我屋里去罢。"玛弥说："这是他们剩下的，已经残了。我再给你拿些新鲜的来。”

玛弥把槟榔送到宋志屋里，见他躺在席上，好像想什么事情似的。宋志一见玛弥进来，就起身对她说：“我瞧他们两人实在好得太厉害。若是敏明跟了他，我必要吃亏。你有什么好方法叫他们二人的爱情冷淡没有？”玛弥说：“我又不是蛊师，哪有好方法离间他们？我想主人你也不必想什么方法，敏明姑娘必不至于嫁他。因为他们一个是属蛇，一个是属鼠的（缅甸的生肖是算日的，礼拜四生的属鼠，礼拜六生的属蛇），就算我们肯将姑娘嫁给他，他的父亲也不愿意。”宋志说：“你说的虽然有理，但现在生肖相克的话，好些人都不注重了。倒不如请一位蛊师来，请他在二人身上施一点法术更为得计。”

印度支那间，有一种人叫做蛊师，专用符咒替人家制造命运。有时叫没有爱情的男女，忽然发生爱情；有时将如胶似漆的夫妻化为仇敌。操这种职业的人以暹罗的僧侣最多，且最受人信仰。缅甸人操这种职业的也不少。宋志因为玛弥的话提醒他，第二天早晨他就出门找蛊师去了。

晌午的时候，宋志和蛊师沙龙回来。他让沙龙进自己的卧房。玛弥一见沙龙进来，木鸡似的站在一边。她想到昨天在无意之中说出蛊师，引起宋志今天的实行，实在对不起她的姑娘。她想到这里，就一直上楼去告诉敏明。

敏明正在屋里念书，听见这消息，急和玛弥下来，蹑步到屏后，倾耳听他们的谈话。只听沙龙说：“这事很容易办。你可以将她常用的贴身东西拿一两件来，我在那上头画些符，念些咒，然后给回她用，过几天就见功效。”宋志说：“恰好这里有她一条常用的领巾，是她昨天回来的时候忘记带上去的。这东西可用吗？”沙龙说：“可以的，但是能够得着……”

敏明听到这里已忍不住，一直走进去向父亲说：“阿爸，你何必摆弄我呢？我不是你的女儿吗？我和加陵没有什么意，请你放心。”宋志蓦地里瞧见他女儿进来，简直不知道要用什么话对付她。沙龙也停了半晌才说：“姑娘，我们不是谈你的事。请你放心。”敏明斥他说：“狡猾的人，你的计我已知道了。你快去办你的事罢。”宋志说，“我的儿，你今天疯了吗？你且坐下，我慢慢给你说。”

敏明哪里肯依父亲的话，她一味和沙龙吵闹，弄得她父亲和沙龙很没趣。不久，沙龙垂着头走出来；宋志满面怒容蹲在床上吸烟；敏明也忿忿地上楼去了。

敏明那一晚上没有下来和父亲用饭。她想父亲终究会用蛊术离间他们，不由得心里难过。她躺在床上翻来覆去。绣枕早已被她的眼泪湿透了。

第二天早晨，她到镜台梳洗，从镜里瞧见她满面都是鲜红色——因为绣枕褪色，印在她的脸上——不觉笑起来。她把脸上那些印迹洗掉的时候，玛弥已捧一束鲜花、一杯咖啡上来。敏明把花放在一边，一手倚着窗棂，一手拿住茶杯向窗外出神。

她定神瞧着围绕瑞大光的彩云，不理会那塔的金光向她的眼脸射来，她精神因此就十分疲乏。她心里感想，和目前的光融洽，精神上现出催眠的状态。她自己觉得在瑞大光塔顶站着，听见底下的护塔铃叮叮当当地响。她又瞧见上面那些王侯所献的宝石，个个都发出很美丽的光明。她心里喜欢得很，不歇用手去摩弄，无意中把一颗大红宝石摩掉了。她忙要俯身去捡时，那宝石已经掉在地上，她定神瞧着那空儿，要求那宝石掉下的缘故，不觉有一种更美丽的宝光从那里射出来。她心里觉得很奇怪，用手扶着金壁，低下头来要瞧瞧那空儿里头的光景。不提防那壁被她一推，渐渐向后，原来是一扇宝石的门。

那门被敏明推开之后，里面的光直射到她身上。她站在外边，望里一瞧，觉得里头的山水、树木，都是她平生所不曾见过的。她在不知不觉中，已经向前走了几十步。耳边恍惚听见有人对她说："好啊！你回来啦。"敏明回头一看，觉得那人很熟悉，只是一时不能记出他的名字。她听见"回来"这两字，心里很是纳闷，就向那人说："我不住在这里，为何说我回来？你是谁？我好像在哪里与你会过似的。这是什么地方？"那人笑说："哈哈！去了这些日子，连自己家乡和平日间往来的朋友也忘了。肉体的障碍真是大哟。"敏明听了这话，简直莫名其妙。又问他说："我是谁？有那么好福气住在这里。我真是在这里住过吗？"那人回答说："你是谁？你自己知道。若是说你不曾住过这里，我就领你到处逛一逛，瞧你认得不认得。"

敏明听见那人要领她到处去逛逛，就忙忙答应，但所见的东西，敏明一点也记不清楚，总觉得样样都是新鲜的。那人瞧见敏明那么迷糊，就对她说："你既然记不清，待我一件一件告诉你。"

敏明和那人走过一座碧玉牌楼。两边的树罗列成行，开着很好看的花。红的、白的、紫的、黄的，各色齐备。树上有些鸟声，唱得很好听。走路时，有些微风慢慢吹来，吹得各色的花瓣纷纷掉下：有些落在人的身上；有些落在地上；有些还在空中飞来飞去。敏明的头上和肩膀上也被花瓣贴满，遍体熏得很香。那人说："这些花木都是你的老朋友，你常和它们往来。它们的花是长年开放的。"敏明说："这真是好地方，只是我总记不起来。"

走不多远，忽然听见很好的乐音。敏明说："谁在那边奏乐？"那人回答说："那里有人奏乐，这里的声音都是发于自然的。你所听的是前面流水的声音。我们再走几步就可以瞧见。"进前几步果然有些泉水穿林而流。水面浮着奇异的花草，还有好些水鸟在那里游泳。敏明只认得些荷花、鸂鶒，其余都不认得。那人很不惮烦，把各样的东西都告诉她。

他们二人走过一道桥，迎面立着一片琉璃墙。敏明说："这墙真好看，是谁在里面住？"那人说："这里头是乔答摩宣讲法要的道场。现时正在演说，好些人物都在那里聆听法音。转过这个墙角就是正门。到的时候，我领你进去听一听。"敏明贪恋外面的风景，不愿意进去。她说："咱们逛会儿才进去罢。"那人说："你只会听粗陋的声音，看简略的颜色和闻污劣的香味。那更好的、更微妙的，你就不理会了。……好，我再和你走走，瞧你了悟不了悟。"

二人走到墙的尽头，还是穿入树林。他们踏着落花一直进前，树上的鸟声，叫得更好听。敏明抬起头来，忽然瞧见南边的树枝上有一对很美丽的鸟呆立在那里，丝毫的声音也不从他们的嘴里发出。敏明指着向那人说："只只鸟儿都出声吟唱，为什么那对鸟儿不出声音呢？那是什么鸟？"那人说："那是命命鸟。为什么不唱？我可不知道。"

敏明听见"命命鸟"三字，心里似乎有点觉悟。她注神瞧着那鸟，猛然对那人说："那可不是我和我的好朋友加陵么，为何我们都站在那里？"那人说："是不是，你自己觉得。"敏明抢前几步，看来还是一对呆鸟。她说："还是一对鸟儿在那里，也许是我的眼花了。"

他们绕了几个弯，当前现出一节小溪把两边的树林隔开。对岸的花草，似乎比这边更新奇。树上的花瓣也是常常掉下来。树下有许多男女：有些躺着的，有些站着的，有些坐着的。各人在那里说说笑笑，都现出很亲密的样子。敏明说："那边的花瓣落得更妙，人也多一点，我们一同过去逛逛罢。"那人说："对岸可不能去。那落的叫做情尘，若是望人身上落得多了就不好。"敏明说："我不怕。你领我过去逛逛罢。"那人见敏明一定要过去，就对她说："你必要过那边去，我可不能陪你了。你可以自己找一道桥过去。"他说完这话就不见了。敏明回头瞧见那人不在，自己循着水边，打算找一道桥过去。但找来找去总找不着，只得站在这边瞧过去。

她瞧见那些花瓣越落越多，那班男女几乎被葬在底下。有一个男子坐在对岸的水边，身上也是满了落花。一个紫衣的女子走到他跟前说："我很爱你，你是我的命。我们是命命鸟。除你以外，我没有爱过别人。"那男子回答说："我对于你的爱情也是如此。我除了你以外不曾爱过别的女人。"紫衣女子听了，向他微笑，就离开他。走不多远，又遇着一位男子站在树下，她又向那男子说："我很爱你，你是我的命。我们是命命鸟，除你以外，我没有爱过别人。"那男子也回答说："我对于你的爱情也是如此。我除了你以外不曾爱过别的女人。"

敏明瞧见这个光景，心里因此发生了许多问题，就是：那紫衣女子为什么当面撒谎，和那两位男子的回答为什么不约而同？她回头瞧那坐在水边的男子还在那里，又有一个穿红衣的女子走到他面前，还是对他说紫衣女子所说的话。那男子的回答和从前一样，一个字也不改。敏明再瞧那紫衣女子，还是挨着次序向各个男子说话。她走远了，话语的内容虽然听不见，但她的形容老没有改变。各个男子对她也是显出同样的表情。

敏明瞧见各个女子对于各个男子所说的话都是一样；各个男子的回答也是一字不改，心里正在疑惑，忽然来了一阵狂风把对岸的花瓣刮得干干净净，那班男女立刻变成很凶恶的容貌，互相啮食起来。敏明瞧见这个光景，吓得冷汗直流。她忍不住就大声喝道："嗳呀！你们的感情真是反复无常。"

敏明手里那杯咖啡被这一喝，全都泻在她的裙上。楼下的玛弥听见楼上的喝声，也赶上来。玛弥瞧见敏明周身冷汗，仆在镜台上头，忙上前把她扶起，问道："姑娘你怎样啦？烫着了没有？"敏明醒来，不便对玛弥细说，胡乱答应几句就打发她下去。

敏明细想刚才的异象，抬头再瞧窗外的瑞大光，觉得那塔还是被彩云绕住，越显得十分美丽。她立起来，换过一条绛色的裙子，就坐在她的卧榻上头。她想起在树林里忽然瞧见命命鸟变作她和加陵那回事情，心中好像觉悟他们两个是这边的命命鸟，和对岸自称为命命鸟的不同。她自己笑着说："好在你不在那边。幸亏我不能过去。"

她自经过这一场恐慌，精神上遂起了莫大的变化。对于婚姻另有一番见解，对于加陵的态度更是不像从前。加陵一点也觉不出来，只猜她是不舒服。

自从敏明回来，加陵没有一天不来找她。近日觉得敏明的精神异常，以为自己没有向她求婚，所以不高兴。加陵觉得他自己有好些难解决的问题，不能不对敏明说。第一，是他父亲愿意他去当和尚；第二，纵使准他娶妻，敏明的生肖和他不对，顽固的父亲未必承认。现在瞧见敏明这样，不由得不把衷情吐露出来。

加陵一天早晨来到敏明家里，瞧见她的态度越发冷静，就安慰她说："好朋友，你不必忧心，日子还长呢。我在咱们的事情上头已经有了打算。父亲若是不肯，咱们最终的办法就是'照例逃走'。你这两天是不是为这事生气呢？"敏明说："这倒不值得生气。不过这几晚睡得迟，精神有一点疲倦罢了。"

加陵以为敏明的话是真，就把前日向父亲要求的情形说给她听。他说："好朋友，你瞧我的父亲多么固执。他一意要我去当和尚，我前天向他说些咱们的事，他还要请人来给我说法，你说好笑不好笑？"敏明说："什么法？"加陵说："那天晚上，父亲把昙摩蜱请来。我以为有别的事要和他商量，谁知他叫我到跟前教训一顿。你猜他对我讲什么经呢？好些话我都忘记了。内中有一段是很有趣、很容易记的，我且念给你听：

“佛问摩邓曰：‘女爱阿难何似？’女言：‘我爱阿难眼；爱阿难鼻；爱阿难口；爱阿难耳；爱阿难声音；爱阿难行步。’佛言：‘眼中但有泪；鼻中但有洟；口中但有唾；耳中但有垢；身中但有屎尿，臭气不净。’”

“昙摩蜱说得天花乱坠，我只是偷笑。因为身体上的污秽，人人都有，哪能因着这些小事，就把爱情割断呢？况且这经本来不合对我说；若是对你念，还可以解释得去。”

敏明听了加陵末了那句话，忙问道：“我是摩邓吗？怎样说对我念就可以解释得去？”加陵知道失言，忙回答说：“请你原谅，我说错了。我的意思不是说你是摩邓，是说这本经合于对女人说。”加陵本是要向敏明解嘲，不意反触犯了她。敏明听了那几句经，心里更是明白。他们两人各有各的心事，总没有尽情吐露出来。加陵坐不多会，就告辞回家去了。

涅槃节近啦。敏明的父亲直催她上比古去，加陵知道敏明明日要动身，在那晚上到她家里，为的是要给她送行。但一进门，连人影也没有。转过角门，只见玛弥在她屋里缝衣服。那时候约在八点钟的光景。

加陵问玛弥说：“姑娘呢？”玛弥抬头见是加陵，就赔笑说：“姑娘说要去找你，你反来找她。她不曾到你家去吗？她出门已有一点钟的工夫了。”加陵说：“真的么？”玛弥回了一声：“我还骗你不成。”低头还是做她的活计。加陵说：“那么，我就回去等她。……你请。”

加陵知道敏明没有别处可去，她一定不会趁瑞大光的热闹。他回到家里，见敏明没来，就想着她一定和女伴到绿绮湖上乘凉。因为那夜的月亮亮得很，敏明和月亮很有缘；每到月圆的时候，她必招几个朋友到那里谈心。

加陵打定主意，就向绿绮湖去。到的时候，觉得湖里静寂得很。这几天是涅槃节期，各庙里都很热闹；绿绮湖的冷月没人来赏玩，是意中的事。加陵从爱德华第七的造像后面上了山坡，瞧见没人在那里，心里就有几分诧异。因为敏明每次必在那里坐，这回不见她，谅是没有来。

他走得很累，就在凳上坐一会。他在月影朦胧之中瞧见地下有一件东西，捡起来看时，却是一条蝉翼纱的领巾。那巾的两端都绣一个吉祥海云的徽识，所以他认得是敏明的。

加陵知道敏明还在湖边，把领巾藏在袋里，就抽身去找她。他踏弯虹桥，转到水边的乐亭，瞧没有人，又折回来。他在山丘上注神一望，瞧见西南边隐隐有个人影，忙上前去，见有几分像敏明。加陵蹑步到野蔷薇垣后面，意思是要吓她。他瞧见敏明好像是找什么东西似的，所以静静伏在那里看她要做什么。

敏明找了半天，随在乐亭旁边摘了一枝优钵昙花，走到湖边，向着瑞大光合掌礼拜。加陵见了，暗想她为什么不到瑞大光膜拜去？于是再蹑足走近湖边的蔷薇垣，那里离敏明礼拜的地方很近。

加陵恐怕再触犯她，所以不敢做声。只听她的祈祷：

女弟子敏明，稽首。三世诸佛：我自万劫以来，迷失本来智性，因此堕入轮回，成女人身。现在得蒙大慈，示我三生因果。我今悔悟，誓不再恋天人，致受无量苦楚。愿我今夜得除一切障碍，转生极乐国土。愿勇猛无畏阿弥陀，俯听恳求接引我。南无阿弥陀佛。

加陵听了她这番祈祷，心里很受感动。他没有一点悲痛，竟然从蔷薇垣里跳出来，对着敏明说："好朋友，我听你刚才的祈祷，知道你厌弃这世间，要离开它。我现在也愿意和你同行。"

敏明笑道："你什么时候来的？你要和我同行，莫不你也厌世吗？"加陵说："我不厌世。因为你的原故，我愿意和你同行。我和你分不开。你到哪里，我也到哪里。"敏明说："不厌世，就不必跟我去。你要记得你父亲愿你做一个转法轮的能手。你现在不必跟我去，以后还有相见的日子。"加陵说："你说不厌世就不必死，这话有些不对。譬如我要到蛮得勒去，不是嫌恶仰光，不过我未到过那城，所以愿意去瞧一瞧。但有些人很厌恶仰光，他巴不得立刻离开才好。现在，你是第二类的人，我是第一类的人，为什么不让我和你同行？"敏明不料加陵会来，更不料他一下就决心要跟从她。现在听他这一番话语，知道他与自己的觉悟虽然不同，但她常感得他们二人是那世界的命命鸟，所以不甚阻止他。到这里，她才把前几天的事告诉加陵。加陵听了，心里非常的喜欢，说："有那么好的地方为何不早告诉我？我一定离不开你了，我们一块儿去罢。"

那时月光更是明亮。树林里萤火无千无万地闪来闪去，好像那世界的人物来赴他们的喜筵一样。

加陵一手搭在敏明的肩上，一手牵着她。快到水边的时候，加陵回过脸来向敏明的唇边啜了一下。他说："好朋友，你不亲我一下么？"敏明好像不曾听见，还是直地走。

他们走入水里，好像新婚的男女携手入洞房那般自在，毫无一点畏缩。在月光水影之中，还听见加陵说："咱们是生命的旅客，现在要到那个新世界，实在叫我喜乐得很。"

现在他们去了！月光还是照着他们所走的路；瑞大光远远送一点鼓乐的声音来；动物园的野兽也都为他们唱很雄壮的欢送歌；惟有那不懂人情的水，不愿意替他们守这旅行的秘密，要找机会把他们的躯壳送回来。

黄昏后

承欢、承懽两姊妹在山上采了一篓羊齿类的干草，是要用来编造果筐和花篮的。她们从那条崎岖的山径一步一步地走下来，刚到山腰，已是喘得很厉害，二人就把篓子放下，歇息一会。

承欢的年纪大一点，所以她的精神不如妹妹那么活泼，只坐在一根横露在地面的榕树根上头；一手拿着手巾不歇地望脸上和脖项上揩拭。她的妹妹坐不一会，已经跑入树林里，低着头，慢慢找她心识中的宝贝去了。

喝醉了的太阳在临睡时，虽不能发出它固有的本领，然而还有余威把它的妙光长箭射到承欢这里。满山的岩石、树林、泉水，受着这妙光的赏赐，越觉得秋意阑珊了。汐涨的声音，一阵一阵地从海岸送来；远地的归鸟和落叶混着在树林里乱舞。承欢当着这个光景，她的眉、目、唇、舌也不觉跟着那些动的东西，在她那被日光熏黑了的面庞飞舞着。她高兴起来，心中的意思已经禁止不住，就顺口念着："碧海无风涛自语；丹林映日叶思飞！……"还没有念完，她的妹妹就来到跟前，衣裾里兜着一堆的叶子，说："姊姊，你自己坐在这里，和谁说话来？你也不去帮我捡捡叶子，那边还有许多好看的哪。"她说着，顺手把所得的枯叶一片一片地拿出来，说："这个是蚶壳……这是海星……这是没有脊鳍的翻车鱼……这卷得更好看，是爸爸吸的淡芭菰……这是……"她还要将那些受她想象变化过的叶子，一一给姊姊说明；可是这样的讲解，除她自己以外，是没人愿意用工夫去领教的。承欢不耐烦地说："你且把它们搁在篓里罢，到家才听你的，现在我不愿意听咧。”承懽斜着眼瞧了姊姊一下，一面把叶子装在篓里，说：“姊姊不晓得又想什么了。在这里坐着，愿意自己喃喃地说话，就不愿意听我所说的！”承欢说：“我何尝说什么，不过念着爸爸那首《秋山晚步》罢了。”她站起来，说：“时候不早了，咱们走罢。你可以先下山去，让我自己提这篓子。”承懽说：“我不，我要陪着你走。”

二人顺着山径下来，从秋的夕阳渲染出来等等的美丽已经布满前路：霞色、水光、潮音、谷响、草香等等更不消说；即如承欢那副不白的脸庞也要因着这个就增了几分本来的姿色。承欢虽是走着，脚步却不肯放开，生怕把这样晚景错过了似的。她无意中说了声：“呀！妹妹，秋景虽然好，可惜大近残年咧。”承懽的年纪只十岁，自然不能懂得这位十五岁的姊姊所说的是什么意思。她就接着说：“挨近残年，有什么可惜不可惜的？越近残年越好，因为残年一过，爸爸就要给我好些东西玩，我也要穿新做的衣服——我还盼望它快点过去哪。”

她们的家就在山下，门前朝着南海。从那里，有时可以望见远地里一两艘法国巡舰在广州湾驶来驶去。姊妹们也说不清她们所住的到底是中国地，或是法国领土，不过时常理会那些法国水兵爱来村里胡闹罢了。刚进门，承懽便叫一声：“爸爸，我们回来了！”平常她们一回来，父亲必要出来接她们；这一次不见他出来，承欢以为她父亲的注意是贯注在书本或雕刻上头，所以教妹妹不要声张，只好静静地走进来。承欢把篓子放下，就和妹妹到父亲屋里。

她们的父亲关怀所住的是南边那间屋子，靠壁三五架书籍。又陈设了许多大理石造像——有些是买来的，有些是自己创作的。从这技术室进去就是卧房。二人进去，见父亲不在那里。承欢向壁上一望，就对妹妹说：“爸爸又拿着‘基达尔’出去了。你到妈妈坟上，瞧他在那里不在。我且到厨房弄饭，等着你们。”

她们母亲的坟墓就在屋后自己的荔枝园中。承懽穿过几棵荔枝树，就听见一阵基达尔的乐音，和着她父亲的歌喉。她知道父亲在那里，不敢惊动他的弹唱，就蹑着脚步上前。那里有一座大理石的坟头，形式虽和平常一样，然而西洋的风度却是很浓的。瞧那建造和雕刻的工夫，就知道平常的工匠决做不出来，一定是关怀亲手所造的。那墓碑上不记年月，只刻着"良人关山恒媚"，下面一行小字是"夫关怀手泐"。承懽到时，关怀只管弹唱着，像不理会他女儿站在身旁似的。直等到西方的回光消灭了，他才立起来，一手挟着乐器，一手牵着女儿，从园里慢慢地走出来。

一到门口，承懽就嚷着："爸爸回来了！"她姊姊走出来，把父亲手里的乐器接住，且说："饭快好啦，你们先到厅里等一会，我就端出来。"关怀牵着承懽到厅里，把头上的义辫脱下，挂在一个衣架上头，回头他就坐在一张睡椅上和承懽谈话。他的外貌像一位五十岁左右的日本人，因为他的头发很短，两撇胡子也是含着外洋的神气。停一会，承欢端饭出来，关怀说："今晚上咱们都回得晚。方才你妹妹说你在山上念什么诗；我也是在书架上偶然捡出十几年前你妈妈写给我的《自君之出矣》，我曾把这十二首诗入了乐谱，你妈妈在世时很喜欢听这个，到现在已经十一二年不弹这调了。今天偶然被我翻出来，所以拿着乐器走到她坟上再唱给她听；唱得高兴，不觉反复了几遍，连时间也忘记了。"承欢说："往时爸爸到墓上奏乐，从没有今天这么久，这诗我不曾听过……"承懽插嘴说："我也不曾听过。"承欢接着说："也许我在当时年纪太小不懂得。今晚上的饭后谈话，爸爸就唱一唱这诗，且给我们说说其中的意思罢。"关怀说："自你四岁以后，我就不弹这调了，你自然是不曾听过的。"他抚着承懽的头，笑说："你方才不是听过了吗？"承懽摇头说："那不算，那不算。"他说："你妈妈这十二首诗没有什么可说的，不如给你们说咱们在这里住着的缘故罢。"

吃完饭，关怀仍然倚在睡椅上头，手里拿着一支雪茄，且吸且说。这老人家在灯光之下说得眉飞目舞，教姊妹们的眼光都贯注在他脸上，好像藏在叶下的猫儿凝神守着那翩飞的蛱蝶一般。

关怀说："我常愿意给你们说这事，恐怕你们不懂得，所以每要说时，便停止了。咱们住在这里，不但邻舍觉得奇怪，连阿欢，你的心里也是很诧异的。现在你的年纪大了，也懂得一点世故了，我就把一切的事告诉你们罢。

"我从法国回到香港，不久就和你妈妈结婚。那时刚要和东洋打仗，邓人人聘了两个法国人做顾问，请我到兵船里做通译。我想着，我到外洋是学雕刻的，通译，哪里是我做得来的事，当时就推辞他。无奈邓大人一定要我去，我碍于情面也就允许了。你妈妈虽不愿意，因为我已应许人家，所以不加拦阻。她把脑后的头发截下来，为我做成那条假辫。”他说到这里，就用雪茄指着衣架，接着说：“那辫子好像叫卖的幌子，要当差事非得带着它不可。那东西被我用了那么些年，已修理过好几次，也许现在所有的头发没有一根是你妈妈的哪。

“到上海的时候，那两个法国人见势不佳，没有就他的聘。他还劝我不用回家，日后要用我做别的事，所以我就暂住在上海。我在那里，时常听见不好的消息，直到邓大人在威海卫阵亡时，我才回来。那十二首诗就是我入门时，你妈妈送给我的。”

承欢说：“诗里说的都是什么意思？”关怀说：“互相赠与的诗，无论如何，第三个人是不能理会，连自己也不能解释给人听的。那诗还搁在书架上，你要看时，明天可以拿去念一念。我且给你说此后我和你妈妈的事。

“自那次打败仗，我自己觉得很羞耻，就立意要隔绝一切的亲友，跑到一个孤岛里居住，为的是要避掉等等不体面的消息，教我的耳朵少一点刺激。你妈妈只劝我回硇州去，但我很不愿意回那里去，以后我们就定意要搬到这里来。这里离硇州虽是不远，乡里的人却没有和我往来，我想他们必是不知道我住在这里。

“我们买了这所房子，连后边的荔枝园。二人就在这里过很欢乐的日子。在这里住不久，你就出世了。我们给你起个名字叫承欢。……”承懽紧接着问：“我呢？”关怀说：“还没有说到你咧，你且听着，待一会才给你说。”

他接着说：“我很不愿意雇人在家里做工，或是请别人种地给我收利。但耨田插秧的事都不是我和你妈妈做得来的，所以我们只好买些果树园来做生产的源头；西边那丛椰子林也是在你一周岁时买来做纪念的。那时你妈妈每日的功课就是乳育你；我在技术室做些经常的生活以外，有工夫还出去巡视园里的果树。好几年的工夫，我们都是这样地过，实在快乐啊！

“唉，好事是无常的！我们在这里住不上五年，这一片地方又被法国占据了！

当时我又想搬到别处去，为的是要回避这种羞耻，谁知这事不能由我做主，好像我的命运就是这样，要永远住在这蒙羞的土地似的。”关怀说到这里，声音渐渐低微，那忧愤的情绪直把眼睑振下一半，同时他的视线从女儿的脸上移开，也被地心引力吸住了。

承懽不明白父亲的心思，尽说："这地方很好，为什么又要搬呢？"承欢说："啊，我记得爸爸给我说过，妈妈是在那一年去世的。"关怀说："可不是！从前搬来这里的时候，你妈妈正怀着你。因为风波的颠簸，所以临产时很不顺利，这次可巧又有了阿懽，我不愿意像从前那么唐突，要等她产后才搬。可是她自从得了租借条约签押的消息以后，已经病得支持不住了。"那声音的颤动，早已把承欢的眼泪震荡出来。然而这老人家却没有显出什么激烈的情绪，只皱一皱他的眉头而已。

他往下说："她产后不上十二个时辰就……"承懽急急地问："是养我不是？"他说："是。因为你出世不久，你妈妈便撇掉你，所以给你起个名字做阿懽，懽就是忧而无告的意思。"

这时，三个人缄默了一会。门前的海潮音，后园的蟋蟀声，都顺着微风从窗户间送进来。桌上那盏油灯本来被灯花堵得火焰如豆一般大，这次因着微风，更是闪烁不定，几乎要熄灭了。关怀说："阿欢，你去把窗户关上，再将油灯整理一下。……小妹妹也该睡了，回头就同她到卧房去罢。"

不论什么人都喜欢打听父母怎样生育他，好像念历史的人爱读开天辟地的神话一样。承懽听到这个去处，精神正在活泼，哪里肯去安息。她从小凳子上站起来，顺势跑到父亲面前，且坐在他的膝上，尽力地摇头说："爸爸还没有说完哪。我不困，快往下说罢。"承欢一面关窗，一面说："我也愿意再听下去，爸爸就接着说罢。今晚上迟一点睡也无妨。"她把灯心弄好，仍回原位坐下注神瞧着她的父亲。

油灯经过一番收拾，越显得十分明亮，关怀的眼睛忽然移到屋角一座石像上头。他指着对女儿说："那就是你妈妈去世前两三点钟的样子。"承懽说："姊姊也曾给我说过那是妈妈，但我准知道爸爸屋里那个才是。我不信妈妈的脸难看到这个样子。"他抚着承懽的颅顶说："那也是好看的。你不懂得，所以说她不好看。"

他越说越远，几乎把方才所说的忘掉，幸亏承欢再用话语提醒他，他老人家才接续地说下去。

他说："我的搬家计划，被你妈妈这一死就打消了。她的身体已藏在这可羞的土地，而且你和阿懽年纪又小，服事你们两个小姊妹还忙不过来，何况搬东挪西地往外去呢？因此，我就定意要终身住在这里，不想再搬了。

"我是不愿意雇人在家里为我工作的。就是乳母，我也不愿意雇一个来乳育阿懽。我不信男子就不会养育婴孩，所以每日要亲自尝试些乳育的工夫。"承懽问："爸爸，当时你有奶子给我喝吗？"关怀说："我只用牛乳喂你。然而男子有时也可以生出乳汁的。……阿欢，我从前不曾对你说过孟景休的事么？"承欢说："是，他是一个孝子，因为母亲死掉，留下一个幼弟，他要自己做乳育工夫，果然有乳浆从他的乳房溢出来。"关怀笑说："我当时若不是一个书呆子，就是这事一定要孝子才办得到，贞夫是不许做的。我每每抱着阿懽，让她啜我的乳头，看看能够溢出乳浆不能，但试来试去，都不成功。养育的工夫虽然是苦，我却以为这是父母二人应当共同去做的事情，不该让为母的独自担任这番劳苦。"

承欢说："可是这事要女人去做才合宜。"

"是的。自从你妈妈没了以后，别样事体倒不甚棘手，对于你所穿的衣服总觉得肮脏和破裂得非常的快。我自己也不会做针黹，整天要为你求别人缝补。这几乎又要把我所不求人的理想推翻了！当时有些邻人劝我为你们续娶一个……"

承欢说："我们有一位后娘倒好。"

那老人家瞪着眼，口里尽力地吸着雪茄，少停，他的声音就和青烟一齐冒出来。他郑重地说："什么？一个人能像禽兽一样，只有生前的恩爱，没有死后的情愫吗？"

从他口里吐出来的青烟早已触得承懽嗛嗛地咳嗽起来。她断续地说："爸爸的口直像王家那个破灶，闷得人家的眼睛和喉咙都不爽快。"关怀拍着她的背，说："你真会用比方！……这是从外洋带回来的习惯，不吸它也罢，你就拿去搁在烟盂里罢。"承懽拿着那枝雪茄，忽像想起什么事似的，她走到屋里把所捡的树叶拿出来，对父亲说："爸爸吸这一枝罢，这比方才那枝好得多。"她父亲笑着把叶子接过去，仍教承懽坐在膝上，眼睛望着承欢说："阿欢，你以再婚为是么？"他的女儿自然不能回答，也不敢回答这重要的问题。她只默默地望着父亲两只灵活的眼睛，好像要听那两点微光的回答一样。那回答的声音果如从父亲的眼光中发出来——他凝神瞧着承欢说："我想你也不以为然。一个女人再醮，若是人家要轻看她；一个男子续娶，难道就不应当受轻视吗？所以当时凡有劝我续弦的，都被我拒绝了。我想你们没有母亲虽是可哀，然而有一个后娘更是不幸的。"

门前的海潮音，后园的蟋蟀声，加上檐牙的铁马，和树上的夜啼鸟，这几种声音直像强盗一样，要从门缝窗隙间闯进来捣乱他们的夜谈。那两个女孩子虽不理会，关怀的心却被它们抢掠去了。他的眼睛注视着窗外那似树如山的黑影。耳中听着那种铮铮铛铛、嘶嘶嘿嘿、汩汩潝潝的杂响，口里说："我一听见铁马的音响，就回想到你妈妈做新娘时，在洞房里走着，那脚钏铃铛的声音。那声音虽有大小的分别，风味却差不多。"

他把射到窗外的目光移到承欢身上，说："你妈妈姓山，所以我在日间或夜间偶然瞧见尖锥形的东西就想着山，就想着她。在我心目中的感觉，她实在没死，不过是怕遇见更大的羞耻，所以躲藏着；但在人静的时候，她仍是和我在一处的。她来的时候，也去瞧你们，也和你们谈话，只是你们都像不大认识她一样，有时还不瞅睬她。"承懽说："妈妈一定是在我们睡熟时候来的，若是我醒时，断没有不瞅睬她的道理。"那老人家抚着这幼女的背说："是的。你妈妈常夸奖你，说你聪明，喜欢和她谈话，不像你姊姊越大就越发和她生疏起来。"承欢知道这话是父亲造出来教妹妹喜欢的，所以她笑着说："我心里何尝不时刻惦念着妈妈呢？但她一来到，我怎么就不知道，这真是怪事！"

关怀对着承欢说："你和你妈妈离别时年纪还小，也许记不清她的模样；可是你须知道，不论要认识什么物体都不能以外貌为准的，何况人面是最容易变化的呢？你要认识一个人，就得在他的声音、容貌之外找寻，这形体不过是生命中极短促的一段罢了。树木在春天发出花叶，夏天结了果子，一到秋冬，花、叶、果子多半失掉了；但是你能说没有花、叶的就不是树木么？池中的蝌蚪，渐渐长大成长一只虾蟆，你能说蝌蚪不是小虾蟆么？无情的东西变得慢，有情的东西变得快。故此，我常以你妈妈的坟墓为她的变化身：我觉得她的身体已经比我长得大，比我长得坚强，她的声音，她的容貌，是遍一切处的。我到她的坟上，不是盼望她那卧在土中的肉身从墓碑上挺起来；我瞧她的身体就是那个坟墓，我对着那墓碑就和在这屋对你们说话一样。"

承懽说："哦，原来妈妈不是死，是变化了。爸爸，你那么爱妈妈，但她在这变化的时节，也知道你是疼爱她的么？"

"她一定知道的。"

承懽说："我每到爸爸屋里，对着妈妈的遗像叫唤、抚摩，有时还敲打她几下。爸爸，若是那像真是妈妈，她肯让我这样抚摩和敲打么？她也能疼爱我，像你疼我一样么？"

关怀回答说："一定很喜欢。你妈妈连我这么高大，她还十分疼爱，何况你是一个聪明伶俐的小孩子！妈妈的疼爱比爸爸大得多。你睡觉的时候，爸爸只能给你垫枕、盖被；若是妈妈，一定要将她那只滑腻而温暖的手臂给你枕着，还要搂着你，教你不惊不慌地安睡在她怀里。你吃饭的时候，爸爸只能给你预备小碗、小盘；若是妈妈，一定要把她那软和而常摇动的膝头给你做凳子；还要亲手递好吃的东西到你口里。你所穿的衣服，爸爸只能为你买些时式的和贵重的；若是妈妈，一定要常常给你换新样式，她要亲自剪裁，亲自刺绣，要用最好看的颜色——就是你最喜欢的颜色——给你做上。妈妈的疼爱实在比爸爸的大得多！"

承懽坐在父亲膝上，一听完这段话，她的身体的跳荡好像骑在马上一样。她一面摇着身子，一面拍着自己两只小腿，说："真的吗？她为何不对我这样做呢？爸爸，快叫妈妈从坟里出来罢。何必为着这蒙羞的土地就藏起来，不教她亲爱的女儿和她相会呢？从前我以为妈妈的脾气老是那个样子：两只眼睛瞧着人，许久也不转一下；和她说话也不答应；要送东西给她，她两只手又不知道往哪里去，也不会伸出来接一接，所以我想她一定是不懂人情的。现在我就知道她不是无知的。爸爸，你为我到坟里把妈妈请出来罢；不然，你就把前头那扇石门挪开，让我进去找她。爸爸曾说她在晚间常来，待一会，她会来么？”

关怀把她亲了一下，说：“好孩子，你方才不是说你曾叫过她、摩过她，有时还敲打她么？她现在已经变成那个样子，纵使你到坟墓里去找她也是找不着的。她常在我屋里，常在那里（他指着屋角那石像），常在你心里，常在你姊姊心里，常在我心里。你和她说话或送东西给她时，她虽像不理你，其实她疼爱你，已经领受你的敬意。你若常常到她面前，用你的孝心、你的诚意供献给她，日子久了，她心喜欢让你见着她的容貌。她要用妩媚的眼睛瞧着你，要开口对你发言，她那坚硬而白的皮肤要化为柔软娇嫩，好像你的身体一样。待一会，她一定来，可是不让你瞧见她，因为她先要瞧瞧你对于她的爱心怎样，然后叫你瞧见她。”

承欢也随着对妹妹证明说：“是，我像你那么大的时候，也很愿意见妈妈一面。后来我照着爸爸的话去做，果然妈妈从石像座儿走下来，搂着我和我谈话，好像现在爸爸搂着你和你谈话一样。”

承懽把右手的食指含在口里，一双伶俐的小眼射在地上，不歇地转动，好像了悟什么事体，还有所发明似的。她抬头对父亲说：“哦，爸爸，我明白了。以后我一定要格外地尊敬妈妈那座造像，盼望她也能下来和我谈话。爸爸，比如我用尽我的孝敬心来服侍她，她准能知道么？”

“她一定知道的。”

“那么，方才所捡那些叶子，若是我好好地把它们藏起来，一心供养着，将来它们一定也会变成活的海星、瓦楞子或翻车鱼了。”关怀听了，莫名其妙。承欢就说：“方才妹妹捡了一大堆的干叶子，内中有些像鱼的，有些像螺贝的，她问的是那些东西。”关怀说：“哦，也许会，也许会。”承懽要立刻跳下来，把那些叶子搬来给父亲瞧，但她的父亲说：“你先别拿出来，明天我才教给你保存它们的方法。”

关怀生怕他的爱女晚间说话过度，在睡眠时做梦，就劝承懽说：“你该去睡觉啦。我和你到屋里去罢。明早起来，我再给你说些好听的故事。”承懽说：“不，我不。爸爸还没有说完呢，我要听完了才睡。”关怀说：“妈妈的事长着呢，若是要说，一年也说不完，明天晚上再接下去说罢。”那小女孩于是从父亲膝上跳下来，拉着父亲的手，说：“我先要到爸爸屋里瞧瞧那个妈妈。”关怀就和她进去。

他把女儿安顿好，等她睡熟，才回到自己屋里。他把外衣脱下，手里拿着那个叆叇囊，和腰间的玉佩把玩得不忍撒手，料想那些东西一定和他的亡妻关山恒媚很有关系。他们的恩爱公案必定要在临睡前复讯一次。他走到石像前，不歇用手去摩弄那坚实而无知的物体，且说：“多谢你为我留下这两个女孩，教我的晚景不至过于惨淡。不晓得我这残年要到什么时候才可以过去，速速地和你同住在一处。唉！你的女儿是不忍离开我的，要她们成人，总得在我们再会之后。我现在正浸在父亲的情爱中，实在难以解决要怎样经过这衰弱的残年，你能为我和从你身体分化出来的女儿们打算么？”

他静静地站在那里，好像很注意听着那石像的回答。可是那用手造的东西怎样发出她的意思，我们的耳根太钝，实在不能听出什么话来。

他站了许久，回头瞧见承欢还在北边的厅里编织花篮，两只手不停地动来动去，口里还低唱着她的工夫歌。他从窗门对女儿说：“我儿，时候不早了，明天再编罢。今晚上妹妹话说得过多，恐怕不能好好地睡，你得留神一点。”承欢答应一声，就把那个未做成的篮子搁起来，把那盏小油灯拿着到自己屋里去了。

灯光被承欢带去以后，满屋都被黑暗充塞着。秋萤一只两只地飞入关怀的卧房，有时歇在石像上头。那光的闪烁，可使关山恒媚的脸对着她的爱者发出一度一度的流盼和微笑。但是从外边来的，还有汩湨的海潮音，嘶嘶的蟋蟀声，铮铛的铁马响，那可以说是关山恒媚为这位老鳏夫唱的催眠歌曲。

女儿心

一

武昌竖起革命的旗帜已经一个多月了。在广州城里的驻防旗人个个都心惊胆战，因为杀满洲人的谣言到处都可以听得见。这年的夏天，一个正要到任的将军又在离码头不远的地方被革命党炸死，所以在这满伏着革命党的城市，更显得人心惶惶。报章上传来的消息都是民军胜利，“反正”的省份一天多过一天。本城的官僚多半预备挂冠归田。有些还能很骄傲地说：“腰间三尺带是我殉国之具。”商人也在观望着，把财产都保了险或移到安全的地方——香港或澳门，听说一两日间民军便要进城，住在城里的旗人更吓得手足无措，他们真怕汉人屠杀他们。

在那些不幸的旗人中，有一个人，每天为他自己思维，却想不出一个避免目前的大难的方法。他本是北京一个世袭一等轻车都尉，隶属正红旗下，同时也曾中过举人，这时在镇粤将军衙门里办文书。他的身材很雄伟，若不是额下的大髯胡把他的年纪显出来，谁也看不出他是五十多岁的人，那时已近黄昏，堂上的灯还没点着，太太旁边坐着三个从十一岁到十五六岁的子女，彼此都现出很不安的状态。他也坐在一边，捋着胡子，沉静地看着他的家人。

“老爷，革命党一来，我们要往哪里逃呢？”太太破了沉寂，很诚恳问她的老爷。

“哼，望那里逃？”他摇头说：“不逃，不逃，不能逃。逃出去无异自己去找死，我每年的俸银二百多两，合起衙门里的津贴和其它的入款也不过五六百两，除掉这所房子以外也就没有什么余款。这样省省地过日子还可以支持过去，若一逃走，纵然革命党认不出我们是旗人，侥幸可以免死，但有多少钱能够支持咱家这几口人呢？”

“这倒不必老爷挂虑，这二十几年来我私积下三万多块，我想咱们不如到海边去买几亩地，就作了乡下人也强过在这里担心。”

“太太的话真是所谓妇人女子之见。若是那么容易到乡下去落户，那就不用发愁了。你想我的身份能够撇开皇上不顾吗？做奴才得为主子，做人臣得为君上。他们汉官可以革命，咱们可就不能，革命党要来，在我们的地位就得同他们开火；若不能打，也不能弃职而逃。”

“那么，老爷忠心为国一定是不逃了。万一革命党人马上杀到这里来，我们要怎办呢？”

“大丈夫可杀不可辱，我们自然不能受他们的凌辱。等时候到来，再相机行事罢。”他看着他三个孩子，不觉黯然叹了一声。

太太也叹一声，说：“我也是为这班小的发愁啊。他们都没成人，万一咱们两口子尽了节，他们……”她说不出来了，只不歇地用手帕去擦眼睛。

他问三个孩子说：“你们想怎么办呢？”一双闪烁的眼睛注视着他们。

两个大孩子都回答说：“跟爹妈一块儿死罢。”那十一岁的女儿麟趾好像不懂他们商量的都是什么，一声也不响，托着腮只顾想她自己的。

“姑娘，怎么今儿不响啦？你往常的话儿是最多的。”她父亲这样问她。

她哭起来了，可是一句话也没有。

太太说：“她小小年纪，懂得什么，别问她啦。”她叫：“姑娘到我跟前来罢。”趾儿抽噎着走到跟前，依着母亲的膝下。母亲为她捋捋鬓额，给她擦掉眼泪。

他捋着胡子，像理会孩子的哭已经告诉了她的意思，不由得得意地说：“我说小姑娘是很聪明的，她有她的主意。”随即站起来又说：“我先到将军衙门去，看看下午有什么消息，一会儿就回来。”他整一整衣服，就出门去了。

风声越来越紧，到城里竖起革命旗的那天，果然秩序大乱，逃的逃，躲的躲，抢的抢，该死的死。那位腰间带着三尺殉国之具的大吏也把行李收束得紧紧地，领着家小回到本乡去了。街上“杀尽满洲人”的声，也摸不清是真的，还是市民高兴起来一时发出这得意的话。这里一家把大门严严地关起来，不管外头闹得多么凶，只安静地在堂上排起香案，两夫妇在正午时分穿起朝服向北叩了头，表告了满洲诸帝之灵，才退入内堂，把公服换下来。他想着他不能领兵出去和革命军对仗，已经辜负朝廷豢养之恩，所以把他的官爵职位自己贬了，要用世奴资格报效这最后一次的忠诚。他斟了一杯醇酒递给太太说：“太太请喝这一杯罢。”他自己也喝，两个男孩也喝了，趾儿只喝了一点。在前两天，太太把佣仆都打发回家，所以屋里没有不相干的人。

两小时就在这醇酒的应酬中度过去。他并没醉，太太和三个孩子已躺在床上睡着了。他出了房门，到书房去，从墙上取下一把宝剑，捧到香案前，叩了头，再回到屋里，先把太太杀死，再杀两个孩子。一连杀了三个人，满屋里的血腥、酒味把他刺激得像疯人一样。看见他养的一只狗正在门边伏着，便顺手也给它一剑，跑到厨房去把一只猫和几只鸡也杀了。他挥剑砍猫的时候，无意中把在灶边灶君龛外那盏点着的神灯挥到劈柴堆上去，但他一点也不理会。正出了厨房门口，马圈里的马嘶了一声，他于是又赶过去照马头一砍。马不晓得这是它尽节的时候，连踢带跳,用尽力量来躲他的剑。他一手揪住络头的绳子,一手尽管望马头上乱砍，至终把它砍倒。

回到上房，他的神情已经昏迷了，扶着剑，瞪眼看着地上的血迹。他发现麟趾不在屋里，刚才并没杀她，于是提起剑来，满屋里找。他怕她藏起来，但在屋里无论怎样找，看看床底，开开柜门，都找不着。院里有一口井，井边正留着一只麟趾的鞋。这个引他到井边来。他扶着井栏，探头望下去。从他两肩透下去的光线，使他觉得井底有衣服浮现的影儿，其实也看不清楚。他对着井的说：“好，小姑娘，你到底是个聪明孩子，有主意！”他从地上把那只鞋捡起来，也扔在井里。

他自己问：“都完了，还有谁呢？”他忽然想起在衙门里还有一匹马，它也得尽节。于是忙把宝剑提起，开了后园的门，一直望着衙门的马圈里去。从后园门出去是一条偏僻的小街，常时并没有什么人往来，那小街口有一座常关着大门的佛寺。他走过去时，恰巧老和尚从街上回来，站在寺门外等门，一见他满身血迹，右手提剑，左手上还在滴血，便抢前几步拦住他说："太爷，您怎么啦？"他见有人拦住，眼睛也看不清，举起剑来照着和尚头便要砍下去。老和尚眼快，早已闪了身子，等他砍了空，再夺他的剑。他已没气力了，看着老和尚一言不发。门开了，老和尚先扶他进去，把剑靠韦陀香案边放着，然后再扶他到自己屋里，给他解衣服；又忙着把他自己的大衲给他披上，并且为他裹手上的伤，他渐次清醒过来，觉得左手非常地痛，才记起方才砍马的时候，把自己的手碰着了刃口。他把老和尚给他裹的布条解开看时，才发现了两个指头已经没了，这一个感觉更使他格外痛楚。屠人虽然每日屠猪杀羊，但是一见自己的血，心也会软，不说他趁着一时的义气演出这出惨剧，自然是受不了。痛是本能上保护生命的警告，去了指头的痛楚已经使他难堪，何况自杀！但他的意志，还是很刚强，非自杀不可。老和尚与他本来很有交情，这次用很多话来劝慰他，说城里并没有屠杀旗人的事情，偶然街上有人这样嚷，也不过是无意识的话罢了。他听着和尚的劝解，心情渐渐又活过来。正在相对着没有话说的时候，外边嚷着起火，哨声、锣声，一齐送到他们耳边。老和尚说："您请躺下歇歇罢，待老纳去出看看。"

他开了寺门，只见东头乌太爷的房子着了火。他不声张，把乌太爷扶到床上躺下，看他渐次昏睡过去，然后把寺门反扣着。走到乌家门前，只见一簇人丁赶着在那里拆房子。水龙虽有一架，又不够用。幸而过了半小时，很多人合力已把那几间房子拆下来，火才熄了。

和尚回来，见乌太爷还是紧紧地扎着他的手，歪着身子，在那里睡，没惊动他。他把方才放在韦陀龛那把剑收起来，才到禅房打坐去。

二

在辛亥革命的时候，像这样全家为那权贵政府所拥戴的孺子死节的实在不多。当时麟趾的年纪还小，无论什么都怕，死自然是最可怕的一件事。他父亲要把全家杀死的那一天，她并没喝多少，但也得装睡，她早就想定了一个逃死的方法，总没机会去试。父亲看见一家人都醉倒了，到外边书房去取剑的时候，她便急忙地爬起来，跑出院子。因为跑得快，恰巧把一只鞋子跻掉了。她赶快退回几步，要再穿上，不提防把鞋子一踢就撞到那井栏旁边。她顾不得去捡鞋，从院子直跑到后园。后园有一棵她常爬上去玩的大榕树，但是家里的人都不晓得她会上树。上榕树本来很容易，她家那棵，尤其容易上去。她到树下，急急把身子耸上去，蹲在那分出四五杈的树干上。平时她蹲在上头，底下的人无论从哪一方面都看不见。那时她只顾躲死，并没计较往后怎样过。蹲在那里有一刻钟左右，忽然听见父亲叫她，他自然不晓得麟趾在树上。她也不答应，越发蹲伏着，容那浓绿的密叶把她掩藏起来。不久她又听见父亲的脚步像开了后门出去的样子。她正在想着，忽然从厨房起了火。厨房离那榕树很远，所以人们在那里拆房子救火的时候，她也没下来。天已经黑了，那晚上正是十五，月很明亮，在树上蹲了几点钟，倒也不理会。可是树上不晓得歇着什么鸟，不久就叫一声，把她全身的毛发都吓竖了。身体本来有点冷，加上夜风带那种可怕的鸟声送到她耳边，就不由得直打抖擞。她不能再藏在树上，决意下来看看。然而怎么也起不来，从腿以下，简直麻痹得像长在树上一样。好容易慢慢地把腿伸直了，一面抖擞着下了树，摸到园门，原来她的卧房就靠近园门。那一下午的火，只烧了厨房，她母亲的卧房、大厅和书房，至于前头的轿厅和后面她的卧房连着下房都还照旧。她从园门闪入她的卧房，正要上床睡觉时候，忽然听见有人说话的声音，心疑是鬼，赶紧把房门关起来。从窗户看见两个人拿着牛眼灯由轿厅那边到她这里来，心里越发害怕。好在屋里没灯，趁着外头的灯光还没有射进来，她便蹲在门后。那两人一面说着，出了园门，她才放心。原来他们是那条街的更夫，因为她家没人，街坊叫他们来守夜。他们到后园，大概是去看看后园通小街那道门关没关罢。不一会他们进来，又把园门关上。听他们的脚音，知道旁边那间下房，他们也进去看过，正想爬到床后去，他们已来推她的门，于是不敢动弹，还是蹲在门后。门推不开，他们从窗户用灯照了一下。她在门后听见其中一个人说："这间是锁着的，里头倒没有什么。"他们并不一定要进她的房间，那时她真像遇了赦一般，不晓得为什么原故，当时只不愿意他们知道她在里头。等他们走远了，才起来，坐在小椅上，也不敢上床睡，只想着天明时待怎办。她决定要离开她的家，因为全家的人都死了，若还住在家里，有谁来养活她呢？虽然仿佛听见她父亲开了后园门出去，但以后他回来没有，她又不理会，她想他一定是自杀了。前天晚上，当她父亲问过她的话，上了衙门以后，她私下问过母亲："若是大家都死了，将来要在什么地方相见呢？"她母亲叹了一口气说："孩子，若都是好人，我们就会在神仙的地方相见，我们都要成仙哪。"常听见她母亲说城外有个什么山，山名她可忘记了，那里常有神仙出来度人。她想着不如去找神仙罢，找到神仙就能与她一家人相见了。她想着要去找神仙的事，使她心胆立时健壮起来，自己一人在黑屋里也不害怕，但盼着天快亮，她好进行。

鸡已啼过好几次，星星也次第地隐没了。初醒的云渐渐现出灰白色，一片一片像鱼鳞摆在天上。于是她轻轻地开了房门，出到院子来，她想"就这样走吗"，不，最少也得带一两件衣服。于是回到屋里打开箱子，拿出几件衣服和梳篦等物，包成一个小包，再出房门。藏钱的地方她本知道，本要去拿些带在身边，只因那里的房顶已经拆掉了，冒着险进去，虽然没有妨碍，不过那两人还在轿厅睡着，万一醒来，又免不了有麻烦，再者，设使遇见神仙，也用不着钱。她本要到火场里去，又怕看见父母和二位哥哥的尸体，只远远地望着，作为拜别的意思。她的眼泪直流，又不敢放声哭，回过身去，轻轻开了园门，再反扣着。经过马圈，她看见那马躺在槽边，槽里和地上的血已经凝结，颜色也变了。她站在圈外，不住地掉泪。因为她很喜欢它，每常骑它到箭道去玩。那时天已大亮了，正在低着头看那死马的时候，眼光忽然触到一样东西，使她心伤和胆战起来。进前两步从马槽下捡起她父亲的一节小指头，她认得是父亲左手的小指头。因为他只留这个小指的指甲，有一寸多长，她每喜欢摸着它玩。当时她也不顾什么，赶紧取出一条手帕，紧紧把她父亲的小指头裹起来，揣在怀里。她开了后园的街门，也一样地反扣着。夹着小包袱，出了小街，便急急地向北门大街放步。幸亏一路上没人注意她，故得优游地出了城。

旧历十月半的郊外，虽不像夏天那么青翠，然而野草园蔬还是一样地绿。她在小路上，不晓得已经走了多远，只觉身体疲乏，不得已暂坐在路边一棵榕树根上小歇，坐定了才记得她自昨天午后到歇在道旁那时候一点东西也没入口！眼前固然没有东西可以买来充饥，纵然有，她也没钱。她隐约听见泉水激流的声音，就顺着找去，果然发现了一条小溪，那时一看见水，心里不晓得有多么快活，她就到水边一掬掬地喝。没东西吃，喝水好像也可以饱，她居然把疲乏减少了好些。于是夹着包袱又望前跑。她慢慢地走，用尽了诚意要会神仙，但看见路上的人，并没有一个像神仙。心里非常纳闷，因为走的路虽不多，太阳却渐渐地西斜了。前面露出几间茅屋，她虽然没曾向人求乞过，可知道一定可以问人要一点东西吃，或打听所要去的山在哪里。随着路径拐了一个弯，就看见一个老头子在她前面走。看他穿着一件很宽的长袍，扶着一支黄褐色的拐杖，须发都白了，心里暗想："这位莫不就是神仙么？"于是抢前几步，恭恭敬敬地问："老伯父，请告诉我那座有神仙的山在什么地方？"他好像没听见她问的是什么话，她问了几遍，他总没回答，只问："你是迷了道的罢？"麟趾摇摇头。他问："不是迷道，这么晚，一个小姑娘夹着包袱，在这样的道上走，莫不是私逃的小丫头？"她又摇摇头。她看他打扮得像学塾里的老师一样，心里想着他也许是个先生。于是从地下捡起一块有棱的石头就在路边一棵树干上画了"我欲求仙去"几个字。他从胸前的绿鲨皮眼镜匣里取出一副直径约有一寸五分的水晶镜子架在鼻上。看她所写的，便笑着对她说："哦，原来是求仙的！你大概因为写的是'王子去求仙，丹成上九天'的仿格，想着古人有这回事，所以也要仿效仿效。但现在天已渐渐晚了，不如先到我家歇歇，再往前走罢。"她本想不跟他去，只因问他的话也不能得着满意的指示，加以肚子实饿了，身体也乏了，若不答应，前路茫茫，也不是个去处，就点头依了他，跟着他走。

走不远，渡过一道小桥，来到茅舍的篱边。初冬的篱笆上还挂些未残的豆花。晚烟好像一匹无尽长的白练，从远地穿林织树一直来到篱笆与茅屋的顶巅。老头子也不叫门，只伸手到篱门里把闩拨开了。一只带着金铃的小黄狗抢出来，吠了一两声，又到她跟前来闻她。她退后两步，老头子把它轰开，然后携着她进门。屋边一架瓜棚，黄萎的南瓜藤，还凌乱地在上头绕着。鸡已经站在棚上预备安息了。这些都是她没见过的，心里想大概这就是仙家罢。刚踏上小台阶，便有一个二十多岁的姑娘出来迎着，她用手作势，好像在问“这位小姑娘是谁呀”，他笑着回答说：“她是求仙迷了路途的。”回过头来，把她介绍给她，说：“这是我的孙女，名叫宜姑。”

他们三个人进了茅屋，各自坐下。屋里边有一张红漆小书桌，老头子把他的孙女叫到身边，教她细细问麟趾的来历。她不敢把所有的真情说出来，恐怕他们一知道她是旗人或者就于她不利。她只说：“我的父母和哥哥前两天都相继过去了。剩下我一个人，没人收养，所以要求仙去。”她把那令人伤心的事情瞒着，孙女把她的话用他们彼此通晓的方法表示给老头子知道。老头子觉得她很可怜，对她说他活了那样大年纪也没有见过神仙，求也不一定求得着，不如暂时住下，再定夺前程，他们知道她一天没吃饭，宜姑就赶紧下厨房，给她预备吃的。晚饭端出来，虽然是红薯粥和些小酱菜，她可吃得津津有味。回想起来，就是不饿，也觉得甘美。饭后，宜姑领她到卧房去。一夜的话把她的意思说转了一大半。

三

麟趾住在这不知姓名的老头子的家已经好几个月了。老人曾把附近那座白云山的故事告诉过她。她只想着去看安期生升仙的故迹，心里也带着一个遇仙的希望。正值村外木棉盛开的时候，十丈高树，枝枝着花，在黄昏时候看来直像一座万盏灯台，灿烂无比。闽、粤的树花再没有比木棉更壮丽的，太阳刚升到与绿禾一样高的天涯，麟趾和宜姑同在树下捡落花来做玩物，谈话之间，忽然动了游白云山的念头。从那村到白云山也不过是几里路，所以她们没有告诉老头子，到厨房里吃了些东西，还带了些薯干，便到山里玩去。天还很早，榕树上的白鹭飞去打早食还没归巢，黄鹂却已唱过好几段婉转的曲儿，在田间和林间的人们也唱起歌了。到处所听的不是山歌，便是秧歌。她们两个有时为追粉蝶，误入那篱上缠着野蔷薇的人家；有时为捉小鱼涉入小溪，溅湿了衣袖。一路上嘻嘻攘攘，已经来到山里。微风吹拂山径旁的古松，发出那微妙的细响。着在枝上的多半是嫩绿的松球，衬着山坡上的小草花，和正长着的薇蕨，真是绮丽无匹。

她们坐在石上休息，宜姑忽问："你真信有神仙么？"

麟趾手里撩着一枝野花，漫应说："我怎么不信！我母亲曾告诉我有神仙，她的话我都信。"

"我可没见过，我祖父老说没有，他所说的话，我都信。他既说没有，那定是没有了。"

"我母亲说有，那定是有，怕你祖父没见过罢。我母亲说，好人都会成仙，并且可以和亲人相见那，仙人还会下到凡间救度他的亲人，你听过这话么？"

"我没听见过。"

说着他们又起行，游过了郑仙岩，又到菖蒲涧去，在山泉流处歇了脚。下游的石上，那不知名的山禽在那里洗午澡，从乱云堆积处，露出来的阳光指示她们快到未时了，麟趾一意要看看神仙是什么样子，她还有登摩星岭的勇气。她们走过几个山头，不觉把路途迷乱了。越走越不是路，她们巴不得立刻下山，寻着原路回到村里。

出山的路被她们找着了，可不是原来的路径。夕阳当前，天涯的白云已渐渐地变成红霞。正在低头走着，前面来了十几个背枪的大人物，宜姑心里高兴，等他们走近跟前，便问其中的人燕塘的大路在哪一边。那班人听说她们所问的话，知道是两只迷途的羊羔，便说他们也要到燕塘去。宜姑的村落正离燕塘不远，所以跟着他们走。

原来她们以为那班强盗是神仙的使者，安心随着他们走。走了许久，二人被领到一个破窑里，那里有一个人看守着她们，那班人又匆忙地走了。麟趾被日间游山所受的快活迷住，没想到也没经历过在那山明水秀的仙乡会遇见这班混世魔王。到被囚起来的时候，才理会她们前途的危险。她同宜姑苦口求那人怜恤她们，放她们走。但那人说若放了她们，他的命也就没了。宜姑虽然大些，但到那时，也恐吓得说不出话来。麟趾到底是个聪明而肯牺牲的孩子，她对那人说："我家祖父年纪大了，必得有人伺候他，若把我们两人都留在这里，恐怕他也活不成。求你把大姊放回去罢，我宁愿在这里跟着你们。”那人毫无恻隐之心，任她们怎样哀求，终不发一言，到他觉得麻烦的时候，还喝她们说：“不要瞎吵！”

丑时已经过去，破窑里的油灯虽还闪着豆大的火光，但是灯心头已结着很大的灯花，不时迸出火星和发出哔[illegible]的响，油盏里的油快要完了。过些时候，就听见人马的声音越来越近。那人说：“他们回来了。”他在窑门边把着，不一会，大队强盗进来，卸了脏物，还掳来三个十几岁的女学生。

在破窑里住了几天，那些贼人要她们各人写信回家拿钱来赎，各人都一一照办了，最后问到麟趾和宜姑，麟趾看那人的容貌很像她大哥，但好几次问他叫他，他都不大理会，只对着她冷笑。虽然如此，她仍是信他是大哥，不过仙人不轻易和凡人认亲罢了。她还想着，他们把她带到那里也许是为教她们也成仙。宜姑比较懂事，说她们是孤女，只有一个耳聋的老祖父，求他们放她们两人回去。他们不肯，说：“只有白拿，不能白放。”他们把赃物检点一下，头目叫两个伙计把那几个女学生的家书送到邮局去，便领着大队同几个女子趁着天还未亮，出了破窑，向着山中的小径前进。不晓得走了多少路程，又来到一个寨。群贼把那五个女子安置在一间小屋里。过了几天，那三个女学生都被带走，也许是她们的家人花了钱，也许是被移到别处去。他们也去打听过宜姑和麟趾的家境，知道那聋老头花不起钱来赎，便计议把她们卖掉。

宜姑和麟趾在荒寨里为他们服务，他们都很喜欢。在不知不觉中又过了几个星期。一天下午他们都喜形于色地回到荒寨，两个姑娘忙着预备晚饭。端菜出来，众人都注目看着她们。头目对大姑娘说：“我们以后不再干这生活了，明天大家便要到惠州去投入民军。我们把你配给廖兄弟。”他说着，指着一个面目长得十分俊秀、年纪在二十六七左右的男子，又往下说：“他叫廖成，是个白净孩子，想一定中你的意思。”他又对麟趾说：“小姑娘年纪太小，没人要，黑牛要你做女儿，明天你就跟着他过，他明天以后便是排长了。”他努着嘴向黑牛指示麟趾，黑牛年纪四十左右，满脸横肉，看来像很凶残。当时两个女孩都哭了，众人都安慰她们。头目说："廖兄弟的喜事明天就要办的，各人得早起，下山去搬些吃的，大家热闹一回。"

他们围坐着谈天，两个女孩在厨房收拾食具，小姑娘神气很镇定，低声问宜姑说："怎办？"宜姑说："我没主意，你呢？"

"我不愿意跟那黑鬼，我一看他，怪害怕的，我们逃吧。"

"不成，逃不了！"宜姑摇头说。

"你愿意跟那强盗？"

"不，我没主意。"

她们在厨房没想出什么办法，回到屋里，一同躺在稻草褥上，还继续地想。麟趾打定主意要逃，宜姑至终也赞成她，她们知道明天一早趁他们下山的时候再寻机会。

一夜的幽暗又叫朝云抹掉，果然外头的兄弟们一个个下山去预备喜筵。麟趾扯着宜姑说："这是时候，该走了。"她们带着一点吃的，匆匆出了小寨。走不多远，宜姑住了步，对麟趾说："不成，我们这一走，他们回寨见没有人，一定会到处追寻，万一被他们再抓回去，可就没命了。"麟趾没说什么，可也不愿意回去。宜姑至终说："还是你先走罢，我回去张罗他们，他们问你的时候，我便说你到山里捡柴去。你先回到我公公那里去报信也好。"她们商量妥当，麟趾便从一条那班兄弟们不走的小道下山去。宜姑到看不见她，才掩泪回到寨里。

小姑娘虽然学会昼伏夜行的方法，但在乱山中，夜行更是不便，加以不认得道路，遇险的机会很多，走过一夜，第二夜便不敢走了。她在早晨行人稀少的时候，遇见妇人女子才敢问道，遇见男子便藏起来。但她常走错了道，七天的粮已经快完了，那晚上她在小山岗上一座破庙歇脚。霎时间，黑云密布，山雨急来，随着电闪雷鸣。破庙边一棵枯树教雷劈开，雷音把麟趾的耳鼓几乎震破，电光闪得更是可怕。她想那破庙一定会塌下来把她压死，只是蹲在香案底下打抖擞。好容易听见雨声渐细，雷也不响，她不敢在那里逗留，便从案下爬出来。那时雨已止住了，天际仍不时地透漏着闪电的白光，使蜿蜒的山路，隐约可辨。她走出庙门，待要往前，却怕迷了路途，站着尽管出神。约有一个时辰，东方渐明，鸟声也次第送到她耳边，她想着该是走的时候，背着小包袱便离开那座破庙。一路上没遇见什么人，朝雾断续地把去处遮拦着，不晓得从什么地方来的泉声到处都听得见。正走着，前面忽然来了一队人，她是个惊弓之鸟，一看见便急急向路边的小丛林蹿进去。哪里提防到那刚被大雨洗刷过的山林湿滑难行，她没力量攀住些草木，一任双脚溜滑下去，直到山麓。她的手足都擦破了，腰也酸了，再也不能走。疲乏和伤痛使她不能不躺在树林里一块铺着朝阳的平石上昏睡。她腿上的血，殷殷地流到石上，她一点也不理会。

林外，向北便是越过梅岭的大道，往来的行旅很多。不知经过几个时辰，麟趾才在沉睡中觉得有人把她抱起来，睁眼一看，才知道被抱到一群男女当中。那班男女是走江湖卖艺的，一队是属于卖武耍把戏的黄胜，一队是属耍猴的杜强。麟趾是那耍猴的抱起来的，那卖武的黄胜取了些万应的江湖秘药来，敷她的伤口。他问她的来历，知道她是迷途的孤女，便打定主意要留她当一名艺员，耍猴用不着女子，黄胜便私下向杜强要麟趾。杜强一时任侠，也就应许了。他只声明将来若是出嫁得的财礼可以分些给他。

他们骗麟趾说他们是要到广州去，其实他们的去向无定，什么时候得到广州，都不能说。麟趾信以为真，便请求跟着他们去。那男人誊出一个竹箩，教她坐在当中，他的妻子把她挑起来。后面跟着的那个人也挑着一担行头，在他肩膀上坐着一只猕猴。他戴的那顶宽缘镶云纹的草笠上开了一个小圆洞，猕猴的头可以从那里伸出来。那人后面还跟着一个女子，牵着一只绵羊和两只狗，绵羊驮着两个包袱，最后便是扛刀枪的，麟趾与那一队人在斜阳底下向着满被野云堆着的山径前进，一霎时便不见了。

四

自从麟趾被骗以后，三四年间，就跟着那队人在江湖上往来。她去求神仙的勇气虽未消灭，而幼年的幻梦却渐次清醒。几年来除掉看一点浅近的白话报以外，她一点书也没有念，所认得的字仍是在家的时候学的，深字甚至忘掉许多。她学会些江湖伎俩，如半截美人、高跃、踏索、过天桥等等，无一不精，因此被全班的人看为台柱子，班主黄胜待她很好，常怕她不如意，另外给她好饮食。她同他们混惯了，也不觉得自己举动下流。所不改的是她总没有舍弃掉终有一天全家能够聚在一起的念头。神仙会化成人到处游行的话是她常听说的，几年来，她安心跟着黄胜走江湖，每次卖艺总是目光灼灼注视着围观的人们，人们以她为风骚，她却在认人。多少次误认了面貌与她父亲或家人相仿佛的观众。但她仍是希望着，注意着，没有一时不思念着。

他们真个回到离广州不远的一个城，住在真武庙倾破的后殿。早饭已经吃过，正预备下午的生意。黄胜坐在台阶上抽烟等着麟趾，因为她到街上买零碎东西还没回来。

从庙门外蓦然进来一个人，到黄胜跟前说："胜哥，一年多没见了！"老杜摇摇头，随即坐在台阶上说："真不济，去年那头绵羊死掉，小山就闷病了。它每出场不但不如从前活泼，而且不听话，我气起来，打了它一顿。那小畜生，可也奇怪，几天不吃东西，也死了。从它死后，我一点买卖也没做，指望赢些钱再买一只羊和一只猴，可是每赌必输，至终把行头都押出去了。现在来专意问大哥借一点。"

黄胜说："我的生意也不很好，哪里有钱借给你使。"

老杜是打定主意的，他所要求非得不可。他说："若是没钱，就把人还我。"他的意思是指麟趾。

老黄急了，紧握着手，回答他说："你说什么？那个人是你的？"

"那女孩子是我捡的，自然属于我。"

"你要，当时为何不说？那时候你说耍猴用不着她；多一个人养不起，便把她让给我。现在我已养了好几年，教会她各样玩艺，你来要回去，天下没有这个道理。"

"看来你是不愿意还我了。"

“说不上还不还，难道我这几年的心血和钱财能白费了么？我不是说以后得的财礼分给你吗？”

“好，我拿钱来赎成不成？”老杜自然等不得，便这样说。

“你！拿钱来赎？你有钱还是买一只羊、一只猴耍耍去罢，麟趾，怕你赎不起。”老黄舍不得放弃麟趾，并且看不起老杜，想着他没有赎她的资格。

“你要多少呢？”

“五百，”老黄说了，又反悔说，“不，不，我不能让你赎去，她不是你的人，你再别费话了。”

“你不让我赎，不成。多会我有五百元，多会我就来赎。”老杜没得老黄的同意，不告辞便出庙门去了。

自此以后，老杜常来跟老黄捣麻烦，但麟趾一点也不知道是为她的事，她也没去问。老黄怕以后更麻烦，心里倒想先把她嫁掉，省得老杜屡次来胡缠，但他总也没有把这意思给麟趾说，他也不怕什么，因为他想老杜手里一点文据都没有，打官司还可以占便宜。他暗地里托媒给麟趾找主，人约他在城隍庙戏台下相看，那地方是老黄每常卖艺的所在。相看的人是个当地土豪的儿子，人家叫他做郭太子。这消息给老杜知道，到庙里与老黄理论，两句不合，便动了武。幸而麟趾从外头进来，便和班里的人把他们劝开；不然，会闹出人命也不一定。老杜骂到没劲，也就走了。

麟趾问黄胜到底是怎么回事。老黄没敢把实在的情形告诉她，只说老杜老是来要钱使，一不给他，他便骂人。他对麟趾说：“因他知道我们将有一个阔堂会，非借几个钱去使使不可。可是我不晓得这一宗买卖做得成，做不成，明天下午约定在庙里先耍着看，若是合意，人家才肯下定那。你想我怎能事前借给他钱使。”

麟趾听了，不很高兴，说：“又是什么堂会！”

老黄说：“堂会不好么？我们可以多得些赏钱，姑娘不喜欢么？”

“我不喜欢堂会，因为看的人少。”

“人多人少有什么相干，钱多就成了。”

“我要人多，不必钱多。”

“姑娘，那是怎讲呢？”

“我希望在人海中能够找着我的亲人。”

黄胜笑了，他说：“姑娘！你要找亲人，我倒想给你找亲哪。除非你出阁，今生莫想有什么亲人，你连自己的姓都忘掉了！哈哈！”

“我何尝忘掉？不过我不告诉人罢了，我的亲人我认得，这几年跟着你到处走，你当我真是为卖艺么？你带我到天边海角，假如有遇见我的亲人的一天，我就不跟你了。”

“这我倒放心，你永远是遇不着的。前次在东莞你见的那个人，便说是你哥哥，愣要我去把他找来。见面谈了几句话，你又说不对了！今年年头在增城，又错认了爸爸！你记得么？哈哈！我看你把心事放开吧。人海茫茫，哪个是你的亲人？倒不如过些日子，等我给你找个好主，若生下一男半女，我保管你享用无尽。那时，我，你的师父，可也叨叨光呀。”

“师父别说废话，我不爱听。你不信我有亲人，我偏要找出来给你看。”麟趾说时像有了气。

“那么，你的亲人却是谁呢？”

“是神仙。”麟趾大声地说。

老黄最怕她不高兴，赶紧转帆说：“我逗你玩哪，你别当真，我们还是说些正经的罢，明天下午无论如何，我们得多卖些力气。我身边还有十几块钱，现在就去给你添些头面。我一会儿就回来。”他笑着拍麟趾的肩膀，便自出去了。

第二天下午，老黄领着一班艺员到艺场去，郭太子早已在人圈中占了一条板凳坐下。麟趾装饰起来，招得围观的人越多，一套一套的把戏都演完，轮到麟趾的踏索，那是她的拿手技术。老黄那天便把绳子放长，两端的铁钎都插在人圈外头。她一面走，一面演各种把式。正走到当中，啊，绳子忽然断了！麟趾从一丈多高的空间摔下来。老黄不顾救护她，只嚷说这是“老杜干的”，连骂带咒，跳出人圈外到绳折的地方。观众以为麟趾摔死了，怕打官司时被传去做证人，一哄而散。

有些人回身注视老黄，见他追着一个人往人丛中跑，便跟过去趁热闹。不一会，全场都空了。老黄追那人不着，气喘喘地跑回来，只见那两个伙计在那里收拾行头。行头被众人践踏，破坏了不少。刀枪也丢了好几把，麟趾也不见了。伙计说人乱的时候他们各人都紧伏在两箱行头上头，没看见麟趾爬起来，到人散后，就不见她躺在地上。老黄无奈，只得收拾行头，心里想这定是老杜设计把麟趾抢走，回到庙里再去找他计较，艺场中几张残破的板凳也都堆在一边。老鸦从屋脊飞下来啄地上残余的食物；树花重复发些清气，因为满身汗臭的人们都不见了。

黄胜找了老杜好几天都没下落，到郭太子门上诉说了一番。郭太子反说他是设局骗他的定钱，非把他押起来不可。老黄苦苦哀求才脱了险。他出了郭家大门，垂头走着，拐了几个弯，蓦地里与老杜在巷尾一个犄角上撞个满怀。“好，冤家路窄！”黄胜不由分说便伸出右手把老杜揪住。两只眼睛瞪得直像冒出电来，气也粗了。老杜一手揸住老黄的右手，冷不防给他一拳。老黄哪里肯让，一脚便踢过去，指着他说：“你把人藏在哪里？快说出来，不然，看老子今天结果了你。”老杜退到墙犄角上，扎好马步，两拳瞄准老黄的脑袋说：“呸！你问我要人！我正要问你呢。你同郭太子设局，把所得的钱，半个也不分给我，反来问我要人。”说着，往前一跳，两拳便飞过来，老黄闪得快，没被打着。巷口看热闹的人越围越多，巡警也来了。他们不愿意到派出所去，敷衍了巡警几句话，便教众人拥着出了巷口。

老杜跟着老黄，又走过了几条街。

老黄说：“若是好汉，便跟我回家分说。”

“怕你什么？去就去。”老杜坚决地说。

老黄见他横得很，心里倒有点疑惑。他问：“方才你说我串通郭太子，不分给你钱，是从哪里听来的狗谣言？”

“你还在我面前装呆！那天在场上看把戏的大半是郭家的手脚，你还瞒谁？”

“我若知道这事，便教我男盗女娼。那天郭太子约定来看人是不错，不过我已应许你，所得多少总要分给你，你为什么又到场上捣乱？”

老杜瞪眼看着他，说："这就是胡说！我捣什么乱？你们说了多少价钱我一点也不知道，那天我也不在那里，后来在道上就见郭家的人们拥着一顶轿子过去，一打听，才知道是从庙里扛来的。"

老黄住了步，回过头来，诧异地说："郭太子！方才我到他那里，几乎教他给押起来。你说的话有什么凭据？"

"自然有不少凭据。那天是谁把绳子故意拉断的？"老杜问。

"你！"

"我！我告诉你，我那天不在场，一定是你故意做成那样局面，好教郭太子把人抢走。"

老黄沉吟了一会，说："这我可明白了。好兄弟，我们可别打了，这事一定是郭家的人干的。"他把方才郭家的人如何蛮横，为老杜说过一遍。两个人彼此埋怨，可也没奈他何，回到真武庙，大家商量怎样打听麟趾的下落。他们当然不敢打官司，也不敢闯进郭府里去要人，万一不对，可了不得。

老杜和黄胜两人对坐着。你看我，我看你，一言不发，各自急抽着烟卷。

五

郭家的人们都忙着检点东西，因为地方不靖，从别处开来的军队进城时难免一场抢掠。那是一所五进的大房子，西边还有一个大花园，各屋里的陈设除椅桌以外，其余的都已装好，运到花园后面的石库里，花园里还留下一所房子没有收拾。因为郭太子新娶的新奶奶忌讳多，非过百日不许人搬动她屋子里的东西。

窗外种着一丛碧绿的芭蕉，连着一座假山直通后街的墙头。屋里一张紫檀嵌牙的大床，印度纱帐悬着，云石椅桌陈设在南窗底下。瓷瓶里插的一簇鲜花，香气四溢。墙上挂的字画都没取下来，一个康熙时代的大自鸣钟的摆子在静悄悄的空间的得地作响，链子末端的金葫芦动也不动一下。在窗棂下的贵妃床上坐着从前在城隍庙卖艺的女郎，她的眼睛向窗外注视，像要把无限的心事都寄给轻风吹动的蕉叶。

芭蕉外，轻微的脚音渐次送到窗前。一个三十左右的男子，到阶下站着，头也没抬起来，便叫："大官，大官在屋里么？"

里面那女郎回答说："大官出城去了，有什么事？"

那人抬头看见窗里的女郎，连忙问说："这位便是新奶奶么？"

麟趾注目一看，不由得怔了一会，"你很面善，像在哪里见过的。"她的声音很低，五尺以外几乎听不见。

那人看着她，也像在什么地方会过似的，但他一时也记不起来，至终还是她想起来。她说："你不是姓廖么？"

"不错呀，我姓廖。"

"那就对了，你现在在这一家干的什么事？"

"我一向在广州同大官做生意，一年之中也不过来一两次，奶奶怎么认得我？"

"你不是前几年娶了一个人家叫她做宜姑的做老婆吗？"

那人注目看她，听到她说起宜姑，猛然回答说："哦，我记起来了！你便是当日的麟趾小姑娘！小姑娘，你怎么会落在他手里？"

"你先告诉我宜姑现在好么？"

"她么？我许久没见她了。自从你走后，兄弟们便把宜姑配给黑牛，黑牛现在名叫黑仰白，几年来当过一阵要塞司令，宜姑跟着他养下两个儿子。这几天，听说总部要派他到上海去活动，也许她会跟着去罢。我自那年入军队不久，过不了纪律的生活，就退了伍。人家把我荐到郭大官的烟土栈当掌柜，我一直便做了这么些年。"

麟趾问："省城也能公卖烟土么？"

"当然是私下买卖，军队里我有熟人容易做，所以这几年来很剩些钱。"

"黑牛和他的弟兄们帮你贩烟土，是不是？"

"不，黑司令现在很正派，我同他的交情没有从前那么深了。我有许多朋友在别的军队里，他们时常帮助我。"

"我很想去见见宜姑，你能领我去么？"

“她不久便要到上海去，你就是到广州，也不一定能看见她。”

“今晚，就走，怎样？”

“那可不成，城里恐怕不到初更就要出乱子，我方才就是来对大官说，叫他快把大门、偏门、后门都锁起来，恐怕人进来抢。”

“他说出城迎接军队去了，不晓得什么时候能回来。或者现在就领我去罢。”

“耳目众多，不成，不成。再说要走，也不能同我走，教大官知道，会说我拐骗你。……我说你是要一走不回头呢？还是只要见一见宜姑便回来？”

“我一点也不喜欢他，那天我在城隍庙踏索子掉下来，昏过去，醒来便躺在这屋里的床上。好在身上没有什么伤，只是脚跟和手擦破，养了十几天便好了。他强我嫁给他，口里答应给我十万银做保证金，说若是他再娶奶奶，听我把十万银带走，单独过日子。我问他给了多少给黄胜，他说不用给，他没奈何他。自从我离开山寨以后，就给黄胜抢去学走江湖，几年来走了好几省地方，至终在这里给他算上了。我常想着他那样的人，连一个钱也不给黄胜，将来万一他负了心，他也照样可以把十万银子抢回去；现在钱虽然在我的名字底下存着，我可不敢相信是属于我的，我还是愿意走得远远地。他不是一个好人，跟着他至终不会有好结果，你说是不是？”

廖成注视她的脸，听着她说，他对于郭大官掳人的事早有所闻，却不知便是麟趾。他好像对于麟趾所说的没有多少可诧异的，只说：“是，他并不是个好人，但是现在的世界，哪个是好人！好人有人捧，坏人也有人捧，为坏人死的也算忠臣，我想等宜姑从上海回来，我再通知你去会她罢。”

“不，我一定要走。你若不领我去，请给我一个地址，我自己想方法。”

廖成把宜姑的地址告诉她，还劝她切要过了这个乱子才去，麟趾嘱咐他不要教郭太子知道。她说：“你走罢，一会怕有人来，我那丫头都到前院帮助收拾东西去了，你出去，请给我叫一个人进来。”

他一面走着，一面说：“我看还是等乱过去，从长慢慢地打算罢，这两天一定不能走的，道路上危险多。”

麟趾目送着廖成走出蕉丛外头，到他的脚音听不见的时候，慢慢起身到妆台前，检点她的细软和首饰之类。走出房门，上了假山，她自伤愈后这是第一次登高，想着宜姑，教她心里非常高兴，巴不得立刻到广州去见她。到墙的尽头，她探头下望，见一条黑深的空巷，一根电报杆子立在巷对面的高坡上，同围墙距离约一丈多宽。一根拴电杆的粗铅丝，从杆上离电线不远的部位，牵到墙上一座一半砌在墙里已毁的节孝坊的石柱上，几乎成为水平线。她看看园里并没有门，若要从花园逃出去，恐怕没有多少希望。

她从假山下来，进到屋里已是黄昏时分，丫头也从前院进来了。麟趾问："你有旧衣服没有？拿一套来给我。"

女婢说："奶奶要旧衣服干什么？"

"外头乱扰扰地，万一给人打进家里来，不就得改装掩人耳目么？"

"我的不合奶奶穿，我到外头去找一套进来罢。"她说着便出去了。

麟趾到丫头的卧房翻翻她的包袱，果然都是很窄小的，不合她穿。门边挂着一把雨纸伞，她拿下来打开一看，已破了大半边。在床底下有一根细绳子，不到一丈长。她摇摇头叹了一声，出来仍坐在窗下的贵妃床，两眼凝视着芭蕉。忽然拍起她的腿说："有了！"她立起来，正要出去，丫头给她送了一套竹布衣服进来。

"奶奶，这套合适不合适？"

她打开一看，连说："成，成，现在你可以到前头帮他们搬东西，等七点钟端饭来给我吃。"丫头答应一声，便离开她。她又到婢女屋里，把两竿张蚊帐的竹子取下捆起来；将衣物分做两个小包结在竹子两端，做成一根踏索用的均衡担。她试一下，觉得稍微轻一点，便拿起一把小刀走到芭蕉底下，把两棵有花蕾的砍下来，割下两个重约两斤的花蕾加在上头。随即换了衣服，穿着软底鞋，扛着均衡担飞跑上假山。沿着墙头走，到石柱那边。她不顾一切，两手揸住均衡担，踏上那很大铅丝，一步一步地走过去。到电杆那头，她忙把竹上的绳子解下来，围成一个圆套子，套着自己的腰和杆子，像尺蠖一样，一路拱下去。

下了土坡，急急向着人少的地方跑。拐了几个弯，才稍微辨识一点道路。她也不用问道，一个劲儿便跑到真武庙去，她想着教黄胜领她到广州去找宜姑，把身边带着的珠宝分给他一两件。不想真武庙的后殿已经空了，人也不晓得往哪里去了。天色已晚，邻居的人都不理会是她回来，她不敢问。她踌躇着，不晓得怎样办，在真武庙歇，又害怕；客栈，不能住；船，晚上不开，一会郭家人发觉了，一定把各路口把住，终要被逮捕回去。到巡警局报迷路罢，不成，若是巡警搜出身上的东西，倒惹出麻烦来。想来想去，还是赶出城，到城外藏一宿，再定行止。

她在道上，看见许多人在街上挤来挤去很像要闹乱子的光景。刚出城门，便听见城里一连发出砰磅的声音。街上的人慌慌张张地乱跑，铺店的门早已关好，一听见枪声，连门前的天灯都收拾起来。幸而麟趾出了城，不然，就被关在城里头。她要找一个僻静的地方去躲一下，但找来找去，总找不着，不觉来到江边。沿江除码头停泊着许多船以外，别的地方都很静。在离码头不远的地方，有一棵斜出江面的大熔树。那树的气根，根根都向着水面伸下去。她又想起藏在树上，在枪声不歇的时候，已有许多人挤在码头那边叫渡船，他们都是要到石龙去的。看他们的样子都像是逃难的人，麟趾想着不如也跟着他们去，到石龙，再赶广九车到广州。看他们把价钱讲妥了，她忙举步，混在人们当中，也上了船。

乱了一阵，小渡船便离开码头。人都伏在舱底下，灯也不敢点，城中的枪声教船后头的大橹和船头的双桨轻松地摇掉。但从雉堞影射出来的火光，令人感到是地狱的一种现象。船走得越远，照得越亮。到看不见红光的时候，不晓得船在江上已经拐了几个弯了。

六

石龙车站里虽不都是避难的旅客，但已拥挤得不堪。站台上几乎没有一寸空地，都教行李和人占满了，麟趾从她的座位起来，到站外去买些吃的东西，回来时，位已被别人占去。她站在一边，正在吃东西，一个扒手偷偷摸摸地把她放在地下那个小包袱拿走。在她没有发觉以前，后面长凳上坐着的一个老和尚便赶过来，追着那贼说：“莫走，快把东西还给人。”他说着，一面追出站外。麟趾见拿的是她的东西，也追出来。老和尚把包袱夺回来，交给她说："大姑娘，以后小心一点，在道上小人多。"

麟趾把包袱接在手里，眼泪几乎要流出来，她心里说，若是丢了包袱，她就永久失掉纪念她父亲的东西了。再则，所有的珠宝也都在里头。现出非常感激的样子，她对那出家人说："真不该劳动老师父。跑累了么？我扶老师父进里面歇歇罢。"

老和尚虽然有点气喘，却仍然镇定地说："没有什么，姑娘请进罢。你像是逃难的人，是不是？你的包袱为什么这样湿呢？"

"可不是，这是被贼抢漏了的，昨晚上，我们在船上，快到天亮的时候，忽然岸上开枪，船便停了。我一听见枪声，知道是贼来了，赶快把两个包袱扔在水里。我每个包袱本来都结着一条长绳子。扔下以后，便把一头暗地结在靠近舵边一根支篷的柱子上头。我坐在船尾，扔和结的时候都没人看见，因为客人都忙着藏各人的东西，天也还没亮看不清楚。我又怕被人知道我有那两个包袱，万一被贼搜出来，当我是财主，将我掳去，那不更吃亏么？因此我又赶紧到篷舱里人多的地方坐着。贼人上来，真凶！他们把客人的东西都抢走了。个个的身上也搜过一遍，侥幸没被搜出的很少。我身边还有一点首饰，也送给他们了，还有一个人不肯把东西交出，教他们打死了，推下水去。他们走后，我又回到船后去，牵着那绳子，可只剩下一个包袱，那一个恐怕是教水冲掉了。"

"我每想着一次一次的革命，逃难的都是阔人。他们有香港、澳门、上海可去。逃不掉的，只有小百姓。今日看见车站这么些人，才觉得不然。所不同的，是小百姓不逃固然吃亏，逃也便宜不了。姑娘很聪明，想得到把包袱扔在水里，真可佩服。"

麟趾随在后头回答说："老师父过奖，方才把东西放下，就是显得我很笨；若不是师父给追回来，可就不得了。老师父也是避难的么？"

"我么？出家人避什么难？我从罗浮山下来，这次要到普陀山去朝山。"说时，回到他原来的坐位，但位已被人占了，他的包袱也没有了。他的神色一点也不因为丢了东西更变一点，只笑说："我的包袱也没了！"

心里非常不安的麟趾从身边拿出一包现银，大约二十元左右，对他说："老师父，我真感谢你，请你把这些银子收下罢。"

"不，谢谢，我身边还有盘缠。我的包袱不过是几卷残经和一件破袈裟而已。你是出门人，多一元在身边是一元的用处。"

他一定不受，麟趾只得收回。她说："老师父的道行真好，请问法号怎样称呼？"

那和尚笑说："老衲没有名字。"

"请告诉我，日后也许会再相见。"

"姑娘一定要问，就请叫我做罗浮和尚便了。"

"老师父一向便在罗浮吗？听你的口音不像是本地人。"

"不错，我是北方人。在罗浮出家多年了，姑娘倒很聪明，能听出我的口音。"

"姑娘倒很聪明。"在麟趾心里好像是幼年常听过的。她父亲的形貌，她已模糊记不清了，她只记得旺密的大胡子，发亮的眼神。因这句话，使她目注在老和尚脸上。光圆的脸，一根胡子也不留，满颊直像铺上一层霜，眉也白得像棉花一样，眼睛带着老年人的混浊颜色，神采也没有了。她正要告诉老师父她原先也是北方人，可巧汽笛的声音夹着轮声，轨道震动声，一齐送到。

"姑娘，广州车到了，快上去罢，不然占不到好座位。"

"老师父也上广州么？"

"不，我到香港候船。"

麟趾匆匆地别了他，上了车，当窗坐下。人乱过一阵，车就开了。她探出头来，还望见那老和尚在月台上。她凝望着，一直到车离开很远的地方。

她坐在车里，意象里只有那个老和尚，想着他莫不便是自己的父亲？可惜方才他递包袱时，没留神看看他的手，又想回来，不，不能够，也许我自己以为是，其实是别人。他的脸不很像哪！他的道行真好，不愧为出家人。忽然又想：假如我父亲仍在世，我必要把他找回来，供养他一辈子。呀，幼年时代甜美的生活，父母的爱惜，我不应当报答吗？不，不，没有父母的爱，父母都是自私自利的。为自己的名节，不怕把全家杀死。也许不止父母如此，一切的人都是自私自利的。

从前的女子，不到成人，父母必要快些把她嫁给人。为什么？留在家里吃饭，赔钱。现在的女子，能出外跟男子一样做事，父母便不愿她嫁了。他们愿意她像儿子一样养他们一辈子，送他们上山。不，也许我的父母不是这样。他们也许对，是我不对，不听话，才会有今日的流离。

她一向便没有这样想过，今日因着车轮的转动摇醒了她的心灵。“你是聪明的姑娘！”“你是聪明的姑娘！”轮子也发出这样的声音。这明明是父亲的话，明明是方才那老和尚的话。不知不觉中，她竟滴了满襟的泪。泪还没干，车已入了大沙头的站台了。

出了车站，照着廖成的话，雇一辆车直奔黑家。车走了不久时候，至终来到门前。两个站岗的兵问她找谁，把她引到上房，黑太太紧紧迎出来，相见之下，抱头大哭一场。佣人面面相觑，莫名其妙。

黑太太现在是个三十左右的女人，黑老爷可已年近半百。她装饰得非常时髦，锦衣、绣裙，用的是欧美所产胡奴的粉，杜丝的脂，古特士的甲红，鲁意士的眉黛，和各种著名的香料。她的化妆品没有一样不是上等，没有一件是中国产物。黑老爷也是面团团，腹便便，绝不像从前那凶神恶煞的样子，寒暄了两句，黑老爷便自出去了。

“妹妹，我占了你的地位。”这是黑老爷出去后，黑太太对麟趾的第一句话。

麟趾直看着她，双眼也没眨一下。

“唉，我的话要从哪里说起呢？你怎么知道找到这里来？你这几年来到哪里去了？”

“姊姊，说来话长，我们晚上有功夫细细谈罢，你现在很舒服了，我看你穿的用的便知道了。”

“不过是个绣花枕而已，我真是不得已。现在官场，专靠女人出去交际，男人才有好差使，无谓的应酬一天不晓得多少，真是把人累得要死。”

她们真个一直谈下去，从别离以后，谈到彼此所过的生活。宜姑告诉麟趾他祖父早已死掉，但村里那间茅屋她还不时去看看，现在没有人住，只有一个人在那里守着。她这几年跟人学些注音字母，能够念些浅近文章，在话里不时赞美她丈夫的好处。麟趾心里也很喜欢，最能使她开心的便是那间茅舍还存在。她又要求派人去访寻黄胜，因为她每想着她欠了他很大的恩情。宜姑也应许为她去办，她又告诉宜姑早晨在石龙车站所遇的事情，说她几乎像看见父亲一样。

这样的倾谈决不能一时就完毕，好几天或好几个月都谈不完，东江的乱事教黑老爷到上海的行期改早些，他教他太太过些日子再走。因此宜姑对于麟趾，第二天给她买穿，第三天给她买戴，过几天又领她到张家，过几时又介绍她给李家。一会是同坐紫洞艇游河，一会又回到白云山附近的村居。麟趾的生活在一两个星期中真像粘在枯叶下的冷蛹，化了蝴蝶，在旭日和风中间翻舞一样。

东江一带的秩序已经渐次恢复。在一个下午，黑府的勤务兵果然把黄胜领到上房来。麟趾出来见他，又喜又惊。他喜的是麟趾有了下落，他怕的是军人的势力。她可没有把一切的经过告诉他，只问他事变的那天他在哪里。黄胜说他和老杜合计要趁乱领着一班穷人闯进郭太子的住宅，他们两人希望能把她夺回来，想不到她没在那里。郭家被火烧了，两边死掉许多人，老杜也被打死了，郭家的人活的也不多。郭太子在道上教人掳去，到现在还不知下落。他见事不济，便自逃回城隍庙去，因为事前他把行头都存在那里，伙计没跟去的也住在那里。

麟趾心里想着也许廖成也遇了险。不然，这么些日子，怎么不来找我，他总知道我会到这里来。因为黄胜不认识廖成，问也没用，她问黄胜愿意另谋职业，还是愿意干他的旧营生。黄胜当然不愿再去走江湖，她于是给了他些银钱。但他愿意在黑府当差，宜姑也就随便派给他当一名所谓国术教官。

黑家的行期已经定了，宜姑非带麟趾去不可，她想着带她到上海，一定有很多帮助。女人的脸曾与武人的枪平分地创造了人间一大部历史。黑老爷要去联络各地战主，也许要仗着麟趾才能成功。

七

南海的月亮虽然没有特别动人的容貌，因为只有它来陪着孤零的轮船走，所以船上很有些与它默契的人。夜深了，轻微的浪涌，比起人海中政争匪掠的风潮还舒适得多。在枕上的人安宁地听着从船头送来波浪的声音，直如催眠的歌曲。统舱里躺着、坐着的旅客还没尽数睡着，有些还在点五更鸡[①]煮挂面，有些躺在一边烧鸦片，有些围起来赌钱。几个要到普陀朝山的和尚受不了这种人间浊气，都上到舱面找一个僻静处所打坐去了，在石龙车站候车的那个老和尚也在里头。船上虽也可以入定，但他们不时也谈一两句话。从他们的谈话里，我们知道那老和尚又回到罗浮好些日子，为的是重新置备他的东西。

在那班和尚打坐的上一层甲板，便是大菜间客人的散步地方，藤椅上坐着宜姑，麟趾靠着舷边望月，别的旅客大概已经睡着了。宜姑日来看见麟趾心神恍惚，老像有什么事挂在心头一般，在她以为是待她不错；但她总是望着空间想，话也不愿意多说一句。

"妹妹，你心里老像有什么事，不肯告诉我。你是不喜欢我们带你到上海去么？也许你想你的年纪大啦，该有一个伴了。若是如此，我们一定为你想法子。他的交游很广，面子也够，替你选择的人准保不错。"宜姑破了沉寂，坐在麟趾背后这样对她说。她心里是想把麟趾认作妹妹，介绍给一个督军的儿子当作一种政治钓饵，万一不成，也可以藉着她在上海活动。

麟趾很冷地说："我现在谈不到那事情，你们待我很好，我很感激。但我老想着到上海时，顺便到普陀去找找那个老师父，看他还在那里不在，我现在心里只有他。"

"你准知道他便是你父亲吗？"

"不，我不过思疑他是。我不是说过那天他开了后门出去，没听见他回到屋里的脚音吗？我从前信他是死了，自从那天起教我希望他还在人间。假如我能找着他，我宁愿把所有的珠宝给你换那所茅屋，我同他在那里住一辈子。"麟趾转过头来，带着满有希望的声调对着宜姑。

① 五更鸡：一种便于在夜间煮食的小煤油或汽油炉。

“那当然可以办的到，不过我还是希望你不要做这样没有把握的寻求。和尚们多半是假慈悲，老奸巨猾的不少；你若有意去求，若是有人知道你的来历，冒充你父亲，教你养他一辈子，那你不就上了当？幼年的事你准记得清楚么？”

“我怎么不记得？谁能瞒我？我的凭证老带在身边，谁能瞒得过我？”她说时拿出她几年来常在身边的两截带指甲的指头来，接着又说；“这就是凭证。”

“你若是非去找他不可，我想你一定会过那飘泊的生活，万一又遇见危险，后悔就晚了。现在的世界乱得很，何苦自己去找烦恼？”

“乱么？你我都见过乱，也尝过乱的滋味，那倒没有什么，我的穷苦生活比你多过几年，我受得了，你也许忘记了。你现在的地位不同，所以不这样想。假若你同我换一换生活，你也许也会想去找你那耳聋的祖父罢。”她没有回答什么，嘴里漫应着：“唔，唔。”随即站起来，说：“我们睡去罢，不早了。明天一早起来看旭日，好不好？”

“你先去罢，我还要停一会儿才能睡咧。”

宜姑伸伸懒腰，打了一个呵欠，说声“明天见！别再胡思乱想了，妹妹。”便自进去了。

她仍靠在舷边，看月光映得船边的浪花格外洁白。独自无言，深深地呼吸着。

甲板底下那班打坐的和尚也打起盹来了。他们各自回到统舱里去。下了扶梯，便躺着，那个老是用五更鸡煮挂面的客人，他虽已睡去，火仍是点着。一个和尚的袍角拂倒那放在上头的锅，几乎烫着别人的脚。再前便是那抽鸦片的客人，手拿着烟枪，仰面打鼾，烟灯可还未灭，黑甜的气味绕缭四围，斗纸牌的还在斗着，谈话的人可少了。

月也回去了，这时只剩下浪吼、轮动的声音。

宜姑果然一清早便起来看海天旭日，麟趾却仍在睡乡里，报时的钟打了六下，甲板上下早已洗得干干净净。统舱的客人先后上来盥漱，麟趾也披着寝衣出来，坐在舷边的漆椅上，在桅梯边洗脸的和尚们牵引了她的视线。她看见那天在石龙车站相遇的那个老师父，喜欢得直要跳下去叫他。正要走下去，宜姑忽然在背后叫她，说："妹妹，你还没穿衣服咧。快吃早点了，还不去梳洗？"

"姊姊，我找着他了！"她不顾一切还是要下扶梯。宜姑进前几步，把她揪住，说："你这像什么样子，下去不怕人笑话，我看你真是有点迷。"她不由分说，把麟趾拉进舱房里。

"姊姊，我找着他了！"她一面换衣服，一面说，"若果是他，你得给我靠近燕塘的那间茅屋，我们就在那里住一辈子。"

"我怕你又认错了人，你一见和尚便认定是那个老师父，我准保你又会闹笑话，我看吃过早饭叫'播外'[①]下去问问，若果是，你再下去不迟。"

"不用问，我准知道是他。"她三步做一步跳下扶梯来。那和尚已漱完口下舱去了，她问了旁边的人便自赶到统舱去，下扶梯过急，猛不防把那点着的五更鸡踢倒。汽油洒满地，火跟着冒起来。

舱里的搭客见楼梯口着火，个个都惊慌失措，哭的，嚷的，乱跑的，混在一起。麟趾退上舱面，脸吓得发白，话也说不出来。船上的水手，知道火起，忙着解开水龙。警钟响起来了！

舱底没有一个敢越过那三尺多高的火焰。忽然跳出那个老和尚，抱着一张大被窝腾身向火一扑，自己倒在火上压着。他把火几乎压灭了一半，众人才想起掩盖的一个法子。于是一个个拿被窝争着向剩下的火焰掩压。不一会把火压住了，水龙的水也到了，忙乱了一阵，好容易才把火扑灭了，各人取回冲湿的被窝时，直到最底下那层，才发现那老师父，众人把他扛到甲板上头，见他的胸背都烧烂了。

他两只眼虽还睁着，气息却只留着一丝，众人围着他，但具有感激他为众舍命的恐怕不多。有些只顾骂点五更鸡的人，有些却咒那行动卤莽的女子。

麟趾钻进人丛中，满脸含泪，那老师父的眼睛渐次地闭了，她大声叫："爸爸！爸爸！"

众人中，有些肯定地说他死了。麟趾揸着他的左手，看看那剩下的三个指头。

① "播外"，即boy的译音，此处指茶役。

她大哭起来，嚷说：“真是我的爸爸呀！”这样一连说了好几遍。宜姑赶下来，把她扶开，说：“且别哭啦，若真是你父亲，我们回到屋里再打算他的后事。在这里哭惹得大众来看热闹，也没什么好处。”

她把麟趾扶上去以后，有人打听老和尚和那女客的关系，却没有一个人知道，他同伴的和尚也不很知道他的来历。他们只知道他是从罗浮山下来的。有一个知道详细一点，说他在某年受戒，烧掉两个指头供养三世法佛。这话也不过是想，当然并没有确实的凭据，同伴的和尚并没有一个真正知道他的来历。他们最多知道他住在罗浮不过是四五年光景，从哪里得的戒牒也不知道。

宜姑所得的回报，死者是一个虔心奉佛燃指供养的老和尚。麟趾却认定他便是好几年前自己砍断指头的父亲。死的已经死掉，再也没法子问个明白，他们也不能教麟趾不相信那便是她爸爸。

她躺在床上，哭得像泪人一般，宜姑在旁边直劝她。她说：“你就将他的遗体送到普陀或运回罗浮去为他造一个塔，表表你的心也就够了。”

统舱的秩序已经恢复，麟趾到停尸的地方守着。她心里想：这到底是我父亲不是？他是因为受戒烧掉两个指头的么？一定的，这样的好人，一定是我父亲，她的泪沉静地流下，可是急剧地滴到膝上。她注目看着那尸体，好像很认得，可惜记忆不能给她一个反证。她想到普陀以后若果查明他的来历不对，就是到天边海角，她也要再去找找。她的疑心，很能使她再去过游浪的生活，长住在黑家决不是她所愿意的事。她越推想越入到非非之境，气息几乎像要停住一样。船仍在无涯的浪花中漂着，烟囱冒出浓黑的烟，延长到好几百丈，渐次变成灰白色，一直到消灭在长空里头。天涯的彩云一朵一朵浮起来，在麟趾眼里，仿佛像有仙人踏在上头一般。

归 途

她坐在厅上一条板凳上头，一手支颐，在那里纳闷。这是一家佣工介绍所。已经过了糖瓜祭灶的日子，所有候工的女人们都已回家了，唯独她在绍介所里借住了二十几天，没有人雇她，反欠下媒婆王姥姥十几吊钱。姥姥从街上回来，她还坐在那里，动也不动一下，好像不理会的样子。

王姥姥走到厅上，把买来的年货放在桌上，一面把她的围脖取下来，然后坐下，喘几口气。她对那女人说："我说，大嫂，后天就是年初一，个人得打个人的主意了。你打算怎办呢？你可不能在我这儿过年，我想你还是先回老家，等过了元宵再来罢。"

她蓦然听见王姥姥这些话，全身直像被冷水浇过一样，话也说不出来。停了半晌，眼眶一红，才说："我还该你的钱那。我身边一个大子也没有，怎能回家呢？若不然，谁不想回家？我已经十一二年没回家了。我出门的时候，我的大妞儿才五岁，这么些年没见面，她爹死，她也不知道，论理我早就该回家看看。无奈……"她的喉咙受不了伤心的冲激，至终不能把她的话说完，只把泪和涕来补足她所要表示的意思。

王姥姥虽想撵她，只为十几吊钱的债权关系，怕她一去不回头，所以也不十分压迫她。她到里间，把身子倒在冷炕上头，继续地流她的苦泪。净哭是不成的，她总得想法子。她爬起来，在炕边拿过小包袱来，打开，翻翻那几件破衣服。在前几年，当她随着丈夫在河南一个地方的营盘当差的时候，也曾有过好几件皮袄。

自从编遣的命令一下，凡是受编遣的就得为他的职业拚命。她的丈夫在郑州那一仗，也随着那位总指挥亡于阵上。败军的眷属在逃亡的时候自然不能多带行李。她好容易把些少细软带在身边，日子就靠着零当整卖这样过去。现在她什么都没有了，只剩下当日丈夫所用的一把小手枪和两颗枪子。许久她就想着把它卖出去，只是得不到相当的人来买。此外还有丈夫剩下的一件军装大氅和一顶三块瓦式的破皮帽。那大氅也就是她的被窝，在严寒时节，一刻也离不了它。她自然不敢教人看见她有一把小手枪，拿出来看一会，赶快地又藏在那件破大氅的口袋里头。小包袱里只剩下几件破衣服，卖也卖不得，吃也吃不得。她叹了一声，把它们包好，仍旧支着下巴颚纳闷。

黄昏到了，她还坐在那冷屋里头。王姥姥正在明间做晚饭，忽然门外来了一个男人。看他穿的那件镶红边的蓝大褂，可以知道他是附近一所公寓的听差。那人进了屋里，对王姥姥说，“今晚九点左右去一个。”

“谁要呀？”王姥姥问。

“陈科长。”那人回答。

“那么，还是找鸾喜去罢。”

“谁都成，可别误了。”他说着，就出门去了。

她在屋里听见外边要一个人，心里暗喜说，天爷到底不绝人的生路，在这时期还留给她一个吃饭的机会。她走出来，对王姥姥说：“姥姥，让我去罢。”

“你哪儿成呀？”王姥姥冷笑着回答她。

“为什么不成呀？”

“你还不明白吗？人家要上炕的。”

“怎样上炕呢？”

“说是呢！你一点也不明白！”王姥姥笑着在她的耳边如此如彼解释了些话语，然后说：“你就要，也没有好衣服穿呀。就是有好衣服穿，你也得想想你的年纪。”

她很失望地走回屋里。拿起她那缺角的镜子到窗边自己照着。可不是！她的两鬓已显出很多白发，不用说额上的皱纹，就是颧骨也突出来像悬崖一样了。她不过是四十二三岁人，在外面随军，被风霜磨尽她的容光，黑滑的鬃髻早已剪掉，剩下的只有满头短乱的头发。剪发在这地方只是太太、少奶、小姐们的时装，她虽然也当过使唤人的太太，可是要给人佣工，这样的装扮就很不合适，这也许是她找不着主的缘故罢。

王姥姥吃完晚饭就出门找人去了。姥姥那套咬耳朵的话倒启示了她一个新意见。她拿着那条冻成一片薄板样的面布，到明间白炉子上坐着的那盆热水烫了一下。她回到屋里，把自己的脸匀匀地擦了一回，瘦脸果然白净了许多。她打开炕边一个小木匣，拿起一把缺齿的木梳，拢拢头发。粉也没了，只剩下些少填满了匣子的四个犄角。她拿出匣子里的东西，用一根簪子把那些不很白的剩粉剔下来，倒在手上，然后往脸上抹。果然还有三分姿色，她的心略为开了。她出门回去偷偷地把人家刚贴上的春联撕了一块；又到明间把灯罩积着的煤烟刮下来。她醮湿了红纸来涂两腮和嘴唇，用煤烟和着一些头油把两鬓和眼眉都涂黑了。这一来，已有了六七分姿色。心里想着她蛮可以做“上炕”的活。

王姥姥回来了。她赶紧迎出来，问她，她好看不好看。王姥姥大笑说：“这不是老妖精出现么！”

“难看么？”

“难看倒不难看，可是我得找一个五六十岁的人来配你。哪儿找去？就使有老头儿，多半也是要大姑娘的。我劝你死心罢，你就是到下处去，也没人要。”

她很失望地又回到屋里来，两行热泪直滚出来，滴在炕席上不久就凝结了，没廉耻的事情，若不是为饥寒所迫，谁愿意干呢？若不是年纪大一点，她自然也会做那生殖机能的买卖。

她披着那件破大氅，躺在炕上，左思右想，总得不着一个解决的方法。夜长梦短，她只睁着眼睛等天亮。

二十九那天早晨，她也没吃什么，把她丈夫留下的那顶破皮帽戴上，又穿上那件大氅，乍一看来，可像一个中年男子。她对王姥姥说：“无论如何，我今天总得想个法子得一点钱来还你。我还有一两件东西可以当当，出去一下就回来。”

王姥姥也没盘问她要当的是什么东西，就满口答应了她。

她到大街上一间当铺去，问伙计说：”我有一件军装，您柜上当不当呀？”

“什么军装？”

“新式的小手枪。”她说时从口袋里掏出那把手枪来。掌柜的看见她掏枪，吓得赶紧望柜下躲。她说：“别怕，我是一个女人，这是我丈夫留下的，明天是年初一，我又等钱使，您就当周全我，当几块钱使使罢。”

伙计和掌柜的看她并不像强盗，接过手枪来看看。他们在铁槛里唧唧咕咕地商议了一会。最后由掌柜的把枪交回她，说：“这东西柜上可不敢当。现在四城的军警查得严，万一教他们知道了，我们还要担干系。你拿回去罢。你拿着这个，可得小心。”掌柜的是个好人，才肯这样地告诉她，不然他早已按警铃叫巡警了。无论她怎样求，这买卖柜上总不敢做，她没奈何只得垂着头出来。幸而她旁边没有暗探和别人，所以没有人注意。

她从一条街走过一条街，进过好几家当铺也没当成。她也有一点害怕了。一件危险的军器藏在口袋里，当又当不出去，万一给人知道，可了不得。但是没钱，怎好意思回到介绍所去见王姥姥呢？她一面走一面想，最后决心不如先回家再说罢。她的村庄只离西直门四十里地，走路半天就可以到。她到西四牌楼，还进过一家当铺，还是当不出去，不由得带着失望出了西直门。

她走到高亮桥上，站了一会。在北京，人都知道有两道桥是穷人的去路，犯法的到天桥去，活腻了的到高亮桥来。那时正午刚过，天本来就阴暗，间中又飘了些雪花，桥的水都冻了。在河当中，流水隐约地在薄冰下流着。她想着，不站了罢，还是往前走好些。她有了主意，因为她想起那十二年未见面的大妞儿现在已到出门的时候了，不如回家替她找个主儿，一来得些财礼，二来也省得累赘。一身无罣碍，要往前走也方便些。自她丈夫被调到郑州以后，两年来就没有信寄回乡下。家里的光景如何？女儿的前程怎样？她自都不晓得。可是她自打定了回家嫁女儿的主意以后，好像前途上又为她露出一点光明，她于是带着希望在向着家乡的一条小路走着。

雪下大了。荒凉的小道上，只有她低着头慢慢地走，心里想着她的计划。迎面来了一个青年妇人，好像是赶进城买年货的。她戴着一顶宝蓝色的帽子，帽上还安上一片孔雀翎；穿上一件桃色的长棉袍；脚底下穿着时式的红绣鞋。这青年妇女从她身边闪过去，招得她回头直望着她。她心里想，多么漂亮的衣服呢，若是她的大妞儿有这样一套衣服，那就是她的嫁妆了。然而她哪里有钱去买这样时样的衣服呢？她心里自己问着，眼睛直盯在那女人的身上。那女人已经离开她四五十步远近，再拐一个弯就要看不见了。她看四围一个人也没有，想着不如抢了她的，带回家给大妞儿做头面。这个念头一起来，使她不由回头追上前去，用粗厉的声音喝着："大姑娘，站住，你那件衣服借我使使罢。"那女人回头看见她手里拿着枪，恍惚是个军人，早已害怕得话都说不出来，想要跑，腿又不听使，她只得站住，问："你要什么？"

"我什么都要。快把衣服，帽子，鞋，都脱下来。身上有钱都得交出来，手镯、戒指、耳环，都得交我。不然，我就打死你。快快，你若是嚷出来，我可不饶你。"

那女人看见四围一个人也没有，嚷出来又怕那强盗真个把她打死，不得已便照她所要求的一样一样交出来。她把衣服和财物一起卷起来，取下大氅的腰带束上，往北飞跑。

那女人的一切东西都给剥光了，身上只剩下一套单衣裤。她坐在树根上直打抖擞，差不多过了二十分钟才有一个骑驴的人从那道上经过。女人见有人来，这才嚷救命。驴儿停止了。那人下驴，看见她穿着一身单衣裤。问明因由，便仗着义气说："大嫂，你别伤心，我替你去把东西追回来。"他把自己披着的老羊皮筒脱下来扔给她，"你先披着这个罢，我骑着驴去追她，一会儿就回来。那兔强盗一定走得不很远，我一会就回来，你放心吧。"他说着，鞭着小驴便往前跑。

她已经过了大钟寺，气喘喘地冒着雪在小道上窜。后面有人追来，直嚷："站住，站住。"她回头看看，理会是来追她的人，心里想着不得了，非与他拼命不可。她于是拿出小手枪来，指着他说："别来，看我打死你。"她实在也不晓得要怎办，姑且把枪比仿着。驴上的人本来是赶脚的，他的年纪才二十一二岁，血气正强，看见她拿出枪来，一点也不害怕，反说："瞧你，我没见过这么小的枪。你是从市场里的玩意儿铺买来瞎蒙人，我才不怕那。你快把人家的东西交给我罢，不然，我就把你捆上，送司令部，枪毙你。"

她听着一面望后退，但驴上的人节节迫近前，她正在急的时候，手指一攀，无情的枪子正穿过那人的左胸，那人从驴背掉下来，一声不响，软软地摊在地上。这是她第一次开枪，也没瞄准，怎么就打中了！她几乎不信那驴夫是死了，她觉得那枪的响声并不大，真像孩子们所玩的一样，她慌得把枪扔在地上，急急地走进前，摸那驴夫胸口，"呀，了不得！"她惊慌地嚷出来，看着她的手满都是血。

她用那驴夫衣角擦净她的手，赶紧把驴拉过来，把刚才抢得的东西夹上驴背，使劲一鞭，又望北飞跑。

一刻钟又过去了。这里坐在树底下披着老羊皮的少妇直等着那驴夫回来。一个剃头匠挑着担子来到跟前。他也是从城里来，要回家过年去。一看见路边坐着的那个女人，便问："你不是刘家的新娘子么！怎么大雪天坐在这里？"女人对他说刚才在这里遇着强盗。把那强盗穿的什么衣服，什么样子，一一地告诉了他。她又告诉他本是要到新街口去买些年货，身边有五块现洋，都给抢走了。

这剃头匠本是她邻村的人，知道她新近才做新娘子。她的婆婆欺负她外家没人，过门不久便虐待她到不堪的地步。因为要过新年，才许她穿戴上那套做新娘时的衣帽，交给她五块钱，叫她进城买东西。她把钱丢了，自然交不了差，所以剃头匠便也仗着义气，应许上前追盗去。他说："你别着急，我去看看到底是怎么一回事。"他说着，把担放在女人身边，飞跑着望北去了。

剃头匠走到刚才驴夫丧命的地方，看见地下躺着一个人。他俯着身子，摇一摇那尸体，惊惶地嚷着："打死人了！闹人命了！"他还是望前追，从田间的便道上赶上来一个巡警。郊外的巡警本来就很少见，这一次可碰巧了。巡警下了斜坡，看见地下死一个人，心里断定是前头跑着的那人干的事。他于是大声喝着："站住，往哪里跑呢，你？"

他蓦然听见有人在后面叫，回头看是个巡警，就住了脚，巡警说："你打死人，还望哪里跑？”

“不是我打死的，我是追强盗的。”

“你就是强盗，还追谁呀？得，跟我到派出所回话去。”巡警要把他带走。他多方地分辩也不能教巡警相信他。

他说：“南边还有一个大嫂在树底下等着呢，我是剃头匠，我的担子还撂在那里呢，你不信跟我去看看。”

巡警不同他去追贼，反把他揪住，说：“你别废话啦，你就是现行犯，我亲眼看着，你还赖什么？跟我走吧。”他一定要把剃头的带走。剃头匠便求他说，“难道我空手就能打死人吗？您当官明理，也可以知道我不是凶手。我又不抢他的东西，我为什么打死他呀？”

“哼，你空手？你不会把枪扔掉吗？我知道你们有什么冤仇呢？反正你得到所里分会去。”巡警忽然看见离尸体不远处有一把浮现在雪上的小手枪，于是进前去，用法绳把它拴起来，回头向那人说：“这不就是你的枪吗？还有什么可说么？”他不容分诉，便把剃头匠带往西去。

这抢东西的女人，骑在驴上飞跑着，不觉过了清华园三四里地。她想着后面一定会有人来追，于是下了驴，使劲给它一鞭。空驴望北一直地跑，不一会就不见了，她抱着那卷赃物，上了斜坡，穿入那四围满是稠密的杆松的墓田里。在坟堆后面歇着，她慢慢地打开那件桃色的长袍，看看那宝蓝色孔雀翎帽，心里想着若是给大妞儿穿上，必定是很时样。她又拿起手镯和戒指等物来看，虽是银的，可是手工很好，决不是新打的。正在翻弄，忽然像感触到什么一样，她盯着那银镯子，像是以前见过的花样。那不是她的嫁妆吗？她越看越真，果然是她二十多年前出嫁时陪嫁的东西，因为那镯上有一个记号是她从前做下的。但是怎么流落在那女人手上呢？这个疑问很容易使她想那女人莫不就是她的女儿。那东西自来就放在家里，当时随丈夫出门的时候，婆婆不让多带东西，公公喜欢热闹，把大妞儿留在身边。不到几年两位老亲相继去世。大妞儿由她的婶婶抚养着，总有五六年的光景。

她越回想越着急。莫不是就抢了自己的大妞儿？这事她必要根究到底。她想着若带回家去，万一就是她女儿的东西，那又多么难为情。她本是为女儿才做这事来，自不能教女儿知道这段事情。想来想去，不如送回原来抢她的地方。

她又望南，紧紧地走。路上还是行人稀少，走到方才打死的驴夫那里，她的心惊跳得很厉害，那时雪下得很大，几乎把尸首掩没了一半。她想万一有人来，认得她，又怎办呢？想到这里，又要回头望北走。踌躇了很久，至终把她那件男装大氅和皮帽子脱下来一起扔掉，回复她本来的面目，带着那些东西望南迈步。

她原是要把东西放在树下过一夜，希望等到明天，能够遇见原主回来，再假说是从地下捡起来的。不料她刚到树下，就见那青年的妇人还躺在那里，身边放着一件老羊皮，和一挑剃头担子，她不明白是什么意思，只想着这个可给她一个机会去认认那女人是不是她的大妞儿。她不顾一切把东西放在一边，进前几步，去摇那女人。那时天已经黑了，幸而雪光映着，还可以辨别远近。她怎么也不能把那女人摇醒，想着莫不是冻僵了？她捡起羊皮给她盖上。当她的手摸到那女人的脖子的时候，触着一样东西，拿起来看，原来是一把剃刀。这可了不得，怎么就抹了脖子啦！她抱着她的脖子也不顾得害怕，从雪光中看见那副清秀的脸庞，虽然认不得，可有七八分像她初嫁时的模样。她想起大妞儿的左脚有个骈趾，于是把那尸体的袜子除掉，试摸着看。可不是！她放声哭起来，“儿呀”，“命呀”，杂乱地喊着。人已死了，虽然夜里没有行人，也怕人听见她哭，不由得把声音止住。

东村稀落的爆竹断续地响，把这除夕在凄凉的情境中送掉。无声的银雪还是飞满天地，老不停止。

第二天就是元旦，巡警领着检察官从北来。他们验过驴夫的尸，带着那剃头的来到树下。巡警在昨晚上就没把剃头匠放出来，也没来过这里，所以那女人用剃刀抹脖子的事情，他们都不知道。

他们到树底下，看见剃头担子还放在那里，已被雪埋了一二寸。那边一个四十多岁的女人搂着那剃头匠所说被劫的新娘子。雪几乎把她们埋没了。巡警进前摇她们，发现两个人的脖子上都有刀痕。在积雪底下搜出一把剃刀。新娘子的桃色长袍仍旧穿得好好地；宝蓝色孔雀翎帽仍旧戴着；红绣鞋仍旧穿着。在不远地方的雪堆里，捡出一顶破皮帽，一件灰色的破大氅。一班在场的人们都莫名其妙，面面看相，静默了许久。

文论与诗歌

学术界不能创辟新路，是因没有认识问题，在故纸堆里率尔拿起一两件不成问题而自己以为有趣味的事情便洋洋洒洒地做起“文章”来。学术上的问题不在新旧而在需要，需要是一切学问与发明的基础。如果为学而看不见所需要的在哪里，他所求的便不会发生什么问题，也不会有什么用处。没有问题的学问就是死学问，就是不能创辟新途径的书本知识。

——《国粹与国学》

许地山常年漂泊在外，足迹遍布东西方的多个国家，对于中国传统文化、西方现代文学与印度文学，以及道教、佛教文化等都有着非常深入的了解。许地山身处社会与文化都在剧烈变革的时期，对于中国传统文化与当前的文学创作有着自己独树一帜的见解。其文学理论曾产生了广泛的社会影响，对当时的文学发展起到了重要作用。

许地山在创作散文、小说的同时，也写下了一些富有自身特色的诗歌作品，虽然其诗歌作品不多，但其中深刻反映了许地山的写作风格与艺术特点，不失为那个时代中，很有欣赏价值的作品。

国粹与国学

“国粹”这个名词原是不见于经传的。它是在戊戌政变后，当“中学为体，西学为用”的呼声嚷到声嘶力竭的时候所呼出来的一个怪口号。又因为《国粹学报》的刊行，这名词便广泛地流行起来。编《辞源》的先生们在“国粹”条下写着：“一国物质上，精神上，所有之特质。此由国民之特性及土地之情形，历史等，所养成者。”这解释未免太笼统，太不明了。国民的特性，地理的情形，历史的过程，乃至所谓物质上与精神上的特质，也许是产生国粹的条件，未必就是国粹。陆衣言先生在《中华国语大辞典》里解释说，“本国特有的优越的民族精神与文化”，就是国粹。这个比较好一点，不过还是不大明白。在重新解释国粹是什么之前，我们应当先问条件。

一，一个民族所特有的事物不必是国粹。特有的事物无论是生理上的，或心理上的，或地理上的，只能显示那民族的特点，可是这特点，说不定连自己也不欢喜它。假如世间还有一个尾巴的民族，从生理上的特质，使他们的尾巴显出手或脚的功用，因而造成那民族的精神与文化。以后他们有了进化学的知识，知道自己身上的尾巴是连类人猿都没有了的，在知识与运动上也没有用尾巴的必要，他们必会厌恶自己的尾巴，因而试要改变从尾巴产出来的文化。用缺乏碘质的盐，使人现出粗颈的形态，是地理上及病理上的原因。由此颈腺肿的毛病，说话的声音，衣服的样式，甚至思想，都会受影响的。可是我们不能说这特别的事物是一种“粹”，认真说来，却是一种“病”。假如有个民族，个个身上都长了无毒无害的瘿瘤，忽然有个装饰瘿瘤的风气，渐次成为习俗，育为特殊文化，我们也不能用“国粹”的美名来加在这“爱瘿民族”的行为上。

二，一个民族在久远时代所留下的遗风流俗不必是国粹。民族的遗物如石镞、雷斧；其风俗，如种种特殊的礼仪与好尚，都可以用物质的生活、社会制度或知识程度来解释它们，并不是绝对神圣，也不必都是优越的。三代尚且不同礼，何况在三代以后的百代万世？那么，从久远时代所留下的遗风流俗，中间也曾经过千变万化，当我们说某种风俗是从远古时代祖先已是如此做到如今的时候，我们只是在感情上觉得是如此，并非理智上真能证明其为必然。我们对于古代事物的爱护并不一定是为“保存国粹”，乃是为知识、为知道自己的过去，和激发我们对于民族的爱情。我们所知与所爱的不必是“粹”，有时甚且是“渣”。古坟里的土俑，在葬时也许是一件不祥不美之物，可是千百年后会有人拿来当做宝贝，把它放在紫檀匣里，在人面前被夸耀起来。这是赛宝行为，不是保存国粹。在旧社会制度底下，一个大人物的丧事必要举行很长时间的仪礼，孝子如果是有官守的，必定要告“丁忧”，在家守三年之丧。现在的社会制度日日在变迁着，生活的压迫越来越重，试问有几个孝子能够真正度他们的“丁忧”日子呢？婚礼的变迁也是很急剧的。这个用不着多说，如到十字街头睁眼看看便知道了。

三，一个民族所认为美丽的事物不必是国粹。许多人以为民族文化的优越处在多量地创造各种美丽的事物，如雕刻、绘画、诗歌、书法、装饰等。但是美或者有共同的标准，却不能说有绝对的标准的。美的标准寄在那民族对于某事物的形式，具体的，或悬像的好尚。因好尚而发生感情，因感情的奋激更促成那民族公认他们所以为美的事物应该怎样。现代的中国人大概都不承认缠足是美，但在几十年前，“三寸金莲”是高贵美人的必要条件，所谓“小脚为娘，大脚为婢”，现在还萦回在年辈长些的人们的记忆里。在国人多数承认缠足为美的时候，我们也不能说这事是国粹，因为这所谓“美”，并不是全民族和全人类所能了解或承认的。中国人如没听过欧洲的音乐家歌咏，对于和声固然不了解，甚至对于高音部的女声也会认为像哭丧的声音，毫不觉得有什么趣味。同样地，欧洲人若不了解中国戏台上的歌曲，也会感觉到是看见穿怪样衣服的疯人在那里作不自然的呼嚷。我们尽可以说所谓“国粹”不一定是人人能了解的，但在美的共同标准上最少也得教人可以承认，才够得上说是有资格成为一种“粹”。

从以上三点，我们就可以看出所谓“国粹”必得在特别、久远，与美丽之上加上其它的要素。我想来想去，只能假定说：一个民族在物质上，精神上与思想上对于人类，最少是本民族，有过重要的贡献，而这种贡献是继续有功用，继续在发展的，才可以被称为国粹。我们假定的标准是很高的。若是不高，又怎能叫做“粹”呢？一般人所谓国粹，充其量只能说是“俗道”的一个形式（俗道是术语 Folk-Ways 的翻译，我从前译作“民彝”）。譬如在北平，如要做一个地道的北平人，同时又要合乎北平人所理想的北平人的标准的时候，他必要想到保存北平的“地方粹”，所谓标准北平人少不了的六样——天棚，鱼缸，石榴树，鸟笼，叭狗，大丫头，——他必要具备。从一般人心目中的国粹看来，恐怕所“粹”的也像这“北平六粹”，但我只承认它为俗道而已。我们的国粹是很有限的，除了古人的书画与雕刻，丝织品，纸，筷子，豆腐，乃至精神上所寄托的神主等，恐怕不能再数出什么来。但是在这些中间已有几种是功用渐次丧失的了。像神主与丝织品是在趋向到没落的时期，我们是没法保存的。

这样“国粹沦亡”或“国粹有限”的感觉，不但是我个人有，我信得过凡放开眼界、能视察和比较别人的文化的人们都理会得出来。好些年前，我与张君劢先生好几次谈起这个国粹问题。有一次，我说过中国国粹是寄在高度发展的祖先崇拜上，从祖先崇拜可以找出国粹的种种。有一次，张先生很感叹地说：“看来中国人只会写字作画而已。”张先生是政论家，他是叹息政治人才的缺乏，士大夫都以清谈雅集相尚，好像大人物必得是大艺术家，以为这就是发扬国光，保存国粹。《国粹学报》所揭橥的是自经典的训注或诗文字画的评论，乃至墓志铭一类的东西，好像所萃的只是这些。“粹”与“学”好像未曾弄清楚，以致现在还有许多人以为“国粹”便是“国学”。近几年来，“保存国粹”的呼声好像又集中在书画诗古文辞一类的努力上，于是国学家、国画家乃至“科学书法家”，都像负着“神圣使命”，想到外国献宝去。古时候是外国到中国来进宝，现在的情形正是相反，想起来，岂不可痛！更可惜的是这班保存国粹与发扬国光的文学家及艺术家们不想在既有的成就上继续努力，只会做做假古董，很低能地描三两幅宋元画稿，写四五条苏黄字帖，做一二章毫无内容的诗文古辞，反自诩为一国的优越成就都荟萃在自己身上。但一研究他们的作品，只会令人觉得比起古人有所不及，甚至有所诬蔑，而未曾超越过前人所走的路。“文化人”的最大罪过，制造假古董来欺己欺人是其中之一。

我们应当规定“国粹”该是怎样才能够辨认，哪样应当保存，哪样应当改进或放弃。凡无进步与失功用的带“国”字头的事物，我们都要下功夫做澄清的工作，把渣滓淘汰掉，才能见得到“粹”。从我国往时对于世界文化的最大贡献看来，纸与丝不能不被承认为国粹。可是我们想想我们现在的造纸工业怎样了？我们一年中要向外国购买多量的印刷材料。我们日常所用的文具，试问多少是“国”字头的呢？可怜得很，连书画纸，现在制造的都不如从前。技艺只有退化，还够得上说什么国粹呢！讲到丝，也是过去的了。就使我们能把蚕虫养到一条虫可以吐出三条的丝量，化学的成就，已能使人造丝与乃伦丝夺取天然丝的地位。养蚕文化此后是绝对站不住的了。蚕虫要回到自然界去，蚕茧要到博物院，这在我们生存的期间内一定可以见得着的。

讲到精神文化更能令人伤心。现代化的物质生活直接和间接地影响到个个中国人身上。不会说洋话而能吃大菜、穿洋服、行洋礼的固不足为奇，连那仅能维系中国文化的宗族社会（这与宗法社会有点不同），因为生活的压迫，也渐渐消失了。虽然有些地方还能保存着多少形式。但它的精神已经不是那么一回事了。割股疗亲的事固然现在没人鼓励，纵然有，也不会被认为合理。所以精神文化不是简单地复现祖先所曾做，曾以为是天经地义的事，必得有个理性来维系它，批评它，才可以。民族所遗留下来的好精神，若离开理智的指导，结果必流入虚伪和夸张。古时没有报纸，交通方法也不完备，如须“俾众周知”的事，在文书的布告所不能用时，除掉举行大典礼、大宴会以外，没有更简便的方法。所以一个大人物的殡仪或婚礼，非得铺张扬厉不可。现在的人见闻广了，生活方式繁杂了，时间宝贵了，长时间的礼仪固然是浪费，就是在大街上吹吹打打，做着夸大的自我宣传，也没有人理会了。所谓遵守古礼的丧家，就此地说，雇了一班搽脂荡粉的尼姑来拜忏，到冥衣库去定做纸洋房、纸汽车乃至纸飞机；在丧期里，聚起亲朋大赌大吃，鼓乐喧天，夜以继日。试问这是保存国粹么？这简直是民族文化的渣滓，沉淀在知识落后与理智昏聩的社会里。在香港湾仔市场边，一到黄昏后，每见许多女人在那里“集团叫惊”，这也是文化的沉淀现像。有现代的治病方法，她们不会去用，偏要去用那无利益的俗道。评定一个地方的文化高低不在看那里的社会能够保存多少样国粹，只要看他们保留了多少外国的与本国的国渣便可以知道。屈原时代的楚国，在他看是醉了的，我们当前的中国在我看是疯了。疯狂是行为与思想回到祖先的不合理的生活，无系统的思想与无意识的行为的状态。疯狂的人没有批评自己的悟性，没有解决问题的能力，从天才说，他也许是个很好的艺术家或思想家，但决不是文化的保存者或创造者。

要清除文化的渣滓不能以感情或意气用事，须要用冷静的头脑去仔细评量我们民族的文化遗产。假如我们发现我们的文化是陈腐了，我们也不应当为它隐讳，愣说我们所有的一切都是优越的。好的固然要留，不好的就应当改进。翻造古人的遗物是极大的罪恶，如果我们认识这一点，才配谈保存国粹。国粹在许多进步的国家中也是很讲究的，不过他们不说是“粹”，只说是“国家的承继物”或“国家的遗产”而已（这两个词的英文是 National Inheritance，及 Legacy of the Nation）。文化学家把一国优越的遗制与思想述说出来给后辈的国民知道，目的并不在“赛宝”或“献宝”，像我们目前许多国粹保存家所做的，只是要把祖先的好的故事与遗物说出来与拿出来，使他们知道民族过去的成就，刺激他们更加努力向更成功的途程上迈步。所以知识与辨别是很需要的，如果我们知道唐诗，作诗就十足地仿少陵、拟香山，了解宋画，动笔就得意地摹北苑、法南宫，那有什么用处？纵然所拟的足以乱真，也不如真的好。所以我看这全是渣，全是无生命的尸体，全是有臭味的干屎橛。

我们认识古人的成就和遗留下来的优越事物，目的在温故知新，绝不是要我们守残复古。学术本无所谓新旧，只问其能否适应时代的需要。谈到这里，我们就检讨一下国学的价值与路向了。

钱宾四先生指出现代中国学者“以乱世之人而慕治世之业”，所学的结果便致“内部未能激发个人之真血性，外部未能针对时代之真问题”。这话，在现象方面是千真万确，但在解释方面，我却有些不同意见。我看中国“学术界无创辟新路之志趣与勇气”的原因，是自古以来我们就没有真学术。退一步讲，只有真学术的起头，而无真学术的成就。所谓“通经致用”只是“做官技术”的另一个说法，除了学做官以外，没有学问。做事人才与为学人才未尝被分别出来。“学而优则仕”，显然是鼓励为仕大夫之学。这只是治人之学，谈不到是治事之学，更谈不到是治物之学。现代学问的精神是从治物之学出发的。从自然界各种现象的研究，把一切分出条理而成为各种科学，再用所谓科学方法去治事而成为严密的机构。知识基础既经稳固，社会机构日趋完密，用来对付人，没有不就范的。治人是很难的，人在知识理性之外还有自己的意志，与自己的感情意气，不像实验室里的研究者对付他的研究对象，可以随意处置的。所以如不从治物与治事之学做起，则治人之学必贵因循，仍旧贯，法先王。因循比变法维新来得更有把握，代表高度发展的祖先崇拜的儒家思想，尤其要鼓励这一层。所谓学问，每每是因袭前人而不敢另辟新途。因为新途径的走得通与否，学者本身没有绝对的把握，纵然有，一般人的智慧、知识，乃至感情意气也未必能容忍，倒不如向着那已经有了权证而被承认的康庄大道走去，既不会碰钉，又可以生活得顺利些。这样一来，学问当然看不出是人格的结晶，而只为私人在社会上博名誉、占地位的凭借。被认为有学问的，不管他有的是否真学问或哪一门的知识，便有资格做官。许多为学者写的传记或墓志，如果那文中的主人是未尝出仕的，作者必会做“可惜他未做官，不然必定是个廊庙之器”的感叹，好像一个人生平若没做过官就不算做过人似的。这是“学而优则仕”的理想的恶果。再看一般所谓文学家所做的诗文多是有形式无内容的“社交文艺”，和贵人的诗词，撰死人的墓志，题友朋或友朋所有的书画的签头跋尾。这样地做文辞才真是一种博名誉占地位的凭借。我们没有伟大的文学家，因为好话都给前人说尽了，作者只要写些成语，用些典故，再也没有可用的工夫了。这样情形，不产生“文抄公”与“誊文公”，难道还会笃生天才的文豪，诞降天纵的诗圣么？

学术原不怕分得细密，只问对于某种学术有分得这样细密的必要没有。学术界不能创辟新路，是因没有认识问题，在故纸堆里率尔拿起一两件不成问题而自己以为有趣味的事情便洋洋洒洒地做起“文章”来。学术上的问题不在新旧而在需要，需要是一切学问与发明的基础。如果为学而看不见所需要的在哪里，他所求的便不会发生什么问题，也不会有什么用处。没有问题的学问就是死学问，就是不能创辟新途径的书本知识。没有用处的学问就不算是真学问，只能说是个人趣味，与养金鱼、栽盆景，一样地无关大旨，非人生日用所必需的。学术问题固然由于学者的知识的高低与悟力的大小而生，但在用途上与范围的大小上也有不同。“一只在园里爬行的龟，对于一块小石头便可以成为一个不可克服的障碍物；设计铁道线的工程师，只主要地注意到山谷广狭的轮廓；但对于想着用无线电来联络大西洋的马可尼，他的主要的考虑只是地球的曲度，因为从他的目的看来，地形上种种详细情形是可以被忽视的”这是我最近在一本关于生物化学的书（W.O.Kermock and P.Eggleton：The Stuff We're of.pp.15—16）里头所谈到的一句话。同一样的文通问题，因为知识与需要的不同便可以相差得那么远。钱先生所举出的“平世”与“乱世”之学的不同点，在前者注重学问本身，后者贵在能造就人才与事业者。其实前者为后者的根本，没有根本，枝干便无从生长出来。我们不必问平世与乱世，只问需要与不需要。如有需要，不妨把学术分门别类，讲到极窄狭处，讲到极精到处；如无所需，就是把问题提出来也嫌他多此一举。一到郊外走走，就看见有许多草木我们连名字都不知道，其中未必没有有用的植物，只因目前我们未感觉须要知道它们，对于它们毫无知识还可以原谅。如果我们是植物学家，那就有知道它们的需要了。在欧美有一种种草专家，知道用哪种草与哪种草配合着种便可以使草场更显得美观，和耐于践踏，易于管理，冬天还可以用方法教草不黄萎。这种专门学问在目前的中国当然是不需要，因为我们的生活程度还没达到那么高，稻粱还种不好，哪能讲究到草要怎样种呢？天文学是最老的学问，却也是最幼稚的和最新的学术。我们在天文学上的学识缺乏，也是因为我们还没曾需要到那么迫切。对于日中黑点的增减，云气变化的现象，虽然与我们有关系，因为生活方式未发展到与天文学发生密切关系的那步田地，便不觉得它有什么问题，也不觉得有研求的需要了。一旦我们在农业上，航海航空上，物理学上，乃至哲学上，需要涉及天文学的，我们便觉得需要，因为应用到日常生活上，那时，我们就不能说天文学是没有用的了。所以不需要就没有学问，没有学问就没有技术。“不需无学，不学无术”我想这八个字应为学者的金言；但要注意后四个字的新解说是不学问就没有技术，不是骂人的话。

中国学术的支离破碎，一方面是由于“社交学问”的过度讲究，一方面是为学人才的无出路。我所谓社交学问就是钱先生所谓私人在社会博名誉占地位的学问。这样的“学者”对于学问多半没有真兴趣，也不求深入，说起来，样样都懂，门门都通，但一问起来，却只能作皮相之谈。这只能称为“为说说而学问”，还够不上说“为学问而学问”。我们到书坊去看看，太专门的书的滞销，与什么ABC、易知、易通之类的书的格外旺市，便可以理会“讲专门窄狭之学者”太少了。为学人才与做事人才的分不开，弄到学与事都做不好。做事人才只须其人对于所事有基本学识，在操业的进程上随着经验去求改进，从那里也有达到高深学识的可能，但不必个个人都需要如此的。为学人才注重在一般事业上所不能解决或无暇解决的问题的探究。譬如电子的探究、数理的追寻，乃至人类与宇宙的来源，是一般事业所谈不到的，若没有为学人才去做工夫，我们的知识是不完备的。欧美各国都有公私方面设立的研究所、学院，予学者以生活上相当的保障。各大学都有“学侣”的制度，使新进的学人能安心从事于学业，在中国呢？要研究学问，除非有钱、有闲，最低限度也得当上大学教授，才可说得上能够为学。在欧美的余剩学者最少还有教会可投；在中国，连大学教授也有吃不饱的忧虑。这样情形，繁难的学术当然研究不起，就是轻可的也得自寻方便，不知不觉地就会跑到所谓国学的途程上。这样的学者，因为吃不饱，身上是贫血的，怎能激发什么“真血性”；因为是温故不知新，知识上也是贫血的，又怎能针对什么“真问题”呢？今日中国学术界的弊在人人以为他可以治国学。为学的方法与目的还未弄清，便想写“不朽之作”，对于时下流行的研究题目，自己一以为有新发现或见解，不管对不对，便武断地写文章。在发掘安阳，发现许多真龟甲文字之后，章太炎老先生还愣说甲骨文都是假的！以章先生的博学多闻还有执着，别人更不足责了。还有，社交学问本来是为社交，做文章是得朋友们给作者一个大拇指看，称赞他几句，所以流行的学术问题他总得猎涉，以资谈助；讨论龟甲文的时候，他也来谈龟甲文，讨论中西文化的潮流高涨时，他也说说中西文化，人家谈佛学，他就吃起斋来，人家称赞中国画，他就来几笔松竹梅，这就是所谓“学风”的坏现象，这就是“社交学问”的特征。

钱先生所说“学者各榜门户，自命传统”，在国学界可以说相当地真。“学有师承”与“家学渊源”是在印版书流行之前，学者不容易看到典籍，谁家有书他们便负笈前去拜门。因为书的钞本不同，解释也随着歧异，随学的徒弟们从师傅所得的默记起来或加以疏说，由此互相传授成为一家一派的学问，这就是“师承”所由来。书籍流行不广的时代，家有藏书，自然容易传授给自己的子孙，某家传诗，某家传礼，成为独门学问，拥有的甚可引以为荣，因此为利，婚宦甚至可以占便宜，所以“家学渊源”的金字招牌，在当时是很可以挂得出来的。自印版书流行以后，典籍伸手可得，学问再不能由私家独占，只要有读书的兴趣，便可以多看比一家多至百倍千倍的书，对于从前治一经只凭数卷抄本甚至依于口授乃不能不有抱残守阙的感想。现在的学问是讲不清“师承”的，因为“师”太多了，承谁的为是呢？我在广州曾于韶舞讲习所从龙积之先生学，在随宦学堂受过龙伯纯先生的教，二位都是康有为先生的高足，但我不敢说我师承了康先生的学统。在大学里的洋师傅也有许多是直接或间接承传着西洋大学者的学问的，但我也不敢自称为哲姆斯、斯宾塞、柏格森、马克思、慕乐诸位的学裔。在尊师重道的时代，出身要老师推荐，婚姻要问家学，所以为学贵有师承和有渊源，现在的学者是学无常师，他向古今中外乃至自然界求学问，师傅只站在指导与介绍知识的地位，不能都像古时当做严君严父看。印版书籍流行以后，聚徒讲学容易，在学问上所需指导的不如在人格上所需熏陶的多，所以自程朱以后，修身养性变为从师授徒的主要目标，格物致知退于次要地位。这一点，我觉得是很重要的。从师若不注意怎样做人的问题，纵然学有师承，也只能得到老师的死的知识，不能得到他的活的能力。我希望讲师承的学者们注意到这一层。

至于学问为个人私利主义，竞求温饱的话，我以为现在还是说得太早。在中国，社交学问除外，以真学问得温饱算起来还是极少数，而且这样的学者多数还是与“洋机关”有关系的。我们看高深学术的书籍的稀罕，以及研究风气的偏颇，便可理会竞求温饱的事实还有重新调查的余地。到外国去出卖中国文化的学者，若非社交的学问家便是新闻事业家。他们当然是为温饱而出卖关于中国的学问的。我们不要把外国人士对于中国文化的了解力估量得太高，他们所要的正是一般社交的学问家与新闻事业家所能供给的。一个多与欧美一般的人士接触的人，每理会到他们所要知道的中国文化不过是像缠足的起源，龙到底是什么动物，姨太太怎样娶法、风水怎样看法之类，只要你有话对他们说，他们便信以为真，便以为你是中国学者。许多人到中国来访这位、问那位，归根只是要买几件骨董或几幅旧画。多数人的意向并不在研究中国文化，只在带些中国东西回去可以炫耀于人。在外国批发中国文化的学者，他们的地位是和卖山东蓝绸或汕头抽纱的商人差不多，不过斯文一点而已。

在欧美的学者可以收费讲学，但在中国，不收费的讲学会，来听讲还属寥寥，以学问求温饱简直是不容易谈。这样为学只求得过且过，只要社会承认他是学者，他便拿着这个当敲门砖，管什么人格的结晶与不结晶。这也许是中国学者在社会国家上多不能为国士国师而成为国贼国狗，在学问上多不能成为先觉先知而成为学棍学蠹的一个原因罢。我取的是“衣食足而后知礼义”的看法，所以要说：“得温饱才能讲人格。”中国学术界中许多人正在饥寒线底下挣扎着，要责备他们在人格上有什么好榜样，在学问上有什么新贡献，这要求未免太苛了。还有，得温饱并不见得就是食前方丈，广厦万间，只求学者在生活上有保障，研究材料的供给方便与充足就够了。须知极度满足的生活，也不是有识的学者所追求的。

学术除掉民族特有的经史之外是没有国界的。民族文化与思想的渊源，固然要由本国的经史中寻觅，但我们不能保证新学术绝对可以从其中产生出来。新学术要依学术上的问题的有无，与人间的需要的缓急而产生，决不是无端从天外飞来的。一个民族的文化的高低是看那民族能产生多少有用的知识与人物，而不是历史的久远与经典的充斥。牛津大学每年间所收的新刊图书可以排出几十里长，若说典籍的数量，我们现在更不如人家。钱先生假定自道咸而下，向使中国学术思想乃至政治制度社会风俗在与西洋潮流相接触之前先变成一个样子，则中国人可以立定脚跟，而对此新潮，加以辨认与选择，而分别迎拒与蓄泄。这话也有讨论的必要。我上头讲过现代学问的精神是从治物之学出发的，治物之学也可以说是格物之学，而中国学术一向是被社交学问、社交文艺，最多也不过是做人之学所盘踞，所谓“朴学”不过为少数人所攻治，且不能保证其必为进身之阶。朴学家除掉典章制度的考据而外，还有多少人知道什么格物之学呢？医学是读不成书的人们所入的行；老农老圃之业为孔门弟子所不屑谈；建筑是梓人匠人的事，兵器自来是各人找与自己合适的去用；蚕桑纺织是妇人的本务；这衣，食，住，行，卫五种民族必要的知识，中国学者一向就没曾感觉到应当括入学术的范围，操知识与智慧源泉的纯粹科学更谈不到了。治物之学导源于求生活上安适的享受的理想和试要探求宇宙根源的谜。学者在实验室里用心去想，用手去做，才能有所成就。中国学术岂但与人生分成两橛，与时代失却联系，甚至心不应手，因此，多半是纸上谈得好、场上栽筋斗的把戏。不动手做，就不能有新发见，就不能有新学术。假如中国的学术思想乃至政治制度社会风俗会自己变更的话，乾嘉以前有千多年的机会，乾嘉以后也不见得就绝对没有。

日本的维新怎么就能成功，中国的改革怎么就屡次失败呢？化学是从中国道家的炼丹术发展的，怎么在中国本土，会由外丹变成内丹了？对的思想落在不对的实验上，结果是造成神秘的迷信，不能产出利用厚生的学问。医学并不见得不行，可是所谓国医，多半未尝研究过《本草》里所载的药物，只读两三本汤头歌诀之类便挂起牌来。千年来，我们的医学在生理、药物、病理等学问上曾有什么贡献呢？近年来从事提炼中国药物的也是具有科学知识的西医的功劳。在学问的认识上，中国人还是倾向道家的。道家不重知与行，也不信进步，改革自然是谈不到的。我想乾嘉以后，中国学术纵然会变，也不会变到自己能站得住而能分别迎拒与蓄泄西洋学潮的地步，纵然会，也许会把人家的好处扔掉，把人家的坏处留起来。像明末的西洋教士介绍了科学知识和他们宗教制度，试问我们迎的是什么呢？中华文化，可怜得很，真是一泓死水呀！这话十年前我不这样说，五年前我不忍这样说，最近我真不能不这样说了。不过死水还不是绝可悲的，只要水不涸，还可以想方法增加水量，使之澄清，使之溢出。这工夫要靠学术界的治水者的努力才有希望。世间无不死之人，也无不变的文化，只要做出来的事物合乎国民的需要，能解决民生日用的问题的就是那民族的文化了。

要知道中国现在的境遇的真相和寻求解决中国目前的种种问题，归根还是要从中国历史与其社会组织、经济制度的研究入手。不过研究者必要有世界学术的常识，审慎择别，不可抱着“叫花子吃死蟹，只只好”的态度。那么，外国那几套把戏自然也能够辨认与选择，不至于随波逐流，终被狂涛怒浪所吞咽。中国学术不进步的原因，文字的障碍也是其中最大的一个。我提出这一点，许多国学大师必定要伸舌头的。但真理自是真理，稍微用冷静的头脑去思维一下便可以看出中国文字问题的严重。我们到现在用的还不是拼音文字，难学难记难速写，想用它来表达思想，非用上几十年的工夫不可。读三五年书，简直等于没读过。许多大学毕业生自从出来做事之后便不去摸书本。他们尚且如此，程度低些的更可知。繁难的文字束缚了思想，限制了读书人，所以中国文化最大的毒害便是自己的文字。一翻古籍便理会几十万言的书已很少见，百万千万言的书更属稀罕了。到现在，不说入学之门的百科全书没有，连一部比较完备的字典都没有。国人不理会这是文化低落的病根，反而自诩为简洁。不知道简洁文字只能表现简单思想，像用来做诗词，写游记是很够的。从前学问的范围有限，用简洁的文体，把许多不应当省掉的字眼省略掉还不觉得意义很晦涩，读者可用自己的理会力来补足文中的意思。现代的科学记载把一个字错放了地位都不成，简省更不用说了。我们的命不加长，而所要知要学的东西太多，如果写作不从时间上节省是不成的。我们自己的文化担负已是够重的了，现在还要担负上欧美的文化，这就是钱先生所谓“两水斗啮”的现象，其实是中国人挣扎于两重文化的压迫底下的现像。欧美的文化，我们不能不担负，欧美人却不必要担负我们的文化，人家可以不学汉文而得所需的知识，我们不学外国文成么？这显然是我们的文化落后所给的刑罚，目前是没法摆脱的。要文化的水平线提高，非得采用易于学习的拼音文字不可[①]。千字课或基本汉字不能解决这个严重问题，因为在学术上与思想表现上是须要创造新字的，如果到了思想繁杂的阶段，几千字终会不够用，结果还是要孳乳出很多很多的方块字。现在有人用“圕”表示“图书馆”，用“箥”表示“博物院”，一个字谈成三个音，若是这类字多起来，中国六书的系统更要出乱子。拼音字的好处在以音达意，不是以形表意，有什么话就写出什么话，直截了当，不用计较某字该省，某句应缩，意思明白，头脑就可以训练得更缜密。虽然拼音文字中如英文法文等还不能算是真正拼音的，但我们须以拼音法则为归依，不是欧美文字为归依。表达思想的工具不好，自然不能很快地使国民的知识提高。人家做十年，我们非得加上五六倍的时间不可。日本维新的成功，好在他们有“假名”，教育普及得快，使他们的文化能追踪欧美。我们一向不理会这一点，因为我们对于汉字有很深切的敬爱，几十年来的拼音字母运动每被学者们所藐视与反对。许多人只看文字是用来做诗写文的，能摇头摆脚哼出百几十字便自以为满足了。改良文字对于这种人固然没有多大的益处，但为学术的进步着想，我们不能那么浪费时间采用难写难记的文字。古人惜寸阴分阴，现代的中国人更应当爱惜丝毫光阴。因为用高速度来成就事物是现代民族生存的必要条件。

---

① 许地山关于“拼音文字”的意见，是“拉丁化新文字”方案的延续。这一方案是1931年在海参崴举行的中国新文字第一次代表大会上由吴玉章等人拟定的，其要点是用拉丁字母拼写汉语、不标记声调。1933年起国内各地相继成立团体进行推广。1935年12月上海中文拉丁化研究会发起《我们对于推行新文字的意见》签名运动，半年之内，有蔡元培、柳亚子、鲁迅、郭沫若、茅盾等文教界人士六百六十八人签名。

德国这次向东方进兵，事实上是以血换油。油是使速度增进的重要材料。不但在战争上，即如在其他事业上，如果着手或成功稍微慢了些，便等于失败。所以人家以一切来换时间，我们现在还想以时间来换一切，这种守株待兔的精神是要不得的。国民智力的低下，中国文字要负很重的责任。智力的高低就是发见问题与解决问题的能力的速度的高低。我以为汉字不改革，则一切都是没有希望的。用文字记载思想本来和用针来缝布成衣服差不多，从前的针一端是针口，另一端是穿线的针鼻。缝纫的人一针一针地做，不觉得不方便。但是缝衣机发明了，许多不需要的劳动不但可以节省而且能很快地缝了许多衣服。缝衣机的成功只在将针鼻移到与针口同在一端上。拼音文字运动也是试要把音与义打成一片。不过要移动一下这“文字的针鼻”，虽然只是分寸的距离，若用的人不了悟，纵然经过千百年也不能成功。旧工具不适于创造新学术，就像旧式的针不能做更快更整齐的衣服一样。有使中国文化被西方民族吸收愿望的先当注意汉字的改革，然后去求学术上的新贡献，光靠残缺的骨董此后是卖不出去的。

中国目前的问题，不怕新学术呼不出，也不怕没人去做专门名家之业，所怕的是知识不普及。一般人的常识不足，凡有新来的吃的用的享受的，不管青红皂白，胡乱地赶时髦。读书人变成士大夫，把一般群众放在脑后，不但不肯帮助他们，反而压迫他们。从农村出来的读书人不肯回到农村去，弄到每个村都现出经济与精神破产的现象。在都市的人们，尤其是懂得吹洋号筒的官人贵女们，整个生活都沉在花天酒地里，批评家说他们是在“象牙之塔”里过日子。其实中国哪里来的“象牙之塔”？我所见的都是一幢幢的“牛骨之楼”罢了。我们希望于学术界的是在各部门里加紧努力，要做优等人而不厌恶劣等的温饱，切莫做劣等人而去享受优等的温饱。那么，平世之学与乱世之学就不必加以分别了。现在国内的大学教授，他们的薪俸还不如运输工人所得的多，我们当然不忍说他们是藏身一曲，做着与私人温饱相宜的名山事业。不用说生存上，即如生活上必需的温饱，是谁都有权利要求的。读书人将来会归入劳动阶级，成为“智力劳动者”，要恢复到四民之首的领导地位，除非现在正在膨胀着的资产制度被铲除，恐怕是不容易了。

〔附言〕六月二十四日某先生在《华字日报》写了一篇质问我的文章，题目是《国粹与国渣》，文中有些问题发得很幼稚，值不得一答。唯有问什么是“国粹”一点，使我在学问的良心上不能不回答一下。我因此又连想到六月八日钱穆先生在《大公报》发表的星期论文《新时代与新学术》，觉得其中几点也有提出来共同讨论的必要，所以写成这一篇，希望的是能抛砖引出宝玉来。文中大意是曾于六月二十八日对岭英中学高中毕业生讲过的。

创作的三宝和鉴赏的四依

雁冰，圣陶，振铎诸君发起创作讨论，叫我也加入。我知道凡关于创作的理论他们一定说得很周到，不必我再提起，我对于这个讨论只能用个人如豆的眼光写些出来。

现代文学界虽有理想主义（Idealism）和写实主义（Realism）两大倾向，但不论如何，在创作者这方面写出来的文字总要具有“创作三宝”才能参得文坛的上禅。创作的三宝不是佛、法、僧，乃是与此佛、法、僧同一范畴的智慧、人生和美丽。所谓创作三宝不是我的创意，从前西欧的文学家也曾主张过。我很赞许创作有这三种宝贝，所以要略略地将自己的见解陈述一下。

（一）智慧宝

创作者个人的经验，是他的作品的无上根基。他要受经验的默示，然后所创作的方能有感力达到鉴赏者那方面。他的经验，不论是由直接方面得来，或者由间接方面得来，只要从他理性的评度，选出那最玄妙的段落——就是个人特殊的经验有裨益于智慧或识见的片段——描写出来。这就是创作的第一宝。

（二）人生宝

创作者的生活和经验既是人间的，所以他的作品需含有人生的原素。人间生活不能离开道德的形式。创作者所描写的纵然是一种不道德的事实，但他的笔力要使鉴赏者有“见不肖而内自省”的反感，才能算为佳作。即使他是一位神秘派、象征派，或唯美派的作家，他也需将所描那些虚无缥缈的，或超越人间生活的事情化为人间的，使之和现实或理想的道德生活相表里。这就是创作的第二宝。

（三）美丽宝

美丽本是不能独立的，他要有所附丽才能充分地表现出来。所以要有乐器、歌喉，才能表现声音美；要有光暗、油彩，才能表现颜色美；要有绮语、丽词，才能表现思想美。若是没有乐器，光暗，言文等，那所谓美就无着落，也就不能存在。单纯的文艺创作——如小说、诗歌之类——的审美限度只在文字的组织上头；至于戏剧，非得具有上述三种美丽不可。因为美有附丽的性质，故此，列它为创作的第三宝。

虽然，这三宝也是不能彼此分离的。一篇作品，若缺乏第二、第三宝，必定成为一种哲学或科学的记载；若是只有第二宝，便成为劝善文；只有第三宝，便成为一种六朝式的文章。所以我说这三宝是三实一，不能分离。换句说话，这就是创作界的三位一体。

已经说完创作的三宝，那鉴赏的四依是什么呢？佛教古德说过一句话："心如工画师，善画诸世间。"文艺的创作就是用心描画诸世间的事物。冷热诸色，在画片上本是一样地好看，一样地当用。不论什么派的画家，有等善于用热色，喜欢用热色；有等善于用冷色，喜欢用冷色。设若鉴赏者是喜欢热色的，他自然不能赏识那爱用冷色的画家的作品。他要批评（批评就是鉴赏后的自感）时，必需了解那主观方面的习性、用意和手法才成。对于文艺的鉴赏，亦复如是。

现在有些人还有那种批评的刚愎性，他们对于一种作品若不了解，或不合自己意见时，不说自己不懂，或说不符我见，便尔下一个强烈的否定。说这个不好，那个不妙。这等人物，鉴赏还够不上，自然不能有什么好批评。我对于鉴赏方面，很久就想发表些鄙见，现在因为讲起创作，就联到这问题上头。不过这里篇幅有限，不能容尽量陈说，只能将那常存在我心里的鉴赏四依提出些少便了。

佛家的四依是："依义不依语；依法不依人；依智不依识；依了义经不依不了义经。"鉴赏家的四依也和这个差不多。现时就在每依之下说一两句话——

（一）依义

对于一种作品，不管他是用什么方言，篇内有什么方言参杂在内，只要令人了解或感受作者所要标明的义谛，便可以过得去。鉴赏者不必指摘这句是土话，那句不雅驯，当知真理有时会从土话里表现出来。

（二）依法

须要明了主观——作者——方面的世界观和人生观，看他能够在艺术作品上充分地表现出来不能，他的思想在作品上是否有系统。至于个人感情需要暂时搁开，凡有褒贬不及人，不受感情转移。

（三）依智

凡有描写不外是人间的生活，而生活的一段一落，难保没有约莫相同之点，鉴赏者不能因其相像而遂说他是落了旧者窠臼的。约莫相同的事物很多，不过看创作者怎样把他们表现出来。譬如一件很平常的事情，在常人视若无足轻重，然而一到创作者眼里便能将自己的观念和那事情融化，经他一番地洗染，便成为新奇动听的创作。所以鉴赏创作，要依智慧，不要依赖一般识见。

（四）依了义

有时创作者的表现力过于超迈，或所记情节出乎鉴赏者经验之外，那么，鉴赏者须在细心推究之后才可以下批评。不然，就不妨自谦一点，说声，“不知所谓，不敢强解。”对于一种作品，若是自己还不大懂得，那所批评的，怎能有彻底的论断呢？

总之，批评是一种专门工夫，我也不大在行，不过随缘诉说几句罢了。有的人用批八股文或才子书的方法来批评创作，甚至毁誉于作者自身。若是了解鉴赏四依，哪会酿成许多笔墨官司！

牛津大学公园早行

独行荒径，
　听晓钟一歇，
　更觉四边静。
小杨下，
　刚露出方巾一角，
　玄袍半领，
就见她膝上承书，
　手中持镜。
那双媚眼
　一会儿向水银里照顾，
　一会儿在棉纸上默认。
乍走过跟前，
　见粉香人影，
　几误作春晴时令。
赖远地一阵马鸣，
　才理会
这是秋意，秋声，秋光景。

月 泪

人一疲倦，
　　梵书入眼都凌乱。
垂头要眠眠不得，
　　对着孤床心更酸。
同情的月泪到窗尽化雪，
　　怕的是浅湿绿窗帘。
伊我用情正在这时节，
　　共谈何如把灯灭。
灯灭，月残，话还没谈完，
　　双睛已变滴水岩。

看　我

看我消瘦到指尖；
看我焦躁到唇边。
　都为书涩，梦艰，
　　诗苦，情甜，
把人弄得七分儿糊涂，
　　　　三分儿疯癫。
爱人哪，这因缘
　　　　你亲自看见，
怎没一点眷恋，可怜，
　光教人望着你的冷脸？

十年十月二十三夜

转眼间，一年又过去！
　这一年中，故意想起你的死，
　　倒不甚令我伤悲，
　　反使我心满充了无量欢愉。
然而欢愉只管欢愉，
　在无意识中，在不知觉中，
　　我的泪却关锁不住；

妻呵，往事不必再提起。
　再提也无益。
你本是一个优婆夷，
　所以你的涅槃是堪以赞美。
　妻呵，若是你的涅槃，
　还不到“无余”，
　就请你等等我，
　我们再商量一个去处。
如你还要来这有情世间游戏，
　我愿你化成男身，我转为女儿。

我来生，生生，定为你妻，
　做你的殷勤“本二”，
　直服事你
　得“阿耨多罗三藐三菩提”。

我的病人

我的病人，

　反正是没话可说的，

不如闭着眼，

　　容我守着你。

我与你么？

　相识是相识的。

谈到心曲，

　差能拟相知，

　只不配相思。

不知今日怎地，

　要梦你十二时，

　　想你十二时，

梦想你于十二时外的十二时。

　“你岂不知我的脾气，

　为何只默默无语？”

是的，既说相知，
　当然明白你的意思。
但我也要对你说：
　“你岂不知我的脾气，
　为何只默默无语？”

相怨后的复和，
　　屡起情波。
你既含笑说：
　　“我不埋怨你，
　　你倒埋怨我！”
这心椎既轻击我的耳鼓，
　　我还埋怨什么？

咦，连绵的情话，
　不过是耳鼓的颤动罢。
真实的声音，
　谁能听得见？

你的病和她的死，
　是我心中的芒刺。
女人哪，切莫背地里乱想胡思，
　　切莫当人面表情示意。
这是我私心所致，
　终不关你事。

“不过是极冷淡的，
极冷淡的朋友而已。”
任你谈到心曲，
只是友谊，
不是情意。
情意原是油——
没火固然点不着，
点着了，又有什么？

等你发见你的“蜜”，
已是迟而又迟了！
爱者容易变成香渍尸，
不介意，便要向古沙里找。

女人我很爱你

女人，我很爱你。
　可是我还没说
　“我爱你，你做我的妻吧。”
　你已经嫁给别人了！
这夭亡的意绪
　只得埋在心田的僻处。
我终没有权利向你求婚。

女人，我很爱你。
　可是我还没问
　“你愿意做我妻子么？”
　你已经发狂了！
这夭亡的意绪
　只得埋在心田的僻处，
我终不敢到疯人院向你求婚。

女人，我很爱你。
　可是我还没说

“我愿意和你做永远的侣伴。”
你已经死了！
这夭亡的意绪
只得埋在心田的僻处，
我终不能到坟前向你求婚。

女人，我很爱你。
可是你惆怅地对我念
“恨不能相逢未嫁时！”
我也就不能再想什么了。
这夭亡的意绪
只得埋在心田的僻处，
我终没胆量到你夫家向你求婚。

女人，我很爱你。
可是我还没跪在地上求你说
“可怜见的，俯允了我罢。”
你已经看不起我了！
这夭亡的意绪
只得埋在心田的僻处，
我终不敢冒昧地向你求婚。

女人，我不认识你。
在我没爱你时，
你已做了我的妻。
自然流露的热情逼我说

“我愿意把身心永远交给你。”
我终没有机会向你求婚。
求婚的话不能轻易说出来。
　就是友谊也不能随便卖。
我终没向女人求过婚，
　可是我已得女人的爱。

我的心田已成了孟买的静默塔。
　一具一具的爱尸，
早被盘空的秃鹫啄食干净。
女人，我的爱已经老死尽。
　再也没得给你了！